虹影长篇小说定本全编

上海王

虹影 著

Lord
of
Shanghai
Hong Ying

南方出版传媒
花城出版社
中国·广州

图书在版编目（ＣＩＰ）数据

上海王 ／（英）虹影著. -- 广州：花城出版社，
2022.1
（虹影长篇小说定本全编）
ISBN 978-7-5360-9524-3

Ⅰ．①上… Ⅱ．①虹… Ⅲ．①长篇小说－英国－现代
Ⅳ．①I561.45

中国版本图书馆CIP数据核字(2021)第224029号

出 版 人：肖延兵
项目统筹：许泽红　李倩倩
责任编辑：许泽红　李　卉　王佳云
营销统筹：蔡　彬
技术编辑：凌春梅
封面供图：马灵丽
装帧设计：友　雅

书　　名　上海王
　　　　　SHANGHAIWANG
出版发行　花城出版社
　　　　　（广州市环市东路水荫路11号）
经　　销　全国新华书店
印　　刷　恒美印务（广州）有限公司
　　　　　（广州南沙经济技术开发区环市大道南路334号）
开　　本　880毫米×1230毫米　32开
印　　张　12.5　2插页
字　　数　270,000字
版　　次　2022年1月第1版　2022年1月第1次印刷
定　　价　59.80元

如发现印装质量问题，请直接与印刷厂联系调换。
购书热线：020-37604658　37602954
花城出版社网站：http://www.fcph.com.cn

不要怕。这岛上充满了各种声音和悦耳的乐曲，使人听了愉快，不会伤害人。

——莎士比亚《暴风雨》

叙述者声明

　　本小说绝非向壁虚构，欲对号入座者，详见第二十九章。

目 录

1

总　序

女子善怀，亦各有行

——虹影创作的 N 面

林宋瑜

　　纳博科夫在他的《说吧，记忆》前言中写道："对俄国记忆的一次英语重述的一次俄语复归的这一英语的再现，首先被证明是一项恶魔般的工作，但是给予我某种安慰的是想到这样一种为蝴蝶所熟知的多次蜕变，以前还从没有任何人尝试过。"①这里有几个关键词让我记忆犹新，一是语言，涉及母语及客语；二是重述与复归，涉及文化与经验；还有，就是"多次蜕变"。在我读到这个中文版本的《说吧，记忆》时，我差不多也与虹影的创作相遇了。当时的虹影，客居英国伦敦，她用中文写作，追述中国往事，重构记忆中的中国。

　　2021年3月，大部分地区正是春寒料峭，广州却已经一片姹紫嫣红。在生机盎然的气象中，我收到虹影发来的最新长篇小说

---

　　①　纳博科夫：《说吧，记忆》，杨青译，花城出版社：1992年，第4页。

《月光武士》的电子稿，文件名显示是3月8日修订的。3月8日这一天，是国际妇女节。《月光武士》书名很"异文化"，有玄幻小说的色彩。书名来自作为小说隐线的一则日本民谣故事：一身红衣的小小武士，骑着枣红色骏马闯荡四方。路见不平，拔刀相助，替天行道。他救了一个落难小姑娘，小姑娘不想活，小武士带她看月光下盛开的花，月色中长流的江水，人间美景皆是活泼的生命。小姑娘因此得到活下去的鼓励和力量……多么诗意和富有童话色彩！每个女孩心底都有一个"月光武士"，都有一种被呵护、被珍惜的渴望。虹影将这个情结置于残酷叙述之间，并让我们看见"月光武士"化身在人间，非常巧妙地化解了现实层面的悲惨、戾气、压抑和绝望的状态，让人有活下去的勇气。这种叙述方式，在虹影以往的长篇小说中是罕见的。

整个小说所呈现的生命情状，与广州这个季节的气息相呼应，是非常饱满、不断流动变化的生命方式。尘世的欲望与激情，色彩驳杂而灿烂；回首故乡的那种悲伤、审察和谅解的复杂心路，是对来路的回溯或追寻，潜蕴着对所爱之人刻骨铭心的依恋与怀念。小说通过真实与虚构的场景与人性解读，构造出一个强大的精神气场，生机盎然。而书名虽为"武士"，但我知道虹影的小说，主角必有奇女子。

这个一闪而过的猜想，大概来自对虹影数十年创作的理解。虹影在中国发表的第一篇小说，标题我还记得：《岔路上消失的女人》（《花城》杂志1993年第5期），距今将近30年。虹影是多产的，长篇、中篇、短篇小说，以及诗歌和散文，甚至童话作品，其创作迄今运用了多种不同体裁，当然最重要的体裁是小说。她的叙事风格、她藏在作品里的思想情感，也一直在微妙地变化着，然后渐渐形成了她丰富而独特的文学世界。"岔路上消失的女人"似乎成为一个隐喻，或者一个预言。虹影的作品，总会让我想起女人，她们的性格、命运、生活的道路……女人的面孔是在雾中的，但身影的轮廓清晰，风一样的女人，不走直路，不在主流路线上。她随时可能拐进前方的岔路，探出自己小径分岔的莫名远方，消失又出现，或者转身是另一个神秘女子……

读《月光武士》，在阅读中升起感慨。30年的创作，对于一个作家，意味着什么？《说吧，记忆》就是在这个时候浮现出来的。我从书柜里把泛黄的书找出来，重温纳博科夫的话。如果说，虹影创作的基石，也即叙事的出发点，来自她出生以来所遭遇的伤害、苦难及困扰，来自她昏天暗地的生活记忆，那么，这种记忆究竟发生多少次蜕变，才成就当下的言说？

我读《月光武士》，走进一个少年的青春期故事里。"成长"，是虹影小说最重要的元素之一。这一次的成长，是一个少年的形象，那个愣头青小子窦小明，他的成长过程同样充满艰难曲折、迷失与回归。在他身上，既可以看见虹影的影子，也可以看见虹影的梦想。通过窦小明，她再次讲述了记忆中生活的粗鄙、凉薄与悲情，却也书写了一种刻骨铭心的、无法完成的爱情，心灵的热切追求，如梦如幻，义无反顾，至善至爱。因此让小说的底色突破灰暗岁月，很自然地呈现出一种明亮和纯粹，让阅读获得一种怦然心动和飞翔之感。

叛逆、自由、勇敢、好奇、侠气、专情……窦小明这个人物承载着理想和纯真，自带光芒，熠熠闪亮。他的生活背景是烟火气浓重的重庆市民社会。隔着纸页，我都闻得到二十世纪七八十年代"老妈小面馆"的麻辣香气，听得到江边码头汉子们粗野的吆喝。这也是一个重情有义的世界。所有的人，难以分好坏和正邪，他们是凡夫俗子，世俗的欲望与烦恼，不比你、我、他多，或者少。爱中有恨，恨里有爱，纠缠与分离，告别与重逢，剪不断的恩怨情仇，犹如那滔滔不绝的嘉陵江水，抽刀断水水更流。

当"大粉子秦佳惠"出现时，"整个身影罩着一层光，跟做梦似的"，让少年窦小明的"心飞快地跳动"。不是女主角会是谁？我还是不懂"粉子"的确切意思。专门查了一下词语解释："粉子，形容漂亮女性。'粉'就是漂亮的意思。对漂亮女人的赞美依次可以为：粉子、很粉、巨粉。在成都，大凡有点文化的人，把可能成为性对象的女人，都称为'粉子'，算是对女性的一种尊称。""粉子"是川方言。川方言在《月光武士》里并不少见，比如"哈巴""水打棒"，诸如此类，非常醒目。对于我这个在另一种方言中长大的岭南人来讲，这种阅读获得奇妙的陌生化效果。

秦佳惠是一位中日混血儿，她就是少年窦小明心中的女神。她美丽、温柔、神秘，有特殊的感染力；她身上没有虹影早期小说那些女性的凌厉、剑拔弩张，没有如《康乃馨俱乐部》那种深怀大恨绝处反击颠覆反攻的复仇心态。秦佳惠是温婉的、隐忍的、顺从的，甚至低到尘埃的，同样也是情深义重的。因为秦佳惠，《月光武士》有一种柔韧绵美的力量。秦佳惠是小说人物关系的联结点，她的父亲、落难的大学教授秦源，黑社会混混头子、出于报恩所嫁的丈夫钢哥，曾经生活在中国的日本女子、母亲千惠子，粗野泼辣而又顽强的窦小明母亲……这些人物着墨并不太多，却个性传神，留下很多想象的空间。虹影的写作，到了现在，已经张弛有度，不煽情，不文艺腔。爱恨情仇，分寸拿捏得恰到好处。叙事时间跨越几十年的一部作品，故事经历了时代天翻地覆的变化，但叙述节奏把握得很稳。物事、场景和人物关系随着情节一层层展开，读到最后，让人有一种"过尽千帆皆不是，斜晖脉脉水悠悠"的唏嘘怅然，却也可以波澜不惊气定神闲了。

结尾写道："人只有忘掉旧痛，才可重新开始，但旧痛仍在，噬人骨髓，他将如何重新开始？"这一段是写窦小明的，也是虹影的独白。

无论是救苏湄，还是救秦佳惠，"英雄救美"都只是故事的外壳，是引子。《月光武士》的核心，有关一座城的精神变迁史，一个人的精神成长史。这种精神成长，不仅仅是窦小明的，也是虹影自己的，更是属于经历大时代动荡转折的一代人。所以，这部小说，尽管题材与《饥饿的女儿》《好儿女花》的自传色彩有很明显的不同，但究其内核，却有一脉相传的联系。因其呈现出新的叙事角度和价值取向，以及对前两部自传体小说的呼应与突破，《月光武士》应该是虹影创作的重要节点，甚至可以视之为虹影新的精神自传。

窦小明是具有双重视角的角色。一个是显性的视角，虚构的小说人物、当事者少年窦小明、男性窦小明；另一个是隐性的视角，言说者虹影、目击者虹影、旁观者虹影、女性主义者虹影。

多线叙事和双重视角，使《月光武士》具有一种复调效果和变奏曲般的音乐感。小说人物繁多，内部有着多声部对话，不同人物有各自的立场与表述。欢乐与苦痛，都在对话里或暗藏或显现。也正是这种显隐结合的叙事方式，让我们读到了扎根于虹影心中最有生命的东西，即是她关于世界及复杂人性的解读中那种真实有力的心理现实。这部小说，从个人写到群体，从家庭写到社会，横跨大半个世纪，是最普通的山城重庆百姓在历史滚滚洪流中命运沉浮、悲欢离合的深情记录和歌哭，包含她的痛与爱。这是一种叙述的转向，虹影不再执着于追寻真相与辨认某种界定。甚至，作为叙述者的女性主体、女性视角是隐蔽的，历史与记忆，虚构与想象，基于她当下的情感形态和心理认同，她从而呈现了超越性别的写作方式。

只有回顾虹影的创作历程，才能明了她当下的言说。

童年时代插入胸膛的那根刺，还在那里。拔出来，伤口还在。虹影通过她的写作，一次次晾晒内心的伤痛，那些不堪回首的往事、那些歇斯底里的喊叫，暴力的场面、践踏尊严的羞辱，都让读者产生压抑、揪心的感受。

在心理学精神分析疗法中，有一项"修通"技术。就是通过打破强迫性重复，实现满足现实需要，最终发展出满足自己愿望的能力。而一个人的现实需要一旦得到满足，强迫性重复就会被终止。更进一步，一个人能发展出满足自己愿望的能力，能做自己喜欢的、自己追求的事，愿望达成，他的身心就会放松、自如，内外世界和谐。这就是创伤记忆与心理修通的关系。这个过程，有点类似禅宗的"悟"，而且是渐悟的过程。渐悟就是多重创伤愈合的过程，它是漫长而且曲折的修炼。虹影正是通过她一次次坦率大胆，甚至冒犯的书写，她的私人性故事与公众化表达，她看见了自己，接纳了自己，最终修通自己，活出自己缺少且一直追寻的那一部分。

这个最重要的蜕变契机，是女儿的诞生。"写完自传小说，是和过去的自己真实对视，在有了女儿后，才真正和过去的生活做了和解。"①虹影如是说。

成为母亲与书写母亲，是虹影最重要的生命经历。生命因母亲而来，18岁前在山城重庆南岸长大，也因此成为虹影生命的基阶。从《饥饿的女儿》到《好儿女花》，读者与虹影一起经历着边缘女性沉重的生存危机（底层的）、身份危机（私生女）、性别危机（受侮辱并损害的女性），以及自我审视、挣扎的艰难过程。这个因创伤记忆造成的巨大心灵黑洞，需要一生的时间去不停填充。那是一种多么巨大的饥饿！虹影曾经谈及心灵的伤痛："我的内心一直住着一个困兽，我无法倾诉，我无法寻求救赎，我濒临窒息。我想一个女人为什么活着，男人、欲望、金钱和名誉？不，都不是，而是基本的生存中，那最寻常的安宁之乐，父母双全，一家人在一起相守。而现实总不会给我们。"

残缺之痛，被社会压到最低的弱者之痛，边缘性地位饱受偏见与侮辱之痛，被虹影赋予到小说女性命运遭遇中。女性，成为虹影无法回避也不回避的话题，"她是谁？""她从何而来？往何处去？"成为她无法停歇的追问。虹影写了多少部小说，就有多少个处境不同、形象各异、生命既复杂又丰富、或纯粹或妖娆的女性形象。她更多地书写了女性的受难与抗争，比如母亲，比如六六。她们好像萧红笔下的女性，卑微、隐忍、抗命。虹影也写了一些以

---

① 《虹影：不再饥饿的女儿》，《三联生活周刊》2019年，第41期。

男性为主角的作品，比如《鹤止步》，还有最新完成的《月光武士》。但是她写男性，是试图以跨性别视角理解男性世界、审察性别关系。是站在"她"的立场发声。

评论家陈晓明曾经在《女性白日梦与历史寓言——虹影的小说叙事》一文中剖析虹影的小说《康乃馨俱乐部：女子有行三部曲》，将其称为"文化幻想小说"。所谓文化是指被漠视的文化冲突、文明冲突等问题，比如关于性与欲、财与权、肤色与信仰这些我们必须面临的现实处境中的危机与矛盾冲突，虹影通过带着芒刺和尖锐棱角的叙事话语，大胆质疑勇敢挑衅。而幻想，则是《康乃馨俱乐部：女子有行三部曲》的三个独立篇章，由一个中国女子贯串起来，在未来时间里，在三个世界著名城市——上海、纽约、布拉格的奇特经历。事实上，《康乃馨俱乐部：女子有行三部曲》从体裁来看，也可以视为科幻文化小说，或者称之未来小说。关于《康乃馨俱乐部：女子有行三部曲》中这位中国女子的名字"蝃蝀"，虹影在自序中诠释，典出《诗经·鄘风》"蝃蝀"篇。从诗中得解，包含这样复杂的意义：女人是水，水汽升发得虹，女人成精；女人是祸，色彩艳丽更是祸。于是"不敢指"，可能有些人"莫敢视"也。这个时期的女主角，是为爱而生，也为爱敢恨的，富有破坏力、反叛力和抗争性。这也是虹影当时写作的内心经验、情感经验。而当第76届威尼斯国际电影节上，娄烨的新片《兰心大剧院》入选主竞赛单元时，作为该电影原著小说《上海之死》作者的虹影，接受采访解读自己创作的女性人物时，她说："我认为原谅、宽容以及自我审判才是文学更强大的力量，这种力量是女儿唤醒了我，只不过转换了一种方式去书写，我依然是一个女战士，在文本中书写女性的反叛。"①

《上海之死》是虹影一系列历史虚构小说之一。虹影已经陆续创作了不少历史虚构小说，如《K：英国情人》《阿难：走出印度》、上海三部曲（《上海王》《上海之死》《上海花开落》），都是借历史的碎片，抒写奇女子的命运故事及情感关系，其中包含着虹影强烈的女性观和生命观。虹影是一个很会讲故事的作家，但她如果停留在讲故事的层面，她会容易被指认为通俗作家。虹影说过："关于小说创作，我以为只有一条规则，'好故事，说得妙'。"②这个"妙"，包含了创作的各种玄机。一部作品，故事不是作为经验的表达，它还包括了精神的探索，生命意义的呼喊。它包括并呈现了人性的复杂、心灵的复杂，还有灵与肉的冲突、搏斗、交融。所以，真正的小说创作，我们称之为叙事艺术，因为它通过叙事话语所体现的故事，其境界是一般讲故事所不可比拟的。这就是小说的人文价值、审美价值，也是创作的玄机所在。

关于女性的话题，《好儿女花》可以说是一条分界线。在此之前，尤其是《康乃馨俱乐部：女子有行三部曲》（《上海：康乃馨俱乐部》《纽约：逃出纽约》《布拉格：城市的陷落》），在二十世纪九十年代后期，世界女性主义理论登陆中国，各种相关概念、术语为理论界所热烈讨论、广泛使用，虹影的作品被视为最激进、张狂的女权主义文本。她笔下的女性，抗争的方式往往是对抗的、造反的、运动式的，有破坏力的。"女权主义"这个标签，贴在虹影的作品上久矣。不仅是《康乃馨俱乐部：女子有行三部曲》，还

① 《虹影：不再饥饿的女儿》，《三联生活周刊》，2019年，第41期。

② 虹影公众号，虹影：《我为爱写作》，2020年2月14日。

有上海三部曲——《上海王》《上海之死》《上海花开落》，虹影以她的方式演绎并塑造了筱月桂——一个小女孩变成一个黑帮女王的过程，也虚构创造一个女明星同时也是情报人员，如何面对爱恨生死的人生大问题……我认为，中国当代女作家中，没有谁比虹影更熟悉世界女权主义的理论及发生的现实演变，她也曾经很认可这样的标签。

《好儿女花》，是我初读时很震惊的小说。小说中涉及的暗黑而沉重的家族历史、怪诞而挑战人伦禁忌的婚姻生活，极端的、超常规的，都是我的想象力所不逮的世界。我与虹影，是在不同文化传统和家庭环境中长大的两类人。我自以为很了解现实生活中的虹影，但我还是无法判断小说里有多少成分是来自真实的原型真实的生活，有多少是虚构。而且面对这部作品，阅读也是需要勇气的。这部小说的动因，来自母亲的去世和破碎了的婚姻。同时，这部小说的扉页，写明"给我的女儿SYBIL"。虹影站在人生的重要转折点，一道门关上了，另一道门已打开。她追述、追寻半生的母亲走了，她自己成为母亲，女儿SYBIL诞生了。命运的改变，人生轨道的改弦易辙，同时成为虹影重建自我、确认自我的新起点。在《好儿女花》的首页《写在前面》，虹影写了一段话："我没有想到，也未敢想，有一天我会再写一本关于母亲和自己的书，但我知道，只有写完这书，才不再迷失自己，并找到答案，即使部分答案也好。"

那么，《好儿女花》之后，虹影还是女权主义者吗？

2016年9月在广州的1200书店，虹影与评论家谢有顺、龙扬志和我的一场对话讨论中，"女权主义"是其中一个重要的话题。虹影认为她已经不是一个女权主义者了。谢有顺当时说了这么一段话："我认为最伟大的女性主义者绝不仅仅是反叛男性，或者对男性勇敢地抗议，我觉得这还不是伟大的女性主义者。最伟大的女性主义者肯定是包含了对男性的爱，其实最终还是希望改变两性对立的关系，而不是说要把男性从女性的世界摘除出去。恨不能改变一个人，也许爱才能改变。"[①]以此为标准，可以确定，虹影迄今依然是一个女性主义者，而且是当代中国女性作家中最彻底的女性主义者。"女权主义"与"女性主义"均是英文Feminism的不同译法，但我认为"女性主义"更为确切。"女权主义"让我们联想到的是"妇女的权利"（Women's rights），联想到西方曾经轰轰烈烈的女权运动。以此区分，《好儿女花》之前，虹影是女权主义者，《好儿女花》之后，甚至可以说，自始至今，虹影就是一个彻底的女性主义者。这个定义，来自她全部作品最热切的关注，最热情的抒写，是关于女性生命成长的各种可能，关于女人的苦难、忍辱负重、反抗与努力，关于女人的蜕变与重生，关于女人与男人的爱恨、宽容与和解。而她的性别视角、女性主义观念，在创作过程中，是不断演变的。

我重读《好儿女花》，再次走进这部争议不休的小说里。外婆与母亲之间的恩怨，成为理解这部小说叙述转向的切入点。从起源处重新审视自己的人生，以母亲为镜，看见自己尚未充分呈现的另一部分人格，给自己整合、重塑、新生的机会，我以为，这是《好

---

① 花城出版社公众号，《虹影〈康乃馨俱乐部〉与中国女性书写蜕变》，2016年9月14日。

儿女花》的书写意义之所在。"外婆的心眼儿诚，她种小桃红，朝夕祝福。母女之间长年存有的芥蒂之坝冲垮，母亲的心彻底向外婆投降。母亲泪水流个不断，悔呀恨呀，可是也没用，外婆不能死里复生……"①这是一部多线叙事的作品。除了母亲去世这条引线，还有婚姻崩溃这条线，还有"我"与兄弟姐妹之间的亲情关系这条线……每条线既清晰又相交叉纠缠，是一团越扯越紧的人间乱麻。更重要的是，在这貌似纪实、裸露、传记体的显性叙述中，却有一种小说氛围被精心营造出来，把读者引进内在隐秘、紧张、险象环生的中心。越过了相互关联的人与事，穿过整个关系蛛网，我看见虹影在描叙"小姐姐"的小唐，又换一套笔墨在讲述"我"的丈夫。然后"小唐"与"丈夫"合二为一，那些伤害、屈辱、压抑、恐惧、危机感……与对母亲的追述交织在一起，五味杂陈，伤痕累累。"我"和母亲作为典型的女性边缘人物，一生贯串着被嫌弃、被嘲笑、被误读、被羞辱的命运，但也以不同的方式相似的勇敢顽强，忍受着来自世界的恶意，经历跨越创伤、自我疗愈、忏悔、和解、包容并重建的艰难过程。

而对于这部小说中"我"与小唐、小姐姐的三人行关系，我曾经目瞪口呆，找不到如何评述的词。但这次重读，我清楚地看见虹影笔下一个PUA（Pick-up Artist)高手形象。"丈夫"形象可作如是观。我不知道虹影在写《好儿女花》时是否意识到这一点，但至少，她大概知道心理学中的"煤气灯效应"，即认知否定，一种通过"扭曲"受害者眼中的真实，而进行的心理操控和精神洗脑。创

---

① 虹影：《好儿女花》，江苏人民出版社：2009年9月版，第25页。

作《好儿女花》时的虹影，以强烈的女性身体意识和直觉在书写创伤，小说中大量的短句子，那种紧迫节奏，像是沉重的喘气，给人一种窒息感。压抑的痛苦、深藏的悲伤和耻辱感，构成文本的隐性层面。其基底，有心碎、怨怒、依恋与矛盾的爱。虹影带着武器和盔甲。也就是说，她一手握矛，一手持盾，她的攻击与防护都是有爆发力的。《好儿女花》的开头写着："温柔而暴烈，是女子远行之必要。"这可作为解读这部小说所有扭结不清的情感及复杂人性表现的钥匙。母亲葬礼结束不久，女儿诞生了，新的生命开启了新的未来，意味着各种可能。外婆—母亲—我—女儿，虹影循序抒写了女人的命运、身份蜕变与重生。它既意味着生命的轮回，同时构成一个极有张力的生命之环。无私的母爱，是其中触及灵魂的救赎力量。

　　而关于母亲的叙事，从《饥饿的女儿》开始，就执拗地贯串在虹影大多数的小说中，这是她难以释怀的心结。这部为虹影带来极大创作声誉的自传体小说，同时也是饱受争议和误读的作品。因为身世之谜及身份危机所带来的困扰，虹影闯进兵荒马乱之年母亲的爱情与婚姻历史之中。"我是谁？""生命从何而来？""什么是爱？""母爱是什么？"这些看似终极追问的困惑，在敞开裸露的家族历史追寻中，一步步逼近真相，难以直面。这让一个18岁少女的情感变得复杂、矛盾而纠结，几近崩溃。而它所引发的争议，恰恰是这种言说的方式触及当时作为叙事禁区的身体伦理与情感越轨。今天重新读《饥饿的女儿》，会发现，这种看起来极其胆大妄为的叙述，其实是老实坦白的手法。迫不及待地直白倾诉，甚至滔滔不绝，让虹影顾不上修饰、隐匿、曲笔、善巧。正如汉学家葛浩文的评价："许多此类书，我看有个共同点，就是想要宽恕自身劣行，或呼喊受冤，或自我标榜，或有意卖弄……《饥饿的女儿》贯串的特点是坦率诚挚，不隐不瞒，它就是为什么连续三天时间我一直在读这本相当长的书稿。"①

写女性的命运道路，写两性关系，脱离不了性爱描写。而性描写，也是虹影小说被议论纷纷的一个方面。但不得不承认，虹影是描写情色的高手。性爱几乎是她小说的贯串性旋律，1999年写成的长篇小说《K：英国情人》，是其性爱主题的登峰造极。也因其惊世骇俗、颠覆传统引发更激烈的争论，甚至惹来官司。这部小说的内容，通过东方知识女性闵与西方登徒子、青年教授裘利安的性爱传奇，将女性的主动性、自主性、自由精神写得淋漓尽致，无法无天。这显然是对男性中心主义的挑战。中国没有哪一个女作家敢如此写，也没有哪一个男作家会这样写。而最新完成的《月光武士》，荷尔蒙气息和肾上腺素同样弥漫纸页之间，写得血脉偾张。细节，非常考验创作功力，它是小说坚实而永恒的支点。正是通过细腻而奇妙的性爱细节，画面感极强、激情洋溢、狂野浪漫，使虹影小说中的性爱描写场面，被关注，也被读者津津乐道、褒贬不一。虹影写性，不是欲望化叙事，也不在于猎艳、宣泄。"性"是其风月宝鉴，以此照见人性与人心，照见性别文化的历史与演变。也是从写"性"的态度上，虹影小说显示出极大的文化张力：性别文化、中西文化、传统与现代的文化碰撞……

好小说除了好故事，还应该在其话语方式中包括作家对世界、

---

① 葛浩文：《〈饥饿的女儿〉——一个使人难以安枕的故事》，《饥饿的女儿》，知识出版社：2003年，第234页。

对生命、对生存的看法和态度，以及价值取向。创作技巧是融入作家的洞察力、评判力和思想观念的。

很难说虹影的话语方式是传统写实还是后现代颠覆，是女性主义还是新历史主义，是海外流散文学还是乡土文学。似乎都包含了，界限不清。更准确地说，她的创作，从形式到内容，往往是跨界的。

创作达到成熟的阶段，跨界是自然而然的，体裁只是借来表述的工具。就好比武林高手，不按套路不拘拳法，该出手时就出手。萨尔曼·拉什迪给儿子写过《哈龙和故事海》，智利女作家、《幽灵之家》的作者伊莎贝尔·阿连德给自己的孩子写过少年探险奇幻三部曲《怪兽之城》《金龙王国》《矮人森林》，英国大作家吉普林写过《丛林里的故事》。而成为母亲的虹影，是否也会为她的孩子写书呢？

虹影果然写了《神奇少女米米朵拉系列》《神奇少年桑桑系列》九本小说。《米米朵拉》讲述了10岁主人公米米朵拉怎样在"丢失母亲"之后走遍世界的寻母冒险记，是一次对童话、神话、奇幻、民间故事等多体裁的混搭，讲未来世界人类会面对的种种困惑和危险。这是她对女儿爱的启迪与教育，她自己也在成长。成长是生命不断变化，从一种境遇走向另一种境遇的过程。小说所要表达的，正是这种变化着的生命哲学。她从对女性欲望叙事、两性关系探寻，到对母爱、友谊、亲情等普遍人性光辉的呈现，把自己生命中寻找到的重要意义表达出来。而这个核心，是关于女性身份与生命道路，关于女性命运的各种可能性，关于女性心灵的深刻体验。在这个意义上，虹影是真正的、彻底的女性主义者。

《好儿女花》之后，虹影关于性别关系及女性的生命观，有明显的转变。如果之前的女性形象面对男权中心世界的方式是呈现创伤、控诉呐喊、对峙复仇的，在《罗马》《月光武士》中，她赋予女性人物更鲜明的现代性，独立、自主、圆融洒脱。比如《罗马》里的燕燕和露露，以及《月光武士》里的苏沥，还有秦佳惠最后的人生抉择……她更多强调女性的自我意识、自我觉醒，女性必须成为一个吹笛者，才能得到拯救。

　　转变的力量来自虹影心灵上生长起来的爱。小说虽是虚构，但它的情感、表现出来的生命情状都是真实的，活生生的。所以说，小说也可以视为作家的个人史、心灵史。虹影的小说人物，总在反复提出这样的问题并试图去解答：什么是爱？什么是生命？你是谁？我是谁？什么是现实？什么是幻象？

　　神秘的幻象也是虹影小说中无法忽略的写作元素。她以此呈现另一类生命景象、另一种声音的存在。她看见不同的能量。《月光武士》中总在江边赤裸出没、不断被性诱怀孕的黑姑，她面貌丑陋、疯癫狂野，却也叛逆强悍、肆无忌惮。这个角色，在《饥饿的女儿》中曾以花痴的面目出现。无论是黑姑还是花痴，这个形象都给作品带来怪异的气氛，有一种冲击力。我设想，这个疯疯癫癫的女人是虹影的童年记忆之一，她的叛逆强悍是虹影在屈辱无助的年代内心渴望拥有的力量。如今她既是窦小明的性启蒙角色（有点类似《红楼梦》里贾宝玉梦遇秦可卿），也充当了秦佳惠形象的反衬，以一种非常态的出场，释放出被压抑的最原始的生命能量，挑衅强权的男性世界。这是虹影一以贯之的女性主义立场。

而出现在《月光武士》中的另一个神秘人物是黑衣黑帽的宾爷。来无影去无踪，神出鬼没，似在非在，似人非人，却牵着会算命的神鹅，"会算命，代写信"。他出没于窦小明走投无路之时，犹如路标或先知。宾爷与其说是一个人物，不如说是一个作者设置的隐喻性符号。宾爷让人想起写于1996年的《饥饿的女儿》中那个在"我"走过的路上若隐若现、一闪而过的神秘男子。究竟意味着什么？这是一个困扰"我"的问题，也意味着前方有未知的各种可能，让"我"好奇，也让读者好奇。他仿佛是灵魂的秘密，而"我"的身世之谜已揭开，这个秘密却没有答案。20多年后，《月光武士》里的宾爷与之呼应，宾爷特立独行，走过混乱嘈杂的俗世，走过方向不明的暗夜，他是魂，是秘响，是叫醒的力量，他照见尚不为人知的精神内面。

　　这就是虹影的无界书写，也是她创作的N面。也借用《诗经》的诗句"女子善怀，亦各有行"，典出《诗经·鄘风》"载驰"篇。这里的"女子"是诗中咏叹的远嫁许国的卫国女子许穆夫人。所谓"女子善怀，亦各有行"，指的是许穆夫人要回卫国吊唁卫侯失国，却遭许穆公等人阻拦，夫人被迫折回，路上抒发自己的不满情绪。身为女子，虽多愁善感，但亦有她的做人准则……这大概是中国最早的女权思想表达了，许穆夫人道出了多少善怀女子的共同心声。虹影的叙事风格，已经发生很大的变化，在《月光武士》中，我读到平静淡定与开阔，她的写作进入一种新的境界。而且她的跨界写作已经很自如，不仅是历史与虚构融为一体，私人话语与公共表达也熔为一炉。诗意和散文化，也作为动人的抒情碎片镶嵌其中。而最根本的内核，悲伤之中对生命微光与暖意的珍惜，绝望中的信心与心怀希望，越来越彰显。

归去来兮，永远的长江水。从18岁知道"私生女"身世出走山城，到走遍世界之后，认定自己的灵感源泉依然在长江两岸。重庆，成为虹影写作的原点，流动的长江上游至中下游（武汉、上海），成为她最根本的文学地理。每个人心中，都有回不去的欢愉或伤痛的过去，生命一直在流动中变化。说吧，记忆。重新发现，重新看待，重新获得新的视角与领悟，这是精神与心灵的转世重生。这个过程充满内在的艰难，却意味着脱胎换骨，意味着无限想象的各种可能。

2021年5月26日

修订本说明

重写海上花三部曲，就这部改得较多。这书最先在2003年出版，再版时，我改了一次，动得最大的是校对英文版时，编辑就每个细节仔细问我。

我索性把书中母女关系重新理了一遍，改成目前这个样子。由此书改编的电视连续剧连续在上海、北京、台湾等地播放，也在新加坡放映。我一集也没敢看。为什么？因为改得面目全非，不合情理，看了生气，何必？

有评论家在报纸上写文章。"虹影不是上海人，怎么能写上海？"我读到这可爱的评论，就笑了：写秦淮河妓女，只有请南京人了。小说出版后，自居专家的老上海，有历史考据癖，对细节特别在意，他们仔细寻找我的"硬伤"，至今没有人找到。

有不少人说，虹影的确很怪，在封内页上竟然做了个史无前例的声明："本小说绝非向壁虚构"。虹影喜欢写"真人真事"，本性难改。小说《K》吃了三年官司，她倒真是衣带渐宽，荷包缩小，终不悔；又说思来想去，只有一种可能：虹影对自己让人上当的能力非常有把握，腾挪凌虚卖关子。

其实都错了。诸葛亮无兵卒守城，索性开门；《上海王》事事有典，才摆出枪炮侍候。

近年出版的上海背景小说，大多是小姐小打算，小资小情调，给人的印象，以为上海的现代性，就是小女人气。甚至今日的"上海品格"，也有意往小气里走。此可谓大错特错。我认为现代上海的开拓者，无论华人洋人，女人男人，都有点气魄。我既然有胆子声明"欢迎对号入座"，我当然明白，谁人的先辈安坐在里面！

为回答所有这些书外是非，本修订本加了"章外章"，毫无保留地坦白我在上海的几年生活经历，以及写作经过。读者幸勿错过。如果有批评家看了，还认为我作假，那我就对他投降。

第一章

生命本没有过去，她随时准备赔光本钱重搭戏台。

"反正"，她停止说话，向我摊开修长的手，那手精雕细琢好像专做摆设让人看的，最让我着迷。她主动伸出了手，我的心跳了起来，能把这手握在自己的手里，尽兴研究，是我多年的奢望。

虽然这手上的纹路我已相过多少次，她常与我比手掌，多少次我如入八阵图，困惑得忘了自己在找什么。在某一时刻，头脑之运托付给肉身之运，而肉身之运，更显于手纹：上海人后来俗称的"台型"，就是这个意思。我必须说，她的台型真是绝无仅有，不过只有这次，我有机会静心端详，进入了掌心绝阵，看出了她命犯三冲，灾星拦运。

更糟的是，我没能做到面不改色，抬头看着她倾倒多少人的甜美笑容，我不由得一阵伤心。

"本来嘛，每台戏都得从头唱起。"

这是我的违心安慰，还是她的自我解嘲？已经记不起来。

但做梦却是她无法控制的事。

她常梦见离开家乡的那个早晨。在那早晨迟迟未到的时辰，她害怕得心跳加快，整夜在海边泥滩上站着向东痴望，担心太阳万一不会从海水中升起。

从七岁父母双双去世起，她就想离开这个海边泥滩上的渔村。多少年了，这点黑暗的记忆早就应当淡漠。可一做噩梦，梦到那最初的一刻，她仍是一身冷汗惊醒过来。

如果我在做一部关于她的传记片，我就应当从这个镜头开始：

阳光温馨地照在浦东的一条堤路上，三人抬的轿子里坐着一个盛装的中年女人，浓密的头发油光水滑，梳得一丝不苟。

一艘停在浦东整修的大商船，船身一半锈痕斑斑，锈水淋漓，另一半新上的油漆黑光发亮。挂在船舷的架子上，四个剥光上身干苦力活的异国水手，正在刮锈上漆。洋水手们突然看到漂亮女人，就怪叫起来。

一个白人水手脱下裤子，拍着白生生的光屁股乱喊乱叫，其他三人大笑起哄。

那盛装的女人很自尊，用扇子遮了半边脸。

镜头再摇开来：大太阳天，好几个农妇弯腰在稻田里插秧，汗流如注，一个小姑娘用手背擦了擦下巴上的汗，连泥都抹到脸上了。

远远看到一个中年女人急匆匆走来，一路在嚷嚷："小月桂，过来。"

小月桂爬上田坎，跟着舅妈走。舅妈突然想起什么事，回过头来，一把抓过小月桂的破草帽扔到一边，舅妈把自己头发上插的梳子拔下，叫小月桂蹲下，把她乱蓬蓬的头发梳成两个辫子。

再看看小月桂身上的补丁叠补丁的衣服，舅妈用田里的水抹掉几把泥迹，把裤腿拉下，算是整齐了一些。舅妈说："有没有福气做上海人，看你自己的命了！"

她们走进集市，满街摆着乡下土产，还有洋水手卖出的各式西洋旧东西、小摆设钟表之类的杂物。小月桂好奇地东张西望。舅妈拉着她挤穿过赶集的人群，走进一个巨大的棚屋。

这是做牛马猪羊牲畜交易的地方。牛马套在圈里，乱嘶乱吼，人声鼎沸，闹得不可开交。卖家与买家习惯打手势讨价还价。

在靠尽头里端处，有一长条木台。台上站着一排小女孩，台下坐着十来个人，其中有那个坐轿子的艳装女人，扇子捂着鼻子。有个瘦高男人从门缝朝外望望，他叮嘱守门人："上海道台刚在新闻纸上警告，大清国律例禁止买卖人口，说说而已，不过你多留意。"

"真还有人来查？"

"说不清楚的事，总是少声张为好。新老板想给一品楼添几个人？"

"你们按规矩来，我只是来看看。"

舅妈在和一个管事的人叽叽咕咕，之后，那人朝一个穿长衫的中年胖子挥一下手："开始！"小月桂被安排在边上位置。

"向前一步，转身！"胖子命令，"举手！抬腿！"

台上的女孩们样子不整齐，有的俊一些有的丑一点，大都是小脚，一个个不知所措。下面的人看中谁，瘦高个男人就把买主带到旁边的小间里，秘密谈价。

台上只剩下小月桂一人，连问价之人也没有。

那个艳装的女人脸上早没兴致，目光扫了一下小月桂：大脚，脚趾缝里全是泥，此女孩眼里倒是没有胆怯的神情，自顾自看稀奇。

艳装女人站起来，对管事的人埋怨地说："叫我专程从上海来，就这些货色，白跑一趟！"她看到身边的青年后生专注地看那女孩，推了他一下："阿其，魂还在吧？"

青年后生赶快收回神来，他的脸生得周正，尚未脱稚气。他短衣打扮，手里拿着两个包袱。

小月桂跟着舅妈刚走出牛马棚，舅妈就一把扯住她的衣领，连推带打："没出息！送给人做丫头都没人要，连牲口都有买主！"

舅妈打小月桂打得手发酸，扔下竹棍，狠狠地说："你不是想离开我们吗？连做梦你都在说要离开我们。眼下是卖不了你。你牛粪不如，牛粪还可以当柴烧，我白养你这么大。"

小月桂忍着痛，一声不吭。"还是你自家娘舅把你看得清楚，说你人小鬼大，留在家里是祸害。"舅妈用脚踢小月桂，"臭丫头起来！卖不到上海，就把你贱卖到外省。"

抬着轿子的队伍沿着原路回去，那位长相俊气的青年后生走在轿子左侧前方。三人抬的轿子，轿夫的辫子压在头顶上，两人在轿前，一人在轿后，后面的一人费力些，所以隔一阵，相互轮换，调位子时借机歇口气，气顺过来又上路。

前面一个抬轿的人，肩上被人拍了一下，他一愣，肩上的竹杠已经滑到了另一个人身上。轿子里艳装女人正在打盹，被声音惊醒。这才发现前面抬她的是个女人，一点不费力的样子。她刚要说话，姑娘回过头来，朝她一笑。她敲敲竹杠，滑竿放了下来。

"这算是什么戏呢？你不是今天在集上的那个——"

小月桂跪了下来说："新老板开恩。我是个孤儿，从小没爹娘，长野了，您看不上。但是做活，我有力气。"

新黛玉眼睁大了："奇了，你怎么知道我的姓？"

"中午时候，新老板就在集子里，我听人叫，就记住了。"

新黛玉看着轿子边点头哈腰的女人笑道："你真的一心一意要把她卖掉？我看她力气大得像男人。"

"上海城那可是好地方，穿的全是跟新老板一样，漂亮！"舅妈说。

新黛玉看看仍然跪在地上的小姑娘，她眼里全是泪水，满眼委屈。新黛玉心里一动，就说："起来吧。破个例！十块大洋拿去。"她招招手，对那个青年后生说："阿其，让她们俩按手印。"

"太少，"舅妈说，"都说卖丫头至少三十块大洋。"

"那就带她回吧。"新黛玉叫抬轿的人，"只能做粗工的料子，一分价钱一分货嘛！走吧。"

舅妈赶快说:"老板息怒,十块就十块。"

轿子继续赶路,小月桂赤脚颠颠地跟着。她拿着新黛玉的包袱,奔得不停地抹汗,把本来特地洗干净的脸画上了几条污痕。越往前走,田野越是嫩绿,油菜花黄黄地涂在道两旁,白蛾围着轿子飞舞。

他们终于走上黄浦江长堤。

轿夫慢了下来,行人多了,江面也宽了,说是到了陆家嘴渡口。

隔着黄浦江,对岸就是上海外滩。夕光分外晶亮地照着那些英式维多利亚建筑,江中不时发出怪叫的轮船喷出烟雾。

小月桂把包袱搁在地上,双手抓着自己的裤腿,看呆了。有担子撞了一下她的胳膊,很痛,她只是让了让,继续傻看。

渡口繁忙。轮渡是有巨大烟囱的蒸汽铁轮,感觉冒出的浓煤烟直冲到脸上,小月桂高兴地笑了起来。

来来往往的旅客提着包裹扛着行李,大人牵着小孩,喧喧嚷嚷地挤过她面前,跨上跳板上船。

盛装的新黛玉用手理理一丝不乱的头发,敲敲杠子,滑竿放下了。她转过脸去,大声训斥:"小月桂,没到上海就想享福了?还不看好行李!"

这是1907年初春,宣统皇帝尚未上台,都知道这么混不下去,但一切都悬着等着,连开端的开端都尚未开端。

第二章

　　小西门的一品楼"书寓"，本是咸丰年间松江某名公的一所院宅，此公生性风流，遗赠此宅于一名宠妃。宠妃原是青楼出身，本想做长久一品夫人，未料到当了寡妇，财产却只有这座宅院，穷愁潦倒，只能借此重作冯妇。雅号一品楼，算是追寻旧梦。

　　一品楼老板新黛玉说起这段历史，还真像那么一回事，她一口咬定千真万确，甚至拿出过此名公的书画为证，说是那位一品夫人赏给她的礼物。新黛玉老家也在松江，原是一品楼的头牌倌人，书画也是真迹，名公真实姓名暂讳。

　　同光年间上海开始有租界，四马路一带很快兴盛起来的妓院区，虽然热闹繁华，却品流混杂。一品楼是当年的行业翘楚，情愿离开俗流一段距离。

　　这座在上海华洋界边上的院宅，深红大门，尺高门槛，厚重结实的石墙，大家气派先声夺人。外观依然是名门豪宅，楼内早就建成套间，挂牌的姑娘都在二楼，每个人有客厅和内房。姑娘们的房间陈设富丽华贵，人说有的房间，瓷地砖镶金嵌银，仅这一点，就足以扬名上海滩。

上这儿来的客人，大都是有点身份，或有意显身份。他们喜欢进出一品楼，还有个原因：租界人觉得是半回归华界之内，华界人感到半在官府权辖之外，纵情声色心安理得。

小月桂对着人不对人都是一脸笑，人都说，这丫头笑容好甜。她一身丫头装束，连辫子也梳成了一个，额前剪一排整齐的刘海。

半年来她个儿往上蹿得好快，都说她应当做佣娘，哪有这么高的丫头？

这事情也让老板新黛玉头痛：买丫头花一整笔钱，此后就是老板的人，生死由天，却不容易辞掉；娘姨是雇工，按月付钱，说走就走。万一丫头真的只能当娘姨用，这笔生意太不合算。

一大清晨厨房忙得像过年，两位苏州名厨，带了厨娘和打下手的丫头，宰鸡杀鸭剖鱼，血腥得即刻弄净。新黛玉起身第一件事是查厨房，发现地上一根鸡毛一滴油迹，就罚厨娘的工钱。厨娘们小心翼翼，也盯着每个进来端菜的娘姨丫头，生怕代人受过。

小月桂的个子高得讨嫌，但是力气不小，不像别的丫头，遇到重物，得找男工代搬。新黛玉要图个爽利快捷时，就用小月桂。

小月桂已经练成了步子再紧上身也平稳，端着一盘茶具，从厨房出来。她走过大房丫头们睡的房间，心里羡慕，不知何日能挨到那个份。

底楼一个有小窗的房间，那是她睡觉的地方，几个下手丫头住一起，拥挤窄小，得从床脚爬上去。床头的空地更窄小，转两个圈，会撞着身体。

比起乡下，这已是天上。吃得不错，小姐房里留的隔夜菜，热一热，味道一样可口。新黛玉几次骂她长得太快，但还是尽快给她做了合身的新衣，在这里丫头也必须穿得有棱有角，丝光绸气。

这阵子，已接近傍晚，小月桂穿过回廊，上二楼，房间里传来小姐们的评弹低吟浅唱，夹着琵琶玎琮打情骂俏。她朝陈设堂皇的凤求凰厅走去，那是新黛玉自己的套间，有时用来接待初次光临的新客，一是表示主人殷勤，二是楼既为一品，讲究规矩。在这里，新客第一次由新黛玉出面设宴，众小姐轮流侍酒；第二次付银子才能入座小姐本人的客厅，第三次付银子有没有入室之雅运，就看来客的福气了。

太阳落山，天色紫蓝，满街满巷灯光渐渐亮起。书寓里的姑娘中午醒来后，花了整整一个下午打扮得花枝招展。管事忙着收局票，高声地叫着某小姐出局，某小姐有人参见，某客人设茶会。衣装华丽的客人带着八哥进到一品楼里，八哥也跟着在凑热闹，怪声怪气地叫："吉利发财！"

这是一品楼生意最火红时分。

三辆马车驶到一品楼门前停住。前后两辆马车上的跟班，即刻跑到中间这辆来侍候，赶快打开门，搀扶上海洪门老大常力雄一步跨下。他走路大步子，脚底生风，完全不是要人扶下车的人。

小西门这条街不宽，却很长，从街这头望不到那头，全是药店、浴池、客栈、菜馆和杂货铺，俨然一个繁华世界。这个无风无雨的夜晚，更是人头攒动。

有个长相猥琐的小贩凑到常力雄一个年轻跟班前，神秘地说："要不要？西洋春宫。"

年轻跟班把小贩一推。出手很猛，小贩跌出几尺远，跌趴在地面上，手里的画片散落一地。他急得大嚷："老爷，不要，只管说不要。"

跟班脸还是横着，吼道："躲开点！小心挨揍！"边说边挡住此人，让常力雄走过去。

常力雄劝解地说："何必，何必？人家做小生意的。我又不是上海道台，要小民回避什么？"他看看那个小贩孱弱的身子佝偻着，对保镖说："仔细看着不要有暗器就行了。"

小贩被跟班这架势吓坏了，一骨碌爬起来，收拾落在地上的货。听到常力雄的话，知道无大碍，就弯腰献笑，手摊开那叠西洋春宫画片，低声劝说："老爷赏脸看一眼，只看一眼。"

那是一套石版印的西洋名画：波提切利的《维纳斯诞生》，安格尔的《泉》《土耳其浴女》。不知是西洋水手带来卖钱的，还是上海什么印书局新进设备做的。小贩从画片中取出几张递过来。

那些画片，印刷质量不佳，可能是洋水手顺便带来出售的奇货。不过那时上海图片都是黄尘仆仆，人旧图旧。

"华洋杂处，从此天下多事！"新黛玉对小月桂说。常力雄看到西洋裸女图这事，当然被她引为"从此多事"例证之一。

不过，这整个故事，的确是从这种微不足道的石印画片开始的。

常力雄只花了几秒钟晃了晃眼那些西洋画片，就朝小贩挥挥手："去去去，什么好东西！老子看活的。"

这个洪门老大四五十岁，体魄魁伟，穿着绫罗长衫，近处看，黑长袍的丝缎暗花纹泛蓝紫。一品楼那边早有人候着，替他打开门。常力雄提袍，一抬腿跨入高高的门槛。

欢笑声、丝竹音乐，夹裹着脂粉香气扑面而来。"是常爷哪！"好多个女人的声音欢呼迎接他。

"怎么多天不见！"

"好久不来了，叫我们想得好苦！"

"姐妹们，来侍候常爷！"

撩开纱帐挂上钩后，老板新黛玉让常力雄坐在床边，自己跪在床上，卖力地给他捶背。她瓜子脸，高挑眉丹凤眼，当她打扮齐楚，依然是个美人。在妓界，女人四十，还能让老情人留恋，确是不易。

她黑亮的头发梳得整齐，插着钗，小脚玲珑地露在绸裤外面，穿着一双绣鞋。那是一品楼倌人除了脸以外身上最骄傲的部位，让恩客端详拿捏最多，花的工夫自然也最多。

她全副注意力都在他身上，一边贴着他的耳朵说话，嘴唇就几乎摩着他的脸颊。他边听边笑，摸摸她的手。

小月桂端着一盘茶具，由凤求凰厅敞开的门走入里间，她的脚步简直没有声响。房内两人根本没朝她看一眼，她走到靠近床的桌子边，放茶碗。

新黛玉说市面乱，闹革命党，生意不好做。

常力雄半闭着眼，享受她的服侍，他不以为然，江南有钱人都躲进上海，生意怎么会不好？

"情趣雅致的客人越来越少了，手头阔绰的更少。"新黛玉叹了口气，"看这阵势，连妓家也得革命不成？"

常力雄笑笑说："都革命，都来革命！"

小月桂弯身拿托盘。他听见响动睁开眼，注意到她的大脚。他的目光往她的腿上移，然后停在她的脸上。不慎间两人眼光对碰了一下，小月桂马上垂下眼帘。她端正地站着。等新黛玉要她走时，她才能走，这是侍房丫头的规矩。

常力雄打了一下新黛玉的屁股，说这丫头他怎么没看见过，是新买的吧？常力雄记得新黛玉去过一次川沙乡下，让他手下人阿其去帮个忙，说是给她当着保卫。

新黛玉说，好几个月前在乡下拾来的粗丫头，现在乡下也寻不到像样的女孩子了。她让小月桂走近两步，让常爷看看。"你看这丫头长成这么个丑八怪，眼太大，嘴太宽，腿太长，人太高。"她手指几乎直戳到小月桂身上，"更怪在这奶子，莫名其妙那么大！难看死了！我从她舅妈那儿买来还花了一叠银子呢。"

常力雄只是简单地问："多大？"

"说是十五，都没十五的样子，我这买丫头钱怕是白折了！瞧把她享福得白白红红的。"

"回老爷，我十六。"小月桂的声音很清脆，但没敢朝那床上的两人看。

"谁叫你说话啦？"新黛玉拿起扇子拍打小月桂的胸前，"叫你束胸，你又松开了？！"

小月桂半心半意地抗议，因为常力雄正盯着她看，她不愿意在这个咄咄逼人的眼光下向新黛玉退缩。她禁不住抿了抿发干的嘴唇，轻声说："束住透不过气来——"

新黛玉没等她说完就打断她："不束，你赔我钱！"她依然转过身来对常力雄滔滔不绝地说起来："真是要多难看有多难看。不是见她爹娘死得早，可怜孤儿，一时起善心，做好事，一品楼哪会要这样的丑丫头？换作佣妇娘姨，倒也罢了。但是娘姨是要有丈夫的妇人，小姑娘不能做。两个月前有土佬南京客看中她，我让她服侍，好歹提拔她成个小倌人嘛，或许也是个办法。"

"我就知道你这狐狸精打得一手好算盘。"常力雄讥讽新黛玉一句。

新黛玉不在乎常力雄的语气，照旧倾诉她的苦恼：这孩子还死活不干，闹得客人也没了兴致，还得她出来赔罪。被管家用家法治了，挨打罚跪，还是不服，最后关了两天，打死都不服。闹得整个一品楼，为了一个最不起眼的丫头，上下不安。

这番话倒让常力雄来了点兴趣，他开始用另一种眼光端详这个丫头。

看来常力雄是新黛玉可以无话不谈的人，发点牢骚，诉点苦经。对这样知心知意的男人，女人往往容易失去戒备，一糊涂就踩过了线。她得意起来，说她只用了一句话，就把这犟骡子给治服了——"明早就送你回乡下去！"——结果这犟骡子马上朝她求饶。

小月桂还是静静地站立在一侧。她的漠然把新黛玉又点起火来，说其实她若能真接客，客人一定会嫌我们书寓没有品位雅趣，最最不像话的是一双大脚。新黛玉对常力雄解释完，转过脸命令道："小月桂，脱下鞋来让常爷见识见识大脚女人。"

小月桂羞得无地自容，想一跑了之，但是新黛玉的威胁记忆犹新，她可不愿冲了姆妈的兴头。无可奈何地脱下鞋子，在亮晃晃的地板上，害羞地动着脚趾。与新黛玉那三寸金莲相比，这双脚真是大得出乖露丑，小月桂自己看一眼，也羞恼得不行。

但是旁边正好是常力雄垂吊在床边的一双大脚，比她的大得蛮横，坚实粗壮，长着黑曲曲的毛发；她的脚掌细长白嫩，指甲透亮，二脚趾与大脚趾差不多一般齐。她愣在那儿，看得入了迷。

"脚丑到这样子，不是命该做娘姨的坯子？瞧她那副脸，还挺委屈的，长成这个怪相，心气还比黄浦江上洋船的汽笛声高！"新黛玉真是替这女孩子担忧，"哎呀，怎么个了局嘞！"

这话终于提醒了常力雄，他一笑，说："好啦，不要拿丫头出气了。穿起来吧，让她穿起来！"他把眼光收回来，朝新黛玉脚上捏了捏，说哪能个个女人，都像新黛玉当年那样绝世美貌，海上四大名花品评第一?

新黛玉认为此话有道理，不过大观园里，丫头如果不俏丽，也坏了看官的脾气。新黛玉眼睛瞟了下小月桂，厉声让她离开。

小月桂穿好鞋，收拾起盘子，朝门外走。常力雄端过新黛玉递上的茶碗，喝着茶水，不经意地看着小月桂的背影，突然心里一动。她穿的丫头服装太紧，挤着身子，肩有些宽，腰部细柔，显然不是公认的美人娉娉婷婷，在风尘女子中，很少见到。

这种风韵很特殊，好像只是清纯的乡下土气，他年轻时就熟悉的那种民间女子的粗犷。

似乎太熟悉一点，他想，不至于看一眼，就逗得他竟然心跳起来。那么，究竟是什么原因呢?

他这才想起来，小月桂端着东西的样子，很像刚到书寓门口时看到的西洋春宫画片上，那个扛着水罐的西洋美女。

可能是由于个子较高，上衣挂在后腰像流水冲到树干一样，行走中拦搁成波纹流动，没有直落下去，反而把臀腰全部显了出来，套在裤子下的宽裤腿在飘飞，整个身体悠然摇动。这幅景象，仿佛即刻就会消失。

常力雄突然厉声说："停住!"

小月桂已经走到厅里，猛地听到他的话，吓得浑身一抖，停止了脚步，但是没有回头。

"你等等!"常力雄说。

小月桂不知所措地垂着头看自己的布鞋。想了一下，她半转过脸侧身对着屋里的两人，然后抬头挺胸，手抓紧托盘，害怕得气都不敢喘。

新黛玉已经下床站到地上，手里本拿着茶碗想喝水，这时僵在半空，不知道常力雄是什么心思。

"你嫌她做丫头活儿都不配？"常力雄转头，对着新黛玉慢慢说，"那就给我吧。什么价？"

新黛玉大吃一惊，完全没想到会听见这种话，茶碗差点跌落到地上。但她不愧是见惯男女风月之事，一向知道男人对女人的心思无可理喻，也时刻准备他们在这事儿上悖乱胡闹。

她放下茶碗，不紧不慢地说："常爷，你英雄一世，哪怕尝野鲜味，也得看人。我这儿的几个姑娘哪个不比她强？你以前看上过两个姑娘，都受抬举大红大紫。若是你想要别人，海上名花野花，尽管你挑。找个大脚丫头，会让全上海码头江湖笑话的。"

她说话渐渐没了声音，因为她看见常力雄根本没有听她说，而是目不转睛地看着侧立着的小月桂胸前布衫下顶起的乳头，他那神态让新黛玉明白了一切。

她一甩袖子，很大气地反过来说话："这方圆十里华界洋场，都是你常爷的地盘，你要一个丫头还不容易——送你得了，一文不取。"

常力雄马上接着说："我可是认真的，你的光面子话得兑现。"

看来常力雄不是拒绝听她说话，他只是装作没听见他不想听的话。有时让人觉得此人心粗嘴拙，但一旦被他的耳朵抓住关节要紧，他立刻剑光一闪，一语封死。

新黛玉涨了一脸红。她走到小月桂面前，仔细打量后，又踱到常力雄面前，本想说什么，却忍住了。她依然满脸笑容地说："常爷呀，你高兴，就带回家去吧，多一个仆女，服侍你那么多偏房。可别怪我没告诉你这丫头粗手粗脚，打碎你家里细瓷水晶玻璃什么的。"

常力雄坐在床头边，穿上鞋，清了一下喉咙。新黛玉笑容赶紧收住。的确，他常爷是上海烟赌娼业的后台，一品楼这个上海花界第一招牌，是他扶出来的。他和新黛玉关系再老，也不允许他的权威有半点折扣。

"不往家带，就放在你这里。单开一房，配上两个娘姨，月钱跟其他的姑娘一样，全部新行头，房里陈设要她喜欢的。"

他话说得不狠，但一字一钉，容不得反驳，而且明显是冲着新黛玉来的，开口说话像下命令似的，让她心惊肉跳。她知道常力雄从来都是说一不二。她没有气得头脑发昏到这种程度，为一个丫头得罪常大爷："行行，常爷要什么，就有什么。"

但是小月桂忽地转过脸来，看着常力雄说："我还没愿意呢！"

新黛玉跳了起来，这下她有了发脾气的理由，她冲过去想打小月桂，一个卖断身的丫头，不识抬举！

常力雄一把拦住她，自己披上衣服，走到小月桂面前，温和地说："那么，你是愿意，"声调慢悠悠地，"还是不愿意呢？"

小月桂仰脸看着常力雄火辣辣的眼睛，她手里紧握着托盘，经不住他看，脸转开，目光移到门柱上。可是常力雄又走近一步，眼睛盯着她不放，他的目光停在她微微启合的嘴唇上，加重了语气："到底愿不愿意呢？"

小月桂突然满脸飞红，一扬头，扔下手里的东西就跑了出去。那托盘落在地板上，竟然不如她的脚步声响。

常力雄仰头洪亮地笑起来。

小月桂跨出门槛跑过走廊，奔下楼梯，直跑进黑黑的门洞里，迎面对撞上一个青年后生，险些碰个满怀。

但是她几乎都未看对方，就在快跌倒那一瞬，灵敏地一闪身，头也不回地沿着围廊跑掉了。青年后生纳闷地注视她跑走的矫健背影。

第三章

新黛玉坐了下来，给常力雄烧烟。她说，常爷看上一个丫头，她竟然跑了！不拿家法处置这个不知好歹的贱货不行！

常力雄反倒说，不要逼她。不情愿的事情，没有意思。

新黛玉奇怪地看着常力雄，拖长调子讥讽他："常爷现在泡妓院，也讲个情调！讲个洋式恋爱！世道真变得快。"

常力雄拍拍她的脸："我跟你多少年来，难道没情没调？"这话让新黛玉双眼立即湿了。

他站起来望望窗外，像是解释，又像是责怪，说其实最近他忙得连西施都不会多看一眼，今天全怪新黛玉介绍推崇，不然哪会起这个意。这时，青年后生走上楼来，他看见了，便让新黛玉暂时离开，他要借她这地方，商量个事儿。

新黛玉知趣地离开房间，心里直对自己冒火。她是做女色生意的，有家报纸甚至叫她"天下美色总管"，二十年前上海评四大名妓时，她出尽风头，不仅因为自己美艳绝伦，还因为能说出一大套女人经——什么样的女人才叫绝色佳人，品位高雅，才貌双全。她今天可能把这个丫头的丑态说多了，惹常爷恼了。

真糊涂了？她捏了一把自己的腿，问自己是否噩梦缠身。

常力雄到过道上，招呼迎面而来的余其扬："阿其，怎样了？"

余其扬一身黑衣打扮，辫子盘在帽子里，腰里仿佛带着手枪短刀之类。他快步走到常力雄跟前，朝他鞠一个躬。

他们俩走进内房，把门合上，余其扬才说："三爷回来了，把日本来的黄佩玉接到。这个黄佩玉说怕十六铺人多眼杂，住到了租界里的加而藤路。"

常力雄回到床几边，说租界其实不一定安全，洋人眼线多，打听周密。他们一旦想管，却是一拿一个准，说是不理华界官府的引渡要求，可以用刑事名义引渡。倒是上海道台衙门，对各种势力一向糊涂。

余其扬本想说话，被常力雄用手势止住，刚才他那番话只是给这个小心腹传授一些做事的经验。他回到正事上："师爷怎么说？"

"师爷说，常爷开的条件——要求上海青帮归洪门指挥，早就传过去了。那个黄佩玉下午说这条件无法考虑，不仅他指挥不了青帮，连他的上司孙中山也指挥不了青帮。"

常力雄说："这么说倒也有道理。"

余其扬对常力雄说，师爷叫他来，就是为了禀告常力雄，今天晚上姓黄的忽然话头有变化，说是一切好商量，只要谈得拢，洪门与同盟会是一家，青帮服从同盟会，也就是服从洪门。那个黄佩玉一直在说自己是洪门弟兄，说一旦有事，只有洪门自己人才真正可靠。他很感激常爷派人从日本一路护送他到上海。

"终于说了句像样的话。"常力雄站起身来，"不过空话中听不中用。具体条件呢？"

常力雄走到窗口，仿佛是对余其扬说话，实际上是自己在沉思。他知道革命党人想抓住洪门的力量，准备起事。他对余其扬说："你让师爷私下看紧点，谈判却悠着点，看这口气谁能憋得过谁。"

"那么我现在就去告诉师爷？"

"明天上午去告诉他吧，叫他跟对方再打一阵太极拳。"他拍拍余其扬的肩膀，"阿其，你做事认真，很好。坐下喝杯茶。"

余其扬谨谨慎慎坐下："是，常爷。"

常力雄笑了，说你这个小子怎么连轻轻松松说话都不会？不过也好，吃我们这一行饭，就是要时时看观六路。你十七岁了，这一品楼全是美人，我看你娶个什么娘子吧。

余其扬不好意思了，说："常爷，我还没有到娶娘子的年龄。"

听了这话，常力雄端详余其扬，这少年头脑机灵，身手敏捷，不像江湖上人物，倒像是当官的料子。看来五年前把这个书寓里干粗活的小打杂收为跟班，送他去读书，还真是对的。"好，有出息，以后有你出人头地的时候。"

余其扬站了起来："常爷的恩情，阿其我没齿不忘。"

"行了行了。"常力雄满意地看着他，说，"去吧。"

午夜之后很久，整个院子才消停下来。小月桂躺在床上却怎么也睡不着。她穿上衣服，轻轻推开房门。月光下，池塘中的金鱼像团神秘的火焰。听说这棵桃树吊死过一个姑娘，闹鬼来着，白日也少有人敢从树下过。新黛玉却不让砍，说死了一个人就砍一棵树，这院子别长树了。

小月桂却感觉这是个好地方，清静。她听见了咳嗽声。那边楼上有个影子，像在窥视，待她躲到树后，定眼去瞧时，却不在了。

小月桂看到常力雄下楼来，好奇心促使她走出暗处，故意站在一盏灯笼下。新黛玉关切的声音从楼上传下来："常爷，走好！"

两个保镖跟着常力雄，一前一后，门外的马车早就等着，那里也有保镖。

常力雄看到小月桂，停了停脚步，只那么几秒钟，什么也没说就从她面前走过去了。

小月桂呆在原地，看着他的马车消失在黑夜里。小月桂很生气，她回屋躺在自己的床上，脸朝下陷在枕头中，想起自己到上海的第一天。

他们一行人从过江渡船上下来，就在十六铺叫了马车。

街上熙熙攘攘的，似乎要人挤人才能通得过。小月桂趁新黛玉不防备，跳下马车来，走着路，兴奋地四处张望着。马车还是走走停停。余其扬也跳下马车。

一群洋水手从轮渡上下来，已喝得半醉，正在乱吼乱唱乱窜，往前面的妓院走。新黛玉一路上都在提常爷。小月桂终于忍不住了，好奇地问："谁是常爷？"

新黛玉指指对面街上的茶楼："不就在那里！"

小月桂仰起头，茶楼的窗口，两个男人在那儿，正在往下瞧，说着什么。她忍不住又问："哪一个是常爷？"

新黛玉把自己额前的一缕头发往后压，压在耳根后："常爷呀，上海滩老大，跟你八辈子碰不着边。"

仿佛一切皆是个梦。现在她碰着常爷的边，而且要成为他的女人，她却一点都高兴不起来，翻来覆去都合不上眼睛，心事重重。

大清早，下人们开始忙碌，小月桂刚匆匆梳洗完，新黛玉已经站在丫头们的房门口，冷眼命令她："跟我来！"

有男佣在扫天井，昨夜风起刮得满地是树叶，竹扫帚在石块上发出唰唰的响声。小姐们还没有起床梳妆，整个院里就不让有人大声，日上三竿，仍能听到清脆的鸟语。

新黛玉叫上小月桂，也不说什么，只让她跟着。要走得比新黛玉快，当然不难，要不紧不慢落在后面一步，却不容易。

推门进去，早有两个女人垂手而立，长得清清爽爽。她们似乎在院里见过，不太熟。一品楼的规矩，丫头娘姨之间不准太亲密。

新黛玉指着一个高个儿二十八九岁的女子说："这是娘姨李玉。"她头微微一转，看着那个年轻的女孩说："那是秀芳，比你大两岁。从今天起，你们俩专门伺候月桂小姐。"

"是。"李玉和秀芳同声答道。

小月桂听了这话，明白她真成了一个被服侍的"小姐"。新黛玉果然依着常爷所说，给她按书寓姑娘的身份准备起来了。她感觉心里有点热，头也有点晕。

她打量这屋子，虽说只是一个单间，不像别的小姐是两房套间，但是似乎比那些房间大，不管怎么说都不算差。有一个荷花翠鸟画屏，把房隔了一下。一床被褥枕头垫子，叠得整齐；三面框镜架挂在一边的梳妆台上，梳具粉盒口红脂粉眉笔，一应俱全；竟然还有玻璃吊灯和自鸣钟，窗帘锦缎亮丽，垂着漂亮的流苏。

"你看，比待其他小姐还阔气。"新黛玉看着小月桂问，"姆妈对你好不好？"

"谢谢姆妈。"小月桂赶紧说。

"别哭丧着一张脸，你不是很会笑吗？"新黛玉说。

小月桂垂下眼帘，不作声。还不知道要为这种一辈子从来没有过的奢华付出多少代价，她心里正五神不守。

新黛玉心里哈哈一笑，只当没看见她的表情，对李玉说："等会儿领大师傅到月桂小姐房里，给她做几件像样的衣服。咱们书寓的脸面，姆妈节吃省用，也得绷起来。"她想了一下，"也不知道这个常爷定在哪一天来做这个事，你们每天都要准备好。这个大老虎说来就来，来了，就要吃人的！"

小月桂脸色都变了，她知道新黛玉是吓唬她，但是这取笑似乎有点真。

新黛玉笑了起来："常爷吃了吐出来的女人，个个都是隔一夜漂亮十倍，跟花朵一样，瓣瓣都新鲜着呢。"

小月桂去掉了丫头的装束，换了一身麦绿嫩蓝，与以前判若两人。她几乎没法相信，镜子里的富贵小姐，是那个每天打扫猪圈浑身脏兮兮的姑娘。

在乡下种田时，她经常跟粪便打交道，臭不可忍，有时弄得一身都是。到一品楼后，早上她在粪车到之前，负责从小姐房里把马桶拎出来。那些马桶盖得严，封得死，洗净后熏过香，但一样是屎。现在由别的丫头做这事。

一旦做了小姐，事事有人伺候，铺床叠被由别人做，梳头也不必自己动手。她生是丫头命，很不习惯，闲得难受，连手都没处放。

秀芳劝她学绣花，她想想，便让秀芳去买帖墨毛笔回来，铺纸在圆桌上写字。父母去世之前，她开过蒙，只是好久没有摸过笔墨，心中发怵。

这么过去了一周，也不见常爷露面，小月桂忍不住了。她坐卧不安。走到回廊上，看见新黛玉一人在房间里嗑瓜子。小月桂经过门口时，新黛玉闻声转过头来，脸上有一种奇怪的微笑，比一脸冰霜还叫小月桂周身不舒服。

李玉比她大十多岁，见过世面，她劝小月桂说："得等，值得等。常爷是洪门老大，上海滩一只鼎，其他姑娘想高攀也攀不上。常爷也是英雄好汉，万人敬仰，跟上常爷会在万人之上。"

当小月桂经过新黛玉的房间时，新黛玉叫住她，说："明天起个早，带上李玉和秀芳，我们去城隍庙。"

第二天她们四人坐了两辆马车，去城隍庙拈香拜佛。

大清早，石板路上马车如云，艳装的风尘女子裙裾边系着小铃，处处听见悦耳的铃声。

快接近城隍庙，街上热闹得像赶集市，他们一席人干脆从马车上下来，走过去。江湖艺人在表演吞剑耍扯铃，在小孩子的身上箍紧铜丝再踩肚子，小月桂马上把目光转开。一个接一个的小吃摊，卤鸭小笼包子香传几条街，烧田螺诱人口水。

就在这时，小月桂看见余其扬急急走过，不太像是从庙里出来的。她马上想到，这个阿其肯定知道常力雄在想什么。她大步赶过去叫他："阿其！"

余其扬没听见，在人群中几闪就不见了。她转几个身，又发现了他，追了上去，他正在等一辆马车。

"阿其……"她想说的话，却未能说出口。

余其扬当没有听见。

她的脸马上涨红了，对他说，她是小月桂，问他怎么也不到一品楼来了？

余其扬这才掉过脸，冷淡地说："是你！真是太巧。"他跳上马车，说是有急事，就让马车夫开路，消失在人群中。

小月桂马上明白这阿其有意装着不相识，她面子上下不来，心里恼火。其实她并不想逼出一个关于常爷的答复，不料常爷的下人却躲鬼一般躲着她。她愣愣地站在街头，没有动，心里从来没有这么难过过，好像落进水潭，一沉到底。

李玉追了上来："原来你在这儿，急坏我了。"

小月桂勉强一笑，问李玉是不是姆妈以为她跑了？李玉眼尖，瞧见远处坐在马车里的余其扬："原来你遇见这孩子。"

李玉带着小月桂过九曲桥，一边告诉她：余其扬是在一品楼生的，听说他生母是个小姐，生父不知道是谁。他的生母后来姿色衰败，不能待在书寓里，只好到别的妓院做幺二，甚至做野鸡，不再露面，最后音信全无。这个孩子却被服侍他母亲的娘姨丫头留养下来，稍微长大，就在妓院里打杂，做下手，做别人称为"小龟"的角色。

小月桂关切地问："他妈妈再也没有出现过？"

"多半早已亡故了吧？死前恐怕已经沦落不堪，不能再来见他。唉，做这一行活不长！"李玉叹口气说，"哪怕往最好的地方想，妓女有个从良好结果，也不敢提起有个'野养'的儿子。恐怕这做母亲的早就死了这条心。"

这么说，那阿其也蛮可怜，跟她一样，满世界没有一个亲人。她对他的那份怨气全消了。像他那样索性不等什么人，倒也活得干脆。

第四章

哪一个夜晚能有满天紫蓝透气？叫人想起来都怡人心肺。真是好彩头。四马路上，加上横向的十多条街道弄堂，有数不清的酒楼、茶馆，大都是为其中的"书寓"和妓院服务的。妓院各自挂着招牌，有的将头牌妓女的香艳名字，用红笔书写在大门口透亮的灯罩上。客人熟门熟路地进进出出，甚至成群结队，在各色灯光红火中，从这妓院窜到那妓院，笑声夹着叫喊。

四马路中段很气派的一幢房子里，喧哗热闹异常。这是一家酒楼，有个包间很宽大，坐得满台客，被叫来出局的艺妓或坐或站。他们的眼睛全在一个不大不小的名妓身上，她绣花绿衣，红裙微露一对三寸金莲，评弹拨弦唱声清亮，余韵低回。她的纤纤玉指急拨慢弹，细声长吟。每个音都拖三个圈：

卿怜我——纸鹤——飞得低，

没有线——牵怨——秋风吹。

月色融——融花——开易凋，

我劝卿——今晚——酒儿醉。

被客人叫出局的妓女除了献艺还要烘托气氛：添菜斟酒，依偎着客人时，风情万种。这批艺妓，专心地凑兴，娇声娇气地帮着身边的男人喝酒行令，借醉掩羞，扔出挑逗俏皮话，逗得满席大乐。

正当宴席开始精彩起来时，主客位上的常力雄，站起来向设宴的主人拱手致歉，说今晚有事，得先走一步，得罪了！

主人站起来留他，旁边一个长辫子的胖男人也站起来说：“不能走，常爷不能走。从未见常爷这么早就不玩了。没有常爷，满座美人不欢，对不对？”

众妓女都叫起来，不让他走，说少了他，就少了豪兴。

常力雄还是在一个个打恭，腿往后移。

那些人开始嘀咕，不知何事让常爷这么着急？

“听说常爷看中一个雏妓？”

席间有人问麻脸师爷。师爷却神秘地不作声。那人接着又问：“没有开过苞的清倌人！对吧？”

常力雄听见了，朗声笑了，点点头。

一桌子人立即喝彩：英雄多情，可喜可贺！好汉风流，罪过该罚！

常力雄说，因为先走，为此自罚三杯。他举起酒盅自斟，连连将酒一饮而尽，然后转身离席。

他走出包间，余其扬不知原先猫在什么地方的，立即从旁跟了上来。两人一前一后在点满灯笼的走廊穿行，出了酒楼，到了灯火通明的街上。余其扬不得不小跑才能跟上。常力雄脚步越来越快，衣裾飘飞起来。

上午就有人到书寓送口信，小月桂便开始被人摆布，从沐浴到换衣，到梳头抹香油。新黛玉觉得怪了：常力雄喜欢做不速之客，一是不让铺排，好看惊喜，二是他从来就不让人知道他的去向。

没料到，常力雄这次还遣人专程来捎个信。新黛玉自然懂这是什么意思，传话下来好生准备。

李玉和秀芳与小月桂一起，一分钟都未停息地忙着，从窗到床架，从柜子到墙上，能挂能吊的地方都铺上了喜气洋洋的红色。在这之前，小月桂从未穿过红衣，穿上才发现，其实浓烈的红很配她，她青春光洁的皮肤，被映衬得白皙细嫩。

她的嘴唇本来就潮湿红润，连香精凡士林都不消涂。眼睛眉毛却被李玉仔细勾画了几遍，这是她第一次画眉，一直闭着眼，怪难受的。但是李玉摆弄完后，她对镜一看，确实连她自己都不认识了，尤其是那双眼睛，漆黑清澈，她的心猛跳起来。这些天来，人明显瘦了一圈儿，瘦得正正好好。

新黛玉神采奕奕地走进房，四下打量了一圈，奇怪怎么还不点烛？
小月桂本来端坐在榻床上，便下地来去点烛。新黛玉止住她，说是这样会把她的绣衣弄皱了。那边秀芳闻言，赶紧点烛。新黛玉走过画屏，严厉地盯着小月桂说："常爷的马车马上就到，他一到，酒席就会送上来。好好侍候，你听着，不许任性，不许有差错。侍候好了我自有赏，不然家法处置！记住了，他可是常爷啊，我都得捧着端着！"

小月桂紧张地点点头。新黛玉一拂手就走了。小月桂坐下来，看着烛台上的火苗在增大，感觉到那马车在大马路上行驶，腾蹄飞奔，卷裹着一大片令她惊慌的色彩而来，接近了小西门，到了院子外的大门前。她竭力止住自己叫出声，干脆闭上眼睛，不看周围人在忙什么。

小月桂与常力雄两人在屋里了，桌子上红烛燃得旺旺的。小月桂坐在床边，帐子挂了下来，遮住了她。常力雄把帐子撩了起来，她打扮得精致细巧，有如天人，几乎让人不认识了。常力雄惊奇地瞧着小月桂，她把脸转过去，不让他看见。常力雄把她抱住，她的身体不由自主地想挣脱开。

"还是不情愿？"常力雄说。

常力雄把一碗茶递给小月桂。她接到手里，等着他发火。常力雄不但没发火，反而自己给自己端过茶碗，喝着水。她盯着茶碗，不知下面的局面该怎么办，怯生生地说："我该受到家法处置！"

"惩罚你什么？你做错了什么？你只是脑有反骨，天生不顺从。"常力雄笑着说，"不过今天，你只是害怕，对吗？"

小月桂点点头，还是没有抬起脸来看他。

"那就再等等也无妨。"他说完就回到床上。

小月桂喝了水，觉得奇怪了，便轻手轻脚走到床前，那边已经开始打鼾。她揭开帐幔，看常力雄安静的脸，这个人真是言而有信。她走过去吹灭蜡烛，坐在床边想了想，便脱下鞋子，上了床，躺在常力雄的旁边。

她侧翻过身体，脸转向常力雄，身体渐渐靠近他，最后勇敢地把手放在他肩膀上。

自鸣钟在摆动，不知疲倦地走着。过去了许多个晚上。这天晚上，小月桂觉得口干舌燥，她翻身下床，趿上鞋，仔细地掩好帐子。

走到楼下厨房，她看见月亮如弯刀斜挂在天空。远近一片静寂，偶有马车嗒嗒的蹄声，似乎从另一条街上传来。

她端着茶具顺楼梯而上，脚朝上迈一步，她的身影就高一步。头发散乱地披在肩后。大概凌晨四更天了，这院子里好多窗都还亮着灯光，但大多门窗紧掩。即使酒兴阑珊，归者自归，留者自留，夜还远远没有打算结束。

她悄无声息地进房，喝了水，走到床边。

柔和的灯光透过帐纱，常力雄睡着了，平静地打着鼾。她抬起身，仔细看他裸着的胸，以前她注意到他一身锦缎一样的好花绣，现在才看个仔细：左凤右龙，绿蓝相间，凤羽龙鳞，色彩鲜亮，图案做得真细致。他曾说，这是熬了好几个月的刺痛流血才绣成的。

常力雄呼吸起伏时，左凤右龙好像在他胸前袅袅对舞，她不禁笑起来，想伸手摸摸，看看刺得多深，有没有伤疤，只是怕弄醒他，才止住这念头。

他翻了一个身，盘在头顶的长发落下来，遮住了左脸颊，她伸手想给他轻轻撩开。

在这一刹那，他突然一把抓住她的手臂，醒神地看了一下，又倒在枕头上，自个笑了起来。

她揉着被捏痛的手腕，埋怨地说："不识好人心！"

他拿过她的手腕，揉了："不要恼，我吃江湖这碗饭的，睡觉也半张着眼。"他接着小月桂递上来的茶碗，起身喝茶水，待她烧好烟，便搁下茶碗，取过烟枪吸了一口，郑重地对她说：江湖上他有好多仇家！官府里——就不说了。今后不要不声不响就靠近他。

"谁想靠近你？！"

她正准备去取签子挑通烟眼，他却把烟枪搁到一边，一把将她揽在怀里："你姆妈说你样样不行，我怎么觉得你样样好，我心里想什么你都一清二楚。喜日子的晚上，你居然一声也不吭，换了别的女孩子，要害怕得折腾大半天。"

他说的话让她脸红。她转过身去，说她也怕，她当时不知道会流血。

他拍拍她的脸颊，说她就轻轻哼了一声，这叫他另眼相看。况且，在那之前他好多天没给消息，真是有事。她心里怎么想他不知道，嘴里到现在一字都不提，看来她是个沉得住气的角色。

她心里咕哝，这个男人好精明！知道我心思，还故意试试我。她将心里的话表达出来："侍候常爷是月桂的福气，只要能侍候得上，感激还来不及。"

他拍拍她的脸："还加上会说好听话，不给男人添麻烦。也好也好，你现在不觉得我强迫你了。"

他欠起身喝了点茶水。本不愿欲火来时乱答应女人，但是他无法制止自己：一心想让这个可怜可爱的小女子高兴一点。

"等选个好日子，正式娶你过门。"说完，他自己高兴起来，把她拉到怀里。

她依偎着他，说只要常爷像现在这样天天来，别的她什么都不想。

他答应她，天天来，不光天天来，还想带她在身边。

她的手指点着他的嘴说："我有什么好的，大脚婆一个。"

"你像有个线牵着我的这地方。"他指着自己的胸口，"我大你三十多岁，人就是怪，那天我一眼就看上了你，现在我对你是越看越满意。你感觉出来了吧？就在下月吧，让师爷选一个黄道吉日，我得用八抬轿子把你抬进门，喜事办得闹闹猛猛。"

这个夜晚，他已经是第二次这么说。她才相信他是真心想娶她，虽不是正房，只是做小，但他至少并不是把她当个妓女。

这出乎她意料，这个名震上海滩的英雄好汉，对她竟然有种知遇之恩。她听人说过他的故事，多知道他一分，就多一分钦佩。

上海洪门从1855年小刀会起事反清失败后，绝大部分从容死节，侥幸逃生的余党，四散到各地，不敢再回上海。洪门三百多年，几乎灭绝。常力雄在上海重开洪门，冒死艰辛，几次陷于官府追索，软磨硬打，终于让洪门站住脚。

她对这个男人欢喜得了不得，从来没想到过年龄差别。也许这就是天意吧。

那夜，带些龙胆花粉气息的不倦之夜，她握着他的手，看着他说："常爷待我这么好，我只想一辈子侍候常爷。"

"你人小，懂的事倒不少。不过喜事就定了，你等着过门吧。"他双手扳住她的肩膀，保持一点距离，定睛看着她，又绕回老话上，自言自语，"这新黛玉怎么回事，一向精明，竟会看走眼？"

她与他对视了很久，害羞地笑起来。隔了一会儿，才想起那问题，告诉他，大概是由于她不会唱评弹。

"你会唱什么？"他松开手。

"我只会唱乡下花鼓，九计十三卖。"

"嗬，卖什么？"

她想想，迟迟疑疑地说："《卖红菱》怎么样？"

"就《卖红菱》吧，我洗耳恭听。"

"先说好，不准笑，不登大雅之堂。"

"这里是床不是堂！"

她打了他一下，从他身底下拉出压成一团的桃红丝绸衫，披在身上，端起茶碗喝了点水，就伸直背端坐凝神唱了起来：

　　姐儿啦塘里摘红菱，

　　田岸头上丢条裙。

郎啊，郎啊，

要吃红菱拿把去，

要想私情别起心！

长裙短裙爷娘挣，

着子你格红裙卖子我个身！

　　本是首耳熟能详的沪郊农村谣曲小调，川沙腔与常力雄出生的松江农村的腔调差不多。在常力雄听来，这川沙的发声还特别有味，尤其是从小月桂嘴里唱出来，有种韵味悠长的甜糯，那悠缓的拖腔反复，绕得常力雄心尖尖又痒又舒畅。

　　她从小喜欢唱调子，到了上海只能偶尔趁着洗碗碟杯盏或拖地板的时候，自己哼哼。在这个琵琶弹雅的地方，还是不要出乡下人的丑。

　　现在常力雄看着她的眼神，如此陶醉，如此爱怜，让她唱得越发有情有调，她也没想到自己竟然能把花鼓小调唱得一咏三叹，情意绵绵。

　　唱的与听的人一样如痴如醉。他禁不住拿起她的左手，在她的手心上打起了拍子。她一唱完，他坐起来，抱紧她，说："比我小时在老家听的还好！"

　　"常爷。"她突然停住。

　　"怎么啦？"

　　她没有说下去，满脸通红。

　　"怎么回事？"

　　"我又想了。"她低声说。她掉开红红的脸，给自己找个理由：

"大概是唱出来的。"不过同时，她的全身开始快乐地战栗，红晕从脸上蔓延到脖颈，又蔓延到胸口。

"我也想了，就是你唱出来的！"他一把揽她在怀里，倒在枕上，抛开她刚套上的粉红内衣，"看来你是个小妖怪。"

挂钟的钟摆在摇，他们俩的身体如那钟摆摇曳，怎么也停不下来。她觉得从来没有这样快乐过。先前那几次，她不知如何对付这事，只知道有点快乐。这一次，她已经明白了这快乐是她自己的，只要心里想要这个男人，就能让这快乐带着自己走。

好像骑在一匹奔跑的马上，她的全身，尤其是下部，里面的深处，被颠得阵阵发麻。而马急驰起来，她被常力雄抱着一起骑在上面，马跃过床，跃过墙，跃过一道道河流，直往坡上冲，前面就是山顶，这匹马一直冲到山顶，却停不住。

他们俩都叫起来，顺势飞了出去，晕晕迷迷地飘翔在空中，顺着风势起伏，似乎降了下来，却又畅畅地升上去。她觉得自己的灵魂从未如此自在，翱翔在一个空旷之中。

也不知他们是什么时候终于飘落到地上的，也不知他们是什么时候醒过来的。一阵凉爽的风吹来，她睁开眼睛，发现自己一身是汗。

她起身去绞一把热水毛巾，擦他脸上身上。那挂钟钟摆指针已经到了三点。他侧脸看了看钟，奇怪地问："你说说，这一晚上你要了多少次？"

她高兴地说："回回都是飞连着飞。"她看着他，让他别说了，再说，她又想要飞一次！她脸红得埋在枕头里不肯抬起来，她也不知道自己是这样的，也不知道原来男女的事情是这么好，"你让我在飞起来的时候，即使是死了，也愿意！"

他哈哈大笑起来，说他没见过小月桂这样的姑娘家，她太能享受男女之事。

她真的慌乱起来，她真那么怪吗？该怎么办？她无助地望着常力雄。

"没关系。"他笑了起来，拿过汗巾，替她擦干净，"我也跟其他男人不一样，我们俩一样跟别人不一样，就我们俩一样。"

"我这么放肆，你还喜欢我吗？"小月桂害怕地问。

"我活了这半辈子，女人无数，还没有一人像你这样让我高兴。你的脾气我喜欢，你唱歌我喜欢，你和我一起要飞多久就飞多久，更让我喜欢！"他喜滋滋地说，拍拍枕头，"来，你这个小月桂。"

"怎么啦？"

"好好睡，梦中告诉你娘，说是你靠上了一个好男人，这男人会让你一辈子快活，无忧无愁。"

她靠上枕头，马上就沉入睡眠。长这么大，她从来没有这样无忧无虑。今后的每一天会同样美好，今后的每一夜会重温这种幸运。她没有想过为什么会有这个福气。她不必去想，只消靠在这个男人宽阔的肩膀上，一切都好。

床档头镶着镜子。她看着镜子，恍惚在梦中。她就是这样一个人：经常通过镜子和死了的亲人说话。

小时候母亲带她到庙里点七星灯。庙里的人对母亲说，你看你女儿的灯燃得这么奇特，燃出很多小花，这是一个有菩萨看护的人。

她相信菩萨第一次把仁慈的眼神移向了她。

天下着小雨，师爷举着一把油纸伞走进来。他站在天井的石沿边，把伞收拢，倒立起来，甩甩伞面上的雨水，这才递给一品楼的管事。师爷生有福相，脸宽眼大，留着胡须，那脸皮上的麻子，倒也不扎眼。管事把他请进后院一个小小的厅里，给他端来一壶龙井，对他说："请稍坐一会儿，我就去禀报。"

新黛玉跟在管事的后面，匆匆从后院里赶过来。大概是为了避开雨，绕着天井走。

师爷说有要事找常爷，常府上说老爷近来不太归家，昨夜也没有回去。他猜想是在这里。

新黛玉笑着说："师爷你又不是不知道，常爷迷上了一个大脚丫头，每天日不上三竿不会起身的。"

"常爷好福气，叫人好生艳羡。"师爷要新黛玉去通报一声。他说真有急事，耽误不得。

"我也不好去冲常爷的兴头———一辈子也没有见过他这么迷一个女人！"新黛玉整整银钗，抚了抚自己的头发，"我若进去，免不了常爷不高兴。我找一个丫头去叫吧，她们看惯了这种场面。实话说，看见他们俩那个呼天喊地的阵势，连我都怪心惊肉跳的。"

师爷摸着胡子，知趣地笑笑，摆摆手，表示不急，说何必冲了常爷的喜气？

新黛玉却让门外候着的管事去找秀芳。她要留师爷吃中饭,亲自给他沏茶。很讲究,头一杯倒掉,第二杯才递给师爷。望望那楼上,她说:"那一对床上鸳鸯,早饭不吃,中饭也不吃,不知吃什么过日子!"

师爷的确有急事,只当听不懂新黛玉的酸话,他喝了一口茶水,坐不住了:"你看是不是——"

新黛玉知道他要说什么,故意不接口。

"你照应着点,"师爷干脆转从大处说,"别让常爷淘坏了身子——"

他话没说完。应着他的话声,常力雄已经大步走了进来,一边还在扣上衣纽扣,看来真是才从床上被丫头叫下来的。

但是他红光满面,神采飞扬,师爷和新黛玉说的半吞半吐的话,全被他听到了。他朗声哈哈大笑,指着师爷说:"你看来还真是白在江湖上混了一辈子,也不知道男欢女爱!你看我哪里会误了事?"他瞪了新黛玉一眼,转头对师爷说,"日本来的那个姓黄的等不及了?"

新黛玉吓得不敢看一眼常力雄,怏怏地往门口走,说:"你们老爷们办正事。"

"几个人有常爷的魄力!"师爷赶快说,"小弟知道常爷是借风流情事,有意让那黄某人等着。不过去打探的兄弟回来了,说风声开始紧起来,看来要有动作。黄某人说急于与常爷会面,可能真是事急了。他说我们提出的条件,不是问题,当面商量。"

第五章

凤求凰厅里，常力雄和师爷面对面坐着，身后站着八爷和三个手下人。三爷走进来，他身材和常力雄一般高大，只是年轻得多，三十岁不到。凡是遇到可能会动武的事，三爷总是常力雄的主要帮手，而且手下有一批精干的杀手，都是短刀短枪。

"三弟，没有必要动手，一切按洪门规矩来。"

师爷说："各位弟兄明白不？"

"明白。"手下人齐声说。

议完事，常力雄走到走廊尽头，进到小月桂的房间里。

小月桂正在往头发上插鬓花，穿了一身墨绿色的衣裙。梳妆台上放了好些饰品，秀芳帮小月桂一个个挑试。窗外明朗的阳光投射进来，荷花翠鸟画屏移到墙边，房间显得宽敞。

秀芳知趣地离开了。常力雄从床头取出他的小黑布包裹，打开来：

是一把带壳的手枪，他打开弹匣，扣上子弹；又从皮套里拔出匕首——洪门惯用的小刀。

小月桂走到他身边。常力雄问她："你害怕吗？"

小月桂摇摇头，坐在他身边。

常力雄一笑，告诉她，这把尖刀是上海洪门山主护身用的，山主当年以小刀会名义起事。他指着刀柄："这是青玉镶的，对着光瞧，可以看到刀锋上暗刻'反清复明'四字。"他叫起来："真是，这四字又放光了，好兆头！"

小月桂与常力雄头挨着头，看得入迷。

常力雄把小月桂打量打量，自个掂量，自顾自地点点头。他走到门口，让李玉把新黛玉叫过来。

两分钟不到，新黛玉就来了，李玉顺便把茶水放上来，烧好水烟呈上来。李玉退出门去。常力雄吸着水烟，对新黛玉说："你教月桂姑娘洪门规矩，让她尽快学会！"

"只有一天时间，明天晚上就要派你们俩用场。全部闯码头对证规矩，你必须教会小月桂。"

新黛玉疑惑地问："全套？她能记住吗？"她的眼睛盯在小月桂身上，摇摇头。

"姆妈，你放心！"小月桂响亮地说，"凡是常爷交代的事，我一定能办到。"

第二天白日好像眨眼间消失，暮色笼罩之中，街上有龟奴背着出局的俏丽女子，在人群中匆匆走过。一辆黑车在一品楼书寓门口刹住，一位中年男子从车里出来，他戴着一顶黑礼帽。租来的汽车，司机按照他的吩咐，把车开到一边等候。他不用掏出怀表看，就知道自己来得准时。

在一品楼门口，除了往日短衫撸起的门卫，还有几个穿长衫的人物。今天与往常气氛不同。余其扬剪了头，穿起浆烫过的长衫，脸色有点紧张僵硬。

三爷在一品楼的大红门前迎接那中年男子，照规矩，这个男子没有带跟班或卫士。三爷握拳作礼说："黄先生，小人在此恭候多时，我堂山主有请！"

黄佩玉点点头，眼睛却没有朝三爷看，他站在门口四下打量了一下，带着疑惑，选这么个地方？明明是妓院，却雅名书寓，一品楼书寓！他差不多要笑出声来。

三爷琢磨着他的心思，小心地解释：师爷说此地居于华洋两界之间，上下九流之中，可进可退，可上可下，对大家都方便，请黄先生包涵。

黄佩玉丝毫不留情面，话来势很凶："心里想的怕只是'可上可下'。你家山主不知我来路，让我等了这么多天，到今天还是不愿意给足面子。"

三爷知道这种事情轮不着他来辩解，可能此人就是冲着他这样的角色说这种话，不至于马上闹僵。他只是说："黄先生请，黄先生请。山主已经久等。"

黄佩玉三十六岁，在上海男人里算个儿高的了。大褂外加一件皮背心，唇上留有修剪整齐的胡子，帽后的辫子显然是假的。他进门后将礼帽递给余其扬，反而显出气质来，看来是个有阅历有主意的人物。他的脸相却一点不咄咄逼人，语气也温和了，带着三分笑意，外表看很像一个书生，斯文儒雅。

余其扬不由得多看了黄佩玉一眼。黄佩玉马上明白是什么意思，主动从怀里掏出一把手枪，交给余其扬，然后举起双手。

余其扬的搜身做得干脆仔细，快速有礼，却没有漏过任何可能藏武器的地方，这是当保镖的基本训练。他格外谦和地说："黄先生，得罪了。"

里面师爷大步迎上来，向黄佩玉拱手致意。师爷陪同他走上回廊，楼梯口又有管家老五和老八分别行礼迎接，陪同到凤求凰厅。

待一行人的脚步声到厅门外，常力雄在厅内高举双手作抱手礼。他神色严峻，眉眼之间似有杀气。他没有说话，更没有请来人坐下。

黄佩玉走进厅堂，举双手抱拳，两人的眼睛相对，似乎在测试对方的内心。洪门山堂规矩，见生客先威后礼。黄佩玉早知道他要"过关斩将"，但没想到这个有名的帮主常某人如此威仪慑人，不禁心里稍有怯意，怕今夜会现出破绽。不过他脸上纹丝不动声色，几个头目站在他身后，离他只两步远，随时都可以把他扑倒。

常力雄背后是一脸严肃的新黛玉。小月桂头发梳了个髻，一身素衣，除了手腕上有玉镯，无其他佩饰，她静静地站在新黛玉的身后。

突然常力雄朗声唱问："领香人来做什么？"

黄佩玉回答："投奔梁山。"

不等黄佩玉话落，常力雄又问："何事投奔？"

黄佩玉也不得不快接："结仁结义。"

"受何人差遣？"常力雄不让对方有想一下的机会。

"天差地遣。"

"青帮转洪门，鲤鱼跳龙门。"常力雄几乎威胁地说。

黄佩玉说："只有金盆栽花，哪有青红分家？"

听到此言，常力雄扬声大笑，声振全屋，却突然收住。他缓缓站起，架开手臂，做了一个奇怪的动作：先将两手附在胸前合拢，向左右分开，左右手拇指跷起，余四指抱拳；左手向后过头不动，右手向前直伸，上下三起落；右腿前弯，左腿后伸，右手上下三起落；此后右手随右腿收回，两手过左肩合拢后，再向左右放下。常力雄的架步，动作舒缓，劲气内敛，显然是武功精到之人。

黄佩玉没有动，只是拱一下手，两眼看着常力雄说："前弓后箭，凤凰三点头。山主是'大'字辈，小子冒犯了，请恕罪！"黄佩玉转过头去，斜看常力雄身后站着的两个女人问："何处阴码子？"

新黛玉伸手拢胸，左右手各作"三把半香"，交叉于胸前，右腿跨前交叉于左腿。

黄佩玉笑道："原来是金凤四大爷，失敬失敬。"他自己摆开身姿，做了一个架势：右手握拳直伸，左手作"三把半香"，平于肩头，放在左胸，作前弓后箭，凤凰三点头，后作收势。

常力雄大笑起来，说："好好，山堂心腹，山堂心腹。"他一摆手，请黄佩玉坐下，算是过了头上几处关隘，已经可以以礼相待。

他们坐下后，中间隔个桌子。小月桂麻利地端来早就备好的一盘瓷酒杯和酒壶，摆在桌上。常力雄伸出手来，拿过瓷杯，摆出一个奇怪的样式。

小月桂将酒壶拿在手里，常力雄摆一个杯，她就斟一杯酒，两人配合默契，将杯子一一斟满，黄酒的香气飘满屋里，而桌上出现的是一个"七星剑阵"。这是认明洪门弟兄的三十六阵势之一。

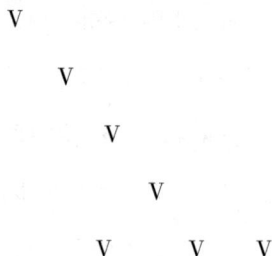

```
        V
            V
                V
                    V
            V   V   V
```

黄佩玉只是看着，脸上没有任何表情，心里喜忧毫不显露。等小月桂把壶放回到盘里，他才伸过手，把底端两侧的杯子移到中间。

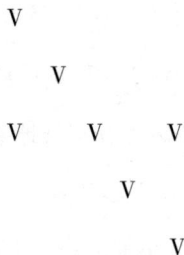

```
            V
                V
            V   V   V
                    V
                        V
```

他取当头第一杯自饮，饮完后，才不慌不忙取第二杯端奉给常力雄。

移酒，饮酒，奉酒，都没有半点滴漏，常力雄脸色宽容多了。接酒饮了，放下酒杯，常力雄似乎尚有余兴，看这个海外洪门弟子是否还顶真讲究几百年洪门的规矩。他伸手又摆了一下酒杯，开始笑眯眯地瞧着。小月桂马上把两个空杯斟满酒。常力雄把两个杯子一一挪动位置。

<pre>
        V
          V
            V
      V   V   V
                 V
</pre>

这是"七星剑阵" 延伸第二势，已属帮门内琐碎规矩，只有长年在帮内跑联络的人物，才能不仅记得住各种阵势，还记得住延阵再战之势。

屋子里的人瞧着黄佩玉，黄佩玉知道这是关键的最后一招了。洪门以反清复明为宗旨，准赖不准混，对外可以抵赖，却绝对不准外人充混，必须严格盘问，以防间谍打入组织。青帮不犯上作乱，极力扩充，对外人就正好相反，准混不准赖。

黄佩玉此时却有点心怯，好像是左右两端的杯子不可取，好像又不是，毕竟他只是强记的。这时无法再犹豫，只能冒险一试。所有的眼睛都盯在他的手上，虎视眈眈。在他这么略缓了几秒钟之间，小月桂看到常力雄已满脸杀气。

黄佩玉感到全场人的眼光都发绿，他的脚都在发抖，正要取最尖端的一杯，突然眼睛的余光看见小月桂向他眨了一下眼。他立即明白错了，取倒数第二杯自饮，并安详地将手移向中间一杯，端起来，奉赠常力雄。

常力雄接酒饮下，高兴地笑起来，连连说："妙极，阵破得好！"

黄佩玉松了一口气。小月桂不由自主望了一下房外的天。那天色暗黑得快，阴沉沉的，似乎已有细雨在飘落，她左眼皮跳了一下。

常力雄不再怀疑黄佩玉的洪门身份。他面带笑容，说出的话依然满是切口："一个山头一只虎。"

黄佩玉说："人是一口气，佛是一炉香。"

常力雄快说："只打九九，不打加一。"

黄佩玉举手作拱，似乎在做总结："千错万错，来人不错。"

常力雄这才真正放心地开怀大笑起来，屋内的众人，到这时也全部松了一口气。常力雄问黄佩玉，这么说，孙中山本是洪门头领？

黄佩玉身体略往桌前一倾，说中山先生是洪门致公堂"一步登天"的五爷，敬仰常爷，特派他来拜见，洪门三百五十年，流血掷头不变之志向，成功在此一举，天下英雄盼常爷登高一呼。

常力雄见对他如此期盼，"哦"了一声，没有接口。黄佩玉毅然挽起袖子，伸出左手腕，看向新黛玉："敬借一物。"

新黛玉看着常力雄，他点头后，她从袖里抽出一把雪亮的刀递上。黄佩玉搁下刀，把酒壶盖揭掉，然后才拿起刀，猛然在手臂上割开一条口子，让血直接滴在浓香的两杯黄酒之中。一甩袖子，他恭请常力雄取杯，自己也取杯在手，两人相对一饮而下。

常力雄兴奋地站起来，向门外挥手，洪门几个首领人物纷纷涌进。常力雄对手下人说，黄佩玉先生为山门心腹，洪家子弟，三江五湖，同门同宗。这话一完，众人一一向黄佩玉行礼。

常力雄指着桌上的酒杯，他让各位兄弟满饮临阵酒，今后待黄先生，一如自家人，生死与共。黄佩玉表示，他甘愿为各位兄弟引镫执鞭。

常力雄让师爷和三爷留下，与黄佩玉商议。其他人知趣地离开，到楼下另开一桌。

那晚与以前的晚上没有什么不同，只有一点，常力雄始终没看小月桂一眼。要小月桂在场，是常力雄的指示。他对新黛玉说，让月桂姑娘多生点见识，以后日子长着呢，得弄几个精干的人，帮他分点神。

只要是洪门里的事，新黛玉对常力雄的命令就百依百顺，绝无二话。洪门虽说是三教九流，但日常收入大多来自烟赌娼业的保护费。常力雄以娼门相好为老四金凤，上海洪门内不是没有非议，全靠常力雄威势压服。新黛玉对此地位非常感激，所以手把手耐心地教小月桂门派规矩。小月桂学得很快，马上就做得头头是道。这点让新黛玉很高兴：小丫头聪明，学什么都非常快，记得一清二楚。这些日子她俩相处融洽。

小月桂帮着新黛玉，让厨房准备了两桌酒菜，洪门兄弟们在楼下的厅里围着大桌子吃喝。凤求凰厅里这一桌只坐了四个头目人物。新黛玉特地让厨师烧了一条西湖糖醋熘鱼。为避杂人，此处的酒菜全由小月桂一人端上桌来，新黛玉帮助摆席。两人侍候爷们吃好晚饭后，才收走。

小月桂走到门口，新黛玉叮嘱她就在门外候着，不让人进去，他们要点什么，就去厨房取，有事就到楼下厅堂来找她。

小月桂点点头。新黛玉拿出手绢擦额头上的汗。小月桂向前去了三步，把门拉上，关严。她听见师爷在说："黄先生，你看，我们接着聊？"

天色已经很晚，除了这密室里的四个人，洪门其他弟兄已经酒醉饭饱散席，各自回家。只有常爷本人的保镖留着。守候在过道上的小月桂困乏得撑不住眼皮，脑袋直往下沉。麻脸师爷出来招呼小月桂换茶水，她才醒过神来。

小月桂走下楼梯，余其扬坐在楼梯后面的暗处，他装着没有看到小月桂。小月桂知道他当差的不便，也就佯装没看见。顺着左侧的拱门走，一条小径，借着对面窗户里的光线，她拐进厨房。她觉得余其扬是一个怪人，他看她的眼神当面是冷漠，过分有礼，背后却不一样，那目光一直跟着她，背脊被盯得痒痒的。

在几天前的晚上，他在后院那棵垂挂着果子的桃树下睡着了——居然他也不怕这桃树闹鬼。她走过去，推醒他。

"我醒着呢。"余其扬一翻身坐起来，好声好气地解释，"有时我们这种人只好半睡半醒。"

常爷整夜留宿在她这儿，她本以为余其扬会不高兴，但他脸上任何反应都没有，不过眼光里开始出现恭敬。

一壶茶泡开的工夫，小月桂从厨房出来，手里端着一个红木大托盘，里面不仅有新沏的龙井，还有苏式小点心、夹心芝麻饼。但她折回厨房，再次出来时，盘上多了一碟点心。她经过楼梯口，对余其扬轻声耳语："想你饿了，这是专为你取的。"不管他是否愿意，她把那碟点心硬是塞给了他。

也奇怪，不久前她还很讨厌阿其，因为他对她神神秘秘不理不睬地摆架子，到自己做了他的"师娘"，就可怜起这个少年。

小月桂一步步上楼梯。天井一团漆黑，大门口悬挂的彩灯并不闪亮。她知道今晚书寓不接客，小姐们只允许出局陪客。整幢房子突然少了平日的酒香人气，更少了男女笙竹唱和的情色景致，每一厢房都暗光幽幽，气氛有点诡秘。

她左手托住盘，右手去敲门。略等几秒钟才轻声补了一句："是小月桂。"

"进来！"师爷的答腔。

小月桂走进去，黄佩玉在和常力雄交头接耳说什么，突然停住了话头，三爷和师爷看着她。她记得自己刚才敲了门，可屋里人还是感觉到她是硬闯进来的怪物，四下里有股莫名的气势，令人毛骨悚然。那四个人都一声不响地瞧着她把旧的茶碗取回盘里，在每人面前摆上烫烫的茶碗，将装有点心的小碟搁在桌子中央。

小月桂拿着托盘，一声不响地躬身退出了。

余其扬送师爷到大门外，师爷有事先走："阿其，等会儿将常爷直接送到我那儿，今晚就歇在我那里，我有事等着他决定。"

新黛玉在天井里借着楼上房间洒下的灯光，俯身看一盆兰草，都开花了。她头也未抬，叫住小月桂："上第几道茶了？"

"就第二道。"小月桂说。这时她的左眼皮跳了一下，和摆阵势时一样。她情不自禁地说："听人说过，右眼跳财，左眼跳灾，不吉利。姆妈，我觉得不吉利。"

"不吉利也不是一天了！"新黛玉直起腰来。

小月桂不明白这个新黛玉在说什么。她望望新黛玉，暗黑中那张脸不怎么清楚，但感觉得出来，新黛玉忧心忡忡。

夜深时，麻雀都蜷在窝巢了。黄佩玉掏出怀表看，说时候不早了，既然大局已定，他得告辞了。厅门打开，常力雄送他出来："告诉贵堂大爷，一腔热血，卖给识货家。"

黄佩玉也正色道："兴汉灭清，洪门大业在此一举。"

"黄先生的车来了。"余其扬奔上楼梯，神色焦急，对常力雄轻声说，"不过街对面有条子，后门外也有。"

黄佩玉一惊，刚要折回窗口，常力雄一伸手把他拉回，顺手关灭房里所有的灯。他急速地晃了一眼窗外，立即下命令："快冲出去，不要给人一锅端了。"余其扬赶快把黄佩玉的手枪塞回他的手里。

小月桂一步跨进房，趁机拉住常力雄的袖子，急切地说："千万小心！"可是常力雄只是拍了一下她的肩，就身手矫健地飞奔出房间，到走道上，顺着楼梯扶手一步跳到楼下，冲在头里。

其他人也飞快地冲下楼，一边下楼一边打开手枪保险。

小月桂惊恐地朝窗外看了一眼，稀薄的夜色之中，有模模糊糊的人影在奔跑，一道黑影走在院房的墙上，如履平地，正在往屋顶来。她想也未想，跑出房，往楼下奔去。新黛玉吓得僵立在楼梯口，她也知道不是害怕的时候，可是她的小脚跑不动，急得对龟儿们叫："快，都冲出去，保护常爷！"

夜深人静，街上店铺都关着门。原来停在大门口的黄佩玉那辆车，轮胎被人刺破，司机血淋淋的头搁在驾驶盘上。子弹朝他们飞来，常力雄忙退回身，用门框作依托，朝外开枪，一边发命令："赶快把我的马车驶过来！"此时枪声四起。听到马车声音响起来，常力雄边退边对三爷说："你保护黄先生快走，我在此断后。"

三爷说："不，我断后。"

"情况紧急，不准违令！"

他们已经迅速退到了随后赶来的马车上，黄佩玉猛地一把拉下车夫，跳上驾驶座。三爷和余其扬纵身跳上马车蹬板，一边继续开枪，常力雄在马车后开枪，马被枪声惊了，腾起四蹄来。那车夫吓得抱头飞奔，正冲向刺客方向，被子弹击中，大声惨叫倒地。

黄佩玉抓住辔索，狠狠挥鞭。在鞭声枪声中，马直冲出去。有三个刺客冲上来想挡，却被撞倒。

马车突然间飞速驰走，常力雄就暴露出来了。他撤回轿车方向，就在这两秒钟之内，所有的火力集中对准了他一个人。他迅即顺势滚在地上，但腿上已中了枪，只能侧趴在墙边还击。

一品楼前，早就黑灯瞎火。院门大敞，里面传出一片女人的哭叫声。常力雄顺墙移动，想朝一品楼的门口靠拢。就在他稍起身时，右胸被几颗子弹击中，翻倒在地。

忽然，一品楼门内灯光大亮。小月桂挣脱开拦住她的李玉和秀芳，不顾一切飞奔出门，站在常力雄前面的枪阵中挥手大喊："别打了！"

她左肩挨了一枪，身体一歪，但还是站立着："男人都死光了，还打什么？！"

枪声渐渐停下来，那些暗杀者似乎明白这个女人喊得有道理，一些黑衣人扛着几个伤亡的伙伴，迅速消失在街对面的巷子里。

小月桂脸上有血污，衣服上的血也在往下淌。

她转过身，蹲到常力雄面前，赶紧把他抱在自己怀里。新黛玉也赶出来，用灯笼照着垂死的常力雄的脸，他的一身都是血，胸口正中的血在泉水一般往外涌。小月桂赶紧用手按住他的胸口，滚烫的血从她的手指间往外冒。她竭力稳住自己，不让眼泪流下来。

常力雄望着她，嘴张开，却说不出话来。他呼吸已经很困难，握住枪的手动了动，眼睛还是盯着小月桂，好像是有什么重要的话想跟她说。但是他的眼睛大睁着，就断了气。

"常爷！"小月桂叫了一声，突然满眼金花乱转，一下歪倒在他身上，不省人事。

　　远远地，传来秀芳哭叫的声音："小姐，小姐。"

　　新黛玉在指挥："赶快把两个人都抬进屋里。"

　　小月桂说不出话，张不开眼，但听得见周围的声音，渐渐新黛玉的声音也离得越来越远："快，快去师爷家，叫他赶过来！"

第六章

　　小月桂一身内衣，躺在床上。李玉告诉她，常力雄的尸身昨夜已经运回常府，那里已设下灵堂。她差李玉和秀芳准备祭品，代她送去。

　　她们回来说，多亏常爷的管家老五会处事，收下了祭品，若是那些姨太太，没准会踢她们出门。小月桂知道自己的身份，她的确是被常力雄抬举了，但她还算不上外室，甚至不是书寓小姐，只是一个月来几乎天天与常力雄睡觉的丫头，真是不伦不类。她只是佯装不懂规矩，才敢差人去送吊礼。

　　"常爷家真是大，里外有三道门，七拐八拐多得弄不清回路了，来的人真多。"李玉说。

　　小月桂只当没有听到，常力雄另有一个"家"，这事情她无法想象。

　　常力雄的正室，五十来岁，一身丧服，头上也系着白布，哭红了眼睛，端正地站在堆着鲜花的灵柩前。那口檀木棺材据说是全上海最贵重的，几个偏房倒是按规矩没有出现。

麻脸师爷和洪门几个首领在帮着张罗。不时有上海滩的头面人物遣仆佣担挑祭奠品来，甚至有送金条银票的。黄佩玉亲自送来挽联："一代英雄名垂千古，盖世豪情流芳万年"，横批："壮志未酬"。

洪门的弟兄进门，见灵位就拜地行叩头礼吊祭，到常力雄的正室面前，跪着叩头，然后一一走到祭厅两侧。在一个房间里，师爷和洪门众头目已经到齐了。

有人凑近师爷耳边，告诉他打听的结果，是青帮龙头。

事关重大，经过多方打听核实后，他才对众头目说，可以断定是青帮龙头所为。青帮洪门虽不共其事，如此暗算火拼倒也不多见。这次肯定有人主使，就不知幕后是何人，不过也只有抓到一两个头目才能弄清。他一挥手："老三老五，杀公鸡！血祭老大，此仇必报！"

秀芳和李玉在咕哝，说小姐一点也没哭，只是躺着，又不睡又不醒，要出事。小月桂听到了，她问自己：为什么我不哭？

秀芳说小姐要哭出声来才行，否则会伤了身体。小月桂想，我遇到的，不是哭得出来的事。到傍晚时，小月桂喝了点汤。

一早顶马开头，出殡行列出了法租界，源源不断有人群跟着送丧仪仗队伍，上海滩活过百岁的老人，也未见过这样隆重的葬礼。所有参加者全部黑衣黑裤，扎在顶马灵柩和花圈包括陪葬品上的布绸，全部白色。

绵长的送殡队伍中一律男人，排列齐整，步伐一致，仿佛不是葬礼，而是有意向对手宣战似的。在送殡行列中，黄佩玉庄重执绋，面无表情。道士手持出鞘之剑开路引棺，除师爷外，洪门众兄弟大都是短打扮，腰插利器，脸色铁青。

悄悄尾随在队列后面的秀芳，也是一身黑衣，披了黑布。秋日的细雨吹打着灵柩上的帷旗，纸钱沿途纷纷扬扬，有的落到岸上，有的落在了江面。

雨终于停了，天还是阴阴的。有几个送殡的男人回到一品楼书寓，已是中午。一品楼里外悬挂着为常力雄吊唁的白布，依然未挂彩灯。所有的小姐闭门不接客，也不出局。

小月桂想起床，却被刚回来的秀芳按在床上。秀芳对她说，常爷的灵柩在老家松江安葬，由大太太和管家带着一家子护送回去。

小月桂让秀芳去歇一下，秀芳离开了。房间里就小月桂一人。她扯了件衣服搭在身上，走到梳妆台前照镜子：脸太苍白，嘴唇毫无血色。她拿起梳子，梳理一头乌黑的长发。

那夜人人都在忙着常力雄的后事，一品楼还有两个受重伤垂死的伙计门卫，还有车夫，都未能救过来。小月桂左肩膀的枪伤，先用止血的金狮毛和布条扎住，到早晨医生才顾到她，清洗消毒后，上了药，包了纱布。医生说："幸好子弹穿过未伤骨头，不过沾不得生水，要仔细将息养伤，弄不好这只手臂今后就废了，举不起来。"

想着常爷的身子现在被人搬来搬去，埋在那她永远够不着的地方，小月桂难受地站起来，身子打偏，她只得倚靠着梳妆台。正巧李玉提着箱笼进来，赶紧把她扶回床上。

"你已经两天没有吃饭，这怎么行？"

"吃不下。"小月桂说。

李玉非让她喝了点莲子皮蛋羹，她感觉好多了。这时走廊外有熟悉的脚步声，慢慢往这房间走来。"姆妈终于来了。"她心里咕哝。

新黛玉跨进房间，转过画屏到床边，穿着白衣，头上缠了圈白绸，在耳鬓边打个小结扎起来，比起平日艳装，反而干练得多。坐在床头，她让李玉到雷允上店里，给小月桂抓些当归红枣来。她说小月桂流血过多，要好好补补！

待李玉走后，新黛玉才挪近些，说这两天她累坏了，没能来看小月桂。

小月桂觉得新黛玉说话的神色不对，倚着床头坐起来。她说，姆妈应该好好休息。

新黛玉拉过她的右手握着，说现在常爷没了，她俩也就只能把话挑明，话说得不周到，也请她恕罪了。

小月桂想把自己的手抽出，可是新黛玉的手还挺有劲的，她的手拉不出来。

"他待你好，我为什么不对你好呢？可我要对你好，难呀，我要对你不好，却容易。"新黛玉终于说出心中憋了好久的话，神情也变得温和了一些。

新黛玉说，他是她最敬重的人，也是她这一生的依靠，当年她得罪了那个上海滩第一名妓林黛玉，要与她比试，谁输了，谁就得关门滚出上海。说是比姿色才艺，实际上是比排场奢华，林黛玉的镜框镶金，她的镜框就要镶珠宝才行。常爷帮了她，她赢过了林黛玉，成了四大名妓之首。她原来姓辛，从此叫新黛玉，新派黛玉！这才在上海滩站稳脚跟，最后接手了这个一品楼。新黛玉眼圈红了："知道吗？我的命在他身上！"

小月桂还是第一次听新黛玉说她的情史，也想起自己的伤心，常爷说没就没了，他走得太快！

遇到常爷后，她总觉得她的命运未免太好了，气太顺了些，肯定会出岔子。她早就有这个预感，所以从来不敢太高兴。果然命运突然凶狠地扭转。想到这里，第一次突然被恐惧抓住：没有常爷，她今后怎么办？

新黛玉根本不理会小月桂的心情，走到圆桌前，给自己烧好烟，吸了起来。她眼睛瞟着小月桂说："常爷既然点了你的蜡烛，破了你的处女身，本该给我你的初夜加包你的银票，按他的身份，起码得是一万银票。"

"姆妈此话……"小月桂亲耳听见常力雄说过，开了一万银票给新黛玉，可现在她不想说了，怕话一出口，就变了味。

新黛玉搁了烟枪，才说常爷的确是开过银票给她。没错，可是小月桂不知道，就在两天前那个晚上，常爷说那个黄佩玉急需大量活动费，她就把银票还给他了，他当面交给黄佩玉。常爷当时说隔天就去取还，现在无字无据，到哪里去要这笔钱？这整个事情，她倒贴了一大笔钱，还配给了小月桂娘姨和丫头。

"姆妈的意思是……？"

"我是什么意思，你懂。常府上不认你这个人，我就得想个办法，我也不能尊你为常太太养起来，你说对不对？"

"我明白姆妈的意思。不过即使我愿意，你知道我也无法陪客人，我不会唱评弹，又是大脚。"

新黛玉语气僵硬地说："慢着，你没听懂我的意思。自从你进了这家书寓，我的日子就不太平，常爷就是遇上你这克夫命才死得那么惨。"

从娘肚子里钻出来，她就没想到自己是这样一个人。当时她认为是新黛玉在找她出气，多少年后，她才懂了新黛玉这话究竟是怎么一回事。

新黛玉还说："是我眼瞎了，早该看出你根本不是这里的人。你的命太硬，有福必招祸！"

"姆妈，那么我自己赎身。"小月桂费劲地起身穿鞋，翻箱越柜，连着耳环和金钗，把不多的细软全部摊在床上。

新黛玉讥讽她，语气里酸溜溜："哟，看不出常爷疼你的样，送这么多金银首饰，我可从来没有这福气。"

小月桂用绸子把首饰包起来，当没听见，她没有心情与新黛玉计较。她的绝望决不是这个女人能明白的。她说："秀芳和李玉正好在此，伺候我这些日子辛苦了，我得谢二位。"

新黛玉回过身，画屏边果然垂手站着秀芳和李玉，一人手里捧着托盘，一人手里捧着汤碗，站在那里听这两个女人说绝情话，都呆住了。

小月桂清楚，李玉和秀芳是看在常爷的面上，看在她救常爷时那不要命的勇气，才照应着她，小月桂知道多说无用，但是她还是想要新黛玉知道：

"姆妈，你当初把我从乡下带到上海，现在还让我安心养伤，对我就是有恩之人。"

四个女人一声不吭。楼下似乎有歌声，混着琵琶声，像是自弹自听。天色在这一刻变成暗红，本来停了一个时辰的细雨，夹着狂风骤至，转眼大雨倾盆，从屋檐直通通倒下天井。

常爷真是有眼光，早就明白若是他不在了，她小月桂的命运会怎么样。每次他送她首饰时，她心里就纳闷，现在明白了，他让她有后路可退。

小月桂把手里的绸包交到新黛玉手里，又把左手的玉镯子脱下，放在绸包上面。新黛玉干干脆脆地说："这些首饰不够赎身！"她拿起绸包，一甩袖子就走出了房间。

第七章

一周后，常力雄的管家来了，瘦瘦精精的人，他的手下人挑了两箱丝缎。

管家说，一切顺利。常爷松江老家亲戚，帮着选了块风水宝地。下葬那日，下了一天的小雨，请来做道场的师傅说，雨来自东，这吉利，常爷灵魂会保佑大家！

"这就好。"新黛玉说，请他坐下。

老五指着地板上两箱丝缎，说是书寓送了大礼，今天是出殡后正七日，常爷魂归之际，按习俗分祭奠品，大太太挑了些丝缎，让他送来，让新老板做几件新衣。

新黛玉亲自递上茶水，说平日都是受常爷照顾，大太太怎么如此客气？

小月桂正好走过门口，觉得他们不是为了送礼还情，而是另有事要商量。

她的这感觉很快就得到证实，没有几分钟，师爷和三爷等一席人都到了，那厅门关起来，什么人也不得靠近，很快那些人又都散了。

余其扬也在众人之中，变得又黑又瘦，仍是一身短打扮，穿过天井时，抬起脸来。小月桂以为他是在向自己打招呼，忙向他点头，却发现不是这么一回事，他在看天色。楼上的新黛玉换了件短衫，急急忙忙往楼梯口走，大门外早有一顶轿子等着。

下午时分，书寓开始热闹，管事在安排客人。琵琶弹拨出的曲调，一丝一弦扣在心上。小月桂耐心地听着，镜子里的灯光永远是一尘不染的明亮，她下意识地在辨认那些手在为谁而拨弄琴弦。

管事忙着，在按局票登记，高声唱道："双玉先生准备出局——杏花楼酒家！""莲珠先生出局——老正兴馆！""王老爷在聚丰园设宴，马车候着君怡先生！"

小月桂从来没有与哪位姑娘结交。常力雄包下她后，那些姑娘既瞧不起她，又想巴结她，又怕话说得不好听，不小心得罪她，彼此更添了生分。

等常力雄出了事，她知道自己现在更成了是非人物，那些人离她远远的。她们在枪声中抱头躲在床底下，后来又被血尸吓得半死。

恐怕她是上海滩有妓院以来冒出来的最大怪物。现在小月桂只在意新黛玉一人的想法，看她怎么处置自己的命运。

秀芳跑进房里来，上气不接下气。小月桂让秀芳到床边来。秀芳按住胸口，说她在街口遇上姆妈，铁青着一张脸。"小姐，好像要出事。"

小月桂把帐纱撩起来："看来事情该结了，我就该走了。"

"你走了，我怎么办？"

小月桂摇摇头，想了想说，她自身都难保。她们留在这儿，还有一碗饭吃。"或许有一天，我时来运转，还会请你们帮助。"

秀芳眼睛都红了，小月桂坐在床上说："好了，秀芳，明天的事，等明天的太阳出来再说。"

小月桂坐在窗前，希望看见新黛玉的身影。

她等得倦了，就上床等。熄了灯，房间里黑得可怕。她大睁着眼睛，等那个女人的小脚莲步——再轻巧，若走上这楼来，她也听得见。没过多久，她的眼睛就疲倦了，直想闭上。

忽然间，她明白了这些人在干什么事，为什么新黛玉自从那天大发脾气之后，这几天完全忘记了与她纠缠。她觉得自己什么情景都看见了，什么气味都闻到了。

从舞厅里出来的一个人，刚坐进马车，便被人捅了一刀，一挺身，刀尖从前胸穿过。四马路的一家药店里，一老一少两个男人被人先砍伤右臂，又削掉了头。一家烟馆被一抢而空，里面五个人全部被勒毙。

几乎听不到枪声，一夜之间，青帮那些武艺高强的头目，即使能溜掉，也带了伤。

枪声只在法租界里响起，附近的居民不知道发生了什么事，只看到街上有些人在拼命跑，有些人在拼命追，双方不时开枪掷刀子。他们想探头出窗看个究竟，却怕子弹不认人。

租界巡捕马队沿街赶来，开枪追逐，两帮人才迅速消失了。

整个夜上海卷裹在血腥气之中。小月桂不敢睡，眼睛刚合上一会儿，就心惊肉跳。大约在凌晨四点左右，警觉到楼下有动静，她赶快披衣下床，蹑手蹑脚走出房门。

天早已鱼肚白，凉风习习。她才下楼梯两级就愣住了：余其扬坐在楼梯上，倚着扶手。时间好像回到常爷出事那天晚上，不同的是，他不再对她视而不见，而是眼巴巴地望着她，像有要紧的话要对她说。

小月桂急急地奔下楼来，这才发觉他衣服上浸透血污，惊得赶快凑近一些细看。余其扬急了，说巡警正在追他。他的额头沁出汗珠。

小月桂赶紧抓过他的手，侧身在楼梯一旁。她刚在想应当怎样藏起他，新黛玉的声音在他们背后响起："阿其，你太嫩，走错了地方，此处是非之地，这次青红帮火拼首先就是在一品楼前打响，巡警马上就会来搜查，你趁天还没有亮，赶到三号去躲起来。赶快走！"

余其扬没法，看了小月桂一眼，转身就奔出去。

小月桂比余其扬动作更快，先跑到大门口，探出头去，外面连个鬼也没有，一只猫跳上斜对面石坎上，俩眼珠紧张地盯着人。她这才把余其扬推出去。

她转过身来，新黛玉正伫立在那盆兰草花边，喃喃自语："常爷，这下你可以瞑目了！"

这里卷入了什么仇事，一旦卷入这种事，就不是她能弄得清的。她心中天大的事就是：今生今世，常爷从此魂远离了。

小月桂背靠着门，常爷真的远走了，她真想陪他上路。她的脸贴着木门，双手紧抓着门把，想抓着上面遗魂的手留下的温泽。

马蹄声清晰地从街口那边响起，一队骑警从大门口奔过。

小月桂从悲伤中回过神来，从门缝里看了看，巡警没有停下，这才闩上门。

新黛玉手里拿着一块已经浸湿的手绢，眼睛也是红红的。她长叹一口气，挥了挥手绢说："这个一品楼也成了血光之地，散了吧，都散了吧。"

小月桂还不太明白新黛玉的感慨，张开泪眼往她那个方向看。

新黛玉走上楼，仅走上两步，回过头来，似乎很体谅地说："不跟你算赎身钱了，你回浦东乡下去，好好嫁个种田人，过安生日子。"

小月桂没有答腔。

"不肯回乡下？"新黛玉觉得这个丫头有点不可理喻了，"还想赖在上海？上海岂是容得下你这样的种田人的地方？"

小月桂说，她现在的想法不一样了。

"好心为你着想，反遭人嫌！"新黛玉站在楼梯上看着大门口的这个丫头，"那就由不得我，只好跟你前账后账一起算了。"

小月桂走过天井，站在石坎上，想也未想就说："有家新闻报纸，今天找我说说常爷的事。我本想，男女这种事情，怎么好说出去呢？现在我明白了，你如果赶我回乡下，我就只好说！"

她说完，自己也愣住了，去看新黛玉，新黛玉正狠狠盯着她，整个院子的空气一下子凝住了。

早有好几个脑袋打开窗或缩在窗帘后，往这儿瞧热闹。胆子最大往外瞧的是双玉小姐，这个一品楼的头牌，最爱看人倒霉。

"看什么？"新黛玉瞟也不瞟那些窗子，火气一下上来了，"上海不是乡下小姑娘的天下。"她几乎吼起来，一跺脚，"你给我滚！滚啦！"

小月桂突然朝新黛玉跪了下来："那么把我卖进不嫌大脚的窑子。"她想到自己被逼到绝路上，不由得悲从中来，低下头去，不过声音还是没有哀求之意。

"我是由常爷破瓜的人，总值几个钱吧！"

听到这话，新黛玉想打小月桂，手举在空中却止住了。她是个久经风雨、见惯变故之人，哪怕是切肤之痛、不得不出之气，也明白必须见好就收。

但这时响起了急切的敲大门声，巡警在叫："开门！开门！"

门打开，几个华界衙役带着十来个租界巡警，一拥而入，警长声称来查夜里帮会枪战，以及上次发生在一品楼的暗杀。果然如新黛玉所料，他们怀疑这二者有关联，当然他们什么也查不到，问不出来。

沪西一栋花园洋房，这里是同盟会的一个秘密机关。几个男人坐在花园里，像英国人那样喝下午茶。

"黄先生，有人求见。"仆人进来说。坐着的人中间有一个是黄佩玉，他似乎正在做汇报。

"什么人？"

"说是洪门师爷。"

黄佩玉马上站起身来，和对面的人说："瞧，我说得对吧？他准来找我。"

他跟着仆人进入前面的门厅里，快步往大门口走，亲手打开门："是师爷亲自光临啊！有失远迎，请！"

麻脸师爷神色阴沉，勉强应酬地笑笑，落座后不等寒暄，就说出来意：一个小兄弟，叫余其扬，今天天未亮在租界边上被抓了，当时他沿着路边跑，被人发现衣服上有血迹，正好赶上巡警，告发了。"这件事，非请黄先生大驾出面不可。"

黄佩玉松了口气，不以为然地说："一个小跟班，急什么？如果是死罪难逃，这样最好。各方面都得落几个人头，互相有点交代，就可以收场了。"

"他虽然不参与内幕，不过一直在常爷身边鞍前马后照应，所知太多。万一引渡给中国衙门，那种酷刑，谁也扛不住。毕竟好多条人命，弄得不好，整个上海洪门无法立足！"

他看见黄佩玉依旧不以为然，似乎怪他打断了紧要的事，就加上一句："黄先生到上海也是他接头的，最好不会牵到你这条线。"

"我想起这个小跟班了。"黄佩玉站过来，走了几步，沉吟半晌说，"这事有点难办。此刻人在哪里？"

"关在租界巡捕房的监里。"

黄佩玉把手搭在师爷的手腕上说："好吧，师爷，此事让我来试试看。洋人对上海的事情，说清楚也清楚，说糊涂也糊涂。正好我有个生意场上的英国朋友，不过洋人开口凶得很，何况这个小跟班又犯上命案。"

"银钱上的事情好办。"师爷说。

黄佩玉走到桌边，亲自给师爷倒茶水。一只小小的乌鸦停在窗台上。他抬头看了一眼，倒了少许牛奶，加一勺白砂糖，搅拌好之后，才恭敬地端给师爷："师爷，来来，请品品这洋茶。"

师爷喝了一口，过了一会儿才点头称是。

几个洪门兄弟等在提篮桥监牢门口，两个守卫的大兵推开大铁门，从里面走出衣衫褴褛的余其扬。他脸上有乌青伤痕，头发蓬乱，胡子拉碴，脏得粘成绺团。门口有辆黑漆油光的马车等着。马车门打开，有人伸出手来把余其扬拉上去，他们拥抱在一起。

师爷做东，在新半斋菜馆给余其扬压惊。出席的都是洪门众头目，客人有黄佩玉、老三、老五，还有几个心腹作陪。余其扬出现时，已经涮洗干净整齐，换过衣服。桌上茶酒菜丰盛，鱼肉虾都有，侍者还端上来蝴蝶海参和龙虾。

师爷兴致很高，介绍这家店用猪骨鱼刺鸡骨熬汤做菜，味纯，是养刀棒伤的佳品。

"早听说了，今天借其扬的光，才有此口福。"黄佩玉说着，给余其扬夹菜，"来，尝一点鱼头！这些日子看把你瘦的。多吃点！监牢里你亏着了，给你补一补。"

余其扬向黄佩玉跪地叩首："小人性命是先生给的，大恩必报。"

黄佩玉扶他起来，举杯说："一个朋友一条路，一个仇人一堵墙。"

师爷举着酒杯说："常爷升天，上海洪门弟兄报仇时不怕刀子见红，个个好汉！"他转向黄佩玉说，"幸亏有黄先生鼎力相助，洪门大难复生，站住了码头。"

一席人向黄佩玉敬酒道谢："黄先生给我们在上海滩挣足了面子！"

待大家祝酒完毕，师爷清清嗓子，突然严肃地说：洪门群龙无首也不行。常爷临去之前，已经说了，黄先生是洪家子弟，三江五湖同门同宗，上海洪门这个局面，也只有黄先生能撑住。

这话太出人意料，下面人都很吃惊，低头不语，或转头他顾，没有人应声。

黄佩玉看这场面，扬声说道："各位弟兄，上海是中国最大码头，只有常爷英雄盖世，才能镇住山座。我黄某辈分太浅，难当此任。"

大家依然不语，只有师爷说，上海不比内地，洪门辈分早就乱了，帮会也得跟上潮流，选贤推能为首，不能拘泥旧例。

众头目依然没有应声，黄佩玉还是坚持推让，师爷反复劝讲，好像是他们两个在争论。席间气氛紧张起来。

最后黄佩玉站了起来，他向在座的人点点头，说此事重大，要从长计议。他倒是有个"愚见"：公共租界工部局正要开设华董一职，他正在竞取，希望得到上海洪门支持。"如果选上，必定带携各位兄弟。洪门基地，应移到租界立足，那里才是真正的洋场十里，财源似海。如果不中，我黄某从此回浙江天台老家，退出江湖，归耕田园。上海洪门山主之重任，当然就另请高人。"

师爷也站了起来，他语重心长地说："毕竟是黄先生高瞻远瞩。进租界才能站稳脚跟！上海洪门，已经日渐路窄，只有进租界，才能咸鱼翻身，重振旗鼓。"

在场的头目们看到黄佩玉自定苛刻条件，而且无须当场决定，就纷纷转开话题，等于默认了。

第
八
章

这六年是多事之秋：朝廷完了，皇上还有；革命刚停，又二次革命；民国开始，就枪炮不断。但是上海市面大不一样了：六年前到过上海的人，现在会认不得路。

而且，清朝一倒，帮会从地下升到地上，1913年春末，势力大盛。五月，黄佩玉在洪门开的老顺茶楼开堂招徒。已经是革命之后，满堂人依然是长衫，只是发式各异，有的人剪着短发，有的人留发到齐耳根。

这还是上海洪门史上第一次开门收徒，不像在前清政府虎视眈眈之下，事事得瞒着官府，至少打通关节，让官府佯作不知。现在是民国，结社自由，可以无忌惮地公开设堂。

茶楼正厅宽大，案上点着五支大香烛。桌下还有一排香烛，两头都用红纸包着。香烟缭绕，气氛庄严。麻脸师爷两鬓灰白，显出年龄来了。他一身蓝底青花缎袍子，套了一件马褂，穿着黑呢鞋，主持开堂仪式，唱颂词。

黄佩玉也是一身袍子，只不过他那件马褂上面有寿字团，人比六年前更精神，红光满面，坐在一把太师椅上，三爷和五爷等人各坐两旁。看着同门兄弟都到场，师爷高呼：

"开山门。"

那些等候在厅门外的兄弟们手捧红帖，前前后后进入堂里。师爷诵唱洪门代代相传的开山门诗颂：

今逢吉日香堂开，

英雄济济赴会来。

异姓兄弟来结拜，

胜似同胞共母胎。

众兄弟应和最后一句："胜似同胞共母胎。"再向黄佩玉磕头。师爷继续诵唱：

"开香。"

"下跪。"

"启问。"

黄佩玉清了清喉咙，眼睛威严地全厅扫了一圈，才问道："你们是自愿入帮，还是有人教你们入帮？"

"入帮甘心情愿。"那些跪着的人回答。

"帮规如铁，违反帮规，铁面无私，晓得吗？"

"甘受约束，誓守帮规。"

全部程序过完，礼成开宴，直到半夜才宴罢。黄佩玉和师爷这才步入大亮着灯的茶楼后厅。黄佩玉喜欢老顺茶楼这儿的环境，地处泥城桥，来往交通方便，他就把这儿当成洪门做事会客的场所，自认为比常力雄拿妓院作会所有尊严得多。

说实话，他从心里看不上常力雄，那种草莽英雄作风早晚自取其祸。最主要的是，他自己吃政治饭出身，明白政治是假货，高唱主义的政客只是利用帮会。这个常力雄真的信奉反清复明，最后送了性命。

黄佩玉脱掉袍服，里面是西式的衬衫、背带裤、皮鞋。他拿起桌上的大炮台香烟，一直等在室内的一个妖冶的女人伸出手来，给他按打火机。他看着那女人戴着珠链的白皙脖颈，若有所思。师爷坐在椅子上，端起一杯茶水。黄佩玉吸了一口烟，朝女人挥挥手：

"你先离开，我要找人说事。"

女人顺从地走了。

"六姨太刚来，怎么走了？"三爷进门来问。

"女人在这儿碍手碍脚的，以前洪门里什么金凤银凤的，只能坏事。我不喜欢有女人搅进来。当年常爷，就是太看重女人。"黄佩玉停了话，突然意识到这些人原来都是常力雄的手下，现在虽然因为有钱可得，对他也忠心耿耿，但当着他们批评常力雄，等于说他们以前愚蠢。

于是，黄佩玉对师爷说："洪门不再是秘密结社，入会的，反而少了勇猛之人。"他这是转批评为夸奖。

师爷点点头："可不，都是生意场上的人物，至少也是店主。"

黄佩玉表示，时势变化，谁也做不得主。只是万一又要动刀动枪，无人可用。恐怕还得有意结纳工会领袖，将来劳资纠纷，我们两边有人，才好居中调停。

师爷对此策很赞同。他们正说着，余其扬跨进门。他已经完全不再像当年的小伙计，为了避祸，黄佩玉专门把他送去香港上了三年学。他身穿西装，英俊洒脱，很像上海滩的买办。他现在能说一口过得去的英文，专门负责洪门与租界的外国人打交道。

"大鼻子怎么说？"黄佩玉问。

余其扬说："这位新来的捕房总监，一定要上任三把火，严禁烟赌娼。"

"禁止？"黄佩玉转过头，惊奇地反问，"西洋国家自己没有禁止，到上海来禁止？"

余其扬苦笑："对，他就是说要禁止。他还说，若黄先生在租界禁烟赌娼成功了，肯定推荐您继续担任工部局华董。"

"流氓！"黄佩玉愤怒地拂袖而起，面窗而立，听窗外细雨轻打着竹叶的声音。不听这外国主子的，这主子就要他下台，找个听话的中国人当华董——上海滩眼红他位置的人多得很。

洋人要做什么，他至少得装个百依百顺。这时他反而羡慕起那些政客，起码嘴上可以把打倒帝国主义喊得震天响。

"好好，外国流氓跟我玩玩，是给我面子，我们就玩。禁就禁！先禁娟——不，轰动一点，先禁唱！"他看着桌上新收门徒的名单，对余其扬说，"要闹，就闹得热闹一些。"

一点不错，她想，就是这个陆家嘴渡口。当年——六年前，她和新黛玉在这儿等着上渡船，隔着黄浦江看上海外滩。江那边的世界，充满了无穷尽的幻梦，那个十五岁的少女，有着每个少女都有的纯洁，纯洁得一文不值。就像这眼前的上海天空，没有川沙渔村那么蔚蓝，烟囱如林喷云吐雾，又怎么样？

跟着她来的几个农村衣着的少年少女，正激动地看着外滩景致，抢着说话。上轮渡的人扛着挑着行李，叫孩子叫亲娘的，喧嚷声一片。她回过头训斥他们："看好行头，这里人多手杂。上海是轮到你们享福的地方？"

看着他们冷静下来，她脸色才温和了些。

从黄浦江口，一直到江南造船厂，绵延几十里，每日轮回不停的国际船舶展览会，开了一百多年。世界上有几个港口，能像这样一线排开如此壮观场面？

不用说她手下那些刚从乡下来的少年少女，任何一个新来乍到的人，船行黄浦，从吴淞口一直到十六铺码头，都会惊心动魄地看上两个多小时。看这个大展览是绝大的享受——这海口之河，这世界走进中国的窄门，人工的钢铁奇景。

铁船庞大的铁壳边添油漆边生锈，远不如木壳篷帆的舟楫。上海本就是不自然的，它是人为的一切集中之地，是不自然的一个大堆集。

她到上海，就是把"自然"如晒黑的皮肤一样脱掉，做一个上海女人，就是变成人工斧凿的艺术。

现在她必须把这一切教给这些少年少女，并不是每个人都能在不自然中自在。

她转过脸来，背对江水。阳光正好照在她的身上，她举起手挡住阳光，眼睛还是眯起了一些：这是一个美貌的少妇，才二十出头。六年过去了，她长成了一个端庄优雅、个子修长、丰乳细腰的女子，依然那么引人注目。当时只是青春必定捎带的礼物，现在却是成熟的自然。

十六铺，东临黄浦江，是水陆货运交通中心，西接上海旧城城垣。冬春未暖之时，却是航运淡季，那些轮船公司的售票员拉客人，也从码头拉到了这儿的菜场：

"乘'朝日丸'，外送牙膏一支、肥皂一块。"

"买一张'拉弗里'，送毛巾一条、枕头一对。"

不远处是个菜场，自清晨起，卖的与买的都吼着，人声鼎沸，喧闹得像个活鸡笼子。

她耐心地等着菜场早市空出来。人空了，气味依然：菜场充溢着腐酸臭味，满地狼藉，鱼的鳞片还粘在菜摊板上，拣菜叶的乞丐踩在黑乎乎的垃圾上，还在忙着。这是她的戏班开始摆场的时刻。每天这时候，她整个神经竖立了起来。她手下一批年轻徒弟，各司其责，摆起摊子，打锣的打锣，敲鼓的敲鼓，她站在中心。

她作村姑打扮，但一眼就看得出是这个班子领头的。她涂上口红，脸本来就水灵，加上几个假首饰，鬓光钗影。这扮相，吸引了许多行人。打起板鼓唱的都是浦东乡下的小调，号称"东乡调"。唱的歌词更让人驻足，很多人乐得大笑，又引来一些人：

瓜甜藕嫩是炎天，

小姐情郎趁少年。

纱橱鸳枕，双双并眠；

颠鸾倒凤千般万般。

小阿姐道，

我搭情郎一夜做你十七八样风流阵，

好像栽了蚕条又插田。

摊前的一块旧旧的蓝布上，扔了一些铜板。

她唱累了，就让徒弟接着唱，自己靠在摊后，担忧地看着天色。这边乌云聚集，另一头却亮得可怕，天斜斜歪歪。

突然下起雷阵雨，好不容易聚集的几十个观众统统跑散，戏班子只得赶快收起简单的行头，拾起观众在蓝布上扔下的几个铜板，躲进菜摊棚下。

她还在原地没有动，豆子大的雨点打在她的头脸上，眼光四周扫一圈的工夫，身上全是雨水。这春天尚开始，衣服淋湿贴着皮肤，又冷又不好受。徒弟们叫她，她似乎没有听见。

打着雨伞的行人从她身边走过去，看着这个不怕雨淋的怪人。坐在马车里的富家女趾高气扬，鄙弃地看着这个比叫花子好不了多少的唱花鼓的乡下人。不，她到上海来，不是为了忍受又一次侮辱的，不是为着考验自己的耐心的，更不甘心做一个街头卖唱者。这种摆地摊生意，上海俗称"敲白地"，比起走街串巷的跑筒子还算高一等，但还是靠行人施舍，勉强混个半饥半饱。

她跺了一下脚，跑向菜摊棚，对在里面躲雨的徒弟们说：

"今天不唱了，雨一停，你们先回客栈，不要乱走。"

她转头就走。几个小姑娘冒雨追上来叫："你上哪里？"

"我去借钱，我们非进剧场子不可！"

雨小了，淅沥之中，她沿着城墙的马路急行。寒风凄雨天，城墙边的僻路几乎没有行人。两个在菜场看戏时就打她主意的流氓，跟踪而来，抢先从小街奔到她前面的道上，拦住去路。

首先他们抢了她衣袋里的钱，然后把她逼进墙角。她抓流氓的眼睛，被流氓猛抽了两耳光，衣服被撕破。另一个流氓本来负责把哨，说好轮流的，这时看周围无人，忍不住也跑了过来。她被两个男人压倒在肮脏的雨地上。

无法对抗两个男人，她只得盯着石墙上的青苔，任他们占便宜。但是这两个男人不久就互相闹起来，争着解裤带，还要紧张地看周围的街，她乘机猛地跳起来，一头撞开两人，其中一人没有防备，竟然被冲倒在地上。

她头发披散顺着老城墙，往北拼命地跑。一个男人已经气喘吁吁地放弃了，那个跌倒在地上的男人，恼羞成怒，手里拔出了尖刀紧追不舍。

前面是墙，没有地方可逃跑躲藏，她发现自己跑进了一条死弄堂。男人得意地大笑，端着刀直逼过来。

突然她站定，回过身来，发狠地狂叫，脸形像一头狼。已经追上来的男人看着她，停住了脚，觉得这个女人可能是个疯子。这个地方也快接近闹市区，对一个大喊大叫的女人，好像讨不到什么便宜。男人懊丧地走开了。

瘫坐在地上，她精疲力竭，喘着粗气，过了好一阵才恢复过来。她扶着墙拼命站起来，走出弄堂，雨也停了。

她突然认出了这条街，这里离荟玉坊就隔着一条弄堂。她不知不觉竟跑到老地方来了。雨水积了弄堂一地。

没有必要找路，几分钟后她就走到了荟玉坊。那里昨夜点起的彩灯到这时还亮着，上面写着姑娘的名字。她没有敲门，只是往门缝里看，里面一切依旧，二层楼三厢房的石库房，依窗而立的那个女子是个新面孔。里面有人拨弄琵琶，咿咿呀呀地唱着苏州评弹，间或有个男人在笑着插嘴。

书寓招待客人的规矩：一打茶围，二听曲，三摆酒。这三步到家后，才谈得上碰和。她的确只是个太起码的丫头料子，这三步都不会。新黛玉本就不想留她，她们中间没了常爷，更是不喜欢她在眼前晃来晃去。

她站立在荟玉坊门前，望着那些灯笼，苦涩的记忆重新卷来。

常爷死后，她只能悄悄掉泪，医生例行检查，她伤口痊愈得不错，同时发现她还有其他麻烦。不过这次新黛玉对她还算过得去，没马上扫地出门，她被安置在一个简陋的房间，供给食物，与外界隔离，甚至从前的丫头秀芳和娘姨李玉都不让接触。待所有跟常爷相关的问题解决后，新黛玉迫使小月桂面对现实，要她回到川沙乡下嫁一个种田人。小月桂却不听从。她像所有书寓被弃的女子，比如像余其扬的母亲和其他人一样被赶走。那天新黛玉拿走她的衣物、所有她喜爱的东西，苛刻地说：女人应有的快乐，一个家，做母亲，都不适合像你这种不吉利的人，接受天命，不要抱任何幻想了。

她跪下求新黛玉，叩头，再叩头，都叩出血来，新黛玉还是抱着她的东西，冷冷地看着她，毅然转身离去。她当即昏了过去。过了好久，她醒过来，想去找新黛玉，可是门被反锁了，她撞门，大叫"还给我呀，还给我呀！"没人回应，她的生命仿佛在这一刻停止了跳动。

之后不久，新黛玉安排好一切，把她介绍给幺二堂子荟玉坊的鸨母。鸨母看她那鲜亮的模样，面孔挺动人的，就不顾她的大脚，从新黛玉手里买下了她，改名荷珠。

身价一跌，什么都跌。上海市面幺二的码洋：陪客喝茶一元，侑酒二元，留宿三元。她自知不如别的姑娘色艺双全，无奈，只得减半。但是鸨母不同意，说："幺二，虽然比不了长三，也是有面子的，不能坏了规矩。"

她没办法，好不容易等到有个客人，就使出浑身解数尽快地让这男人明白，尽量包涵一些，最后会尽量服务。她没有任何挑拣的权利。再没有生意，没有交足钱给鸨母，可能真要流落街头，租个破烂亭子间做最下等的野鸡拉客皮肉生意。她离穷途末路只有半步之遥。

如果她不认这命，就只有退出上海。她绝不想离开上海。不是说回乡种田是下地狱，下田插秧累断腰也不见得送命，她根本没家可回。唯一的办法是下功夫做。

荟玉坊有个新来的大脚荷珠姑娘，虽然货色粗一点，床上功夫却是一等。这口碑传开，客人渐渐不缺，有回头客，旧人也带新人来。

她也学会了妓女与嫖客划拳行令的特殊语言：一对鸳鸯，满堂红，两枝春，五点梅。上床的男人，没有一个给她任何好感。她也曾想或许会遇到一个像一点常力雄的人，可是没有，甚至没有一人有任何一点像常力雄。

到这时，对常力雄的想念便不同以前。与他在一起的每一幅图景，散落的点点滴滴聚集起来。重新回忆，重新进入一个鲜活的生命。她曾经一点一厘地从生命里割舍掉的那些记忆，现在又聚起来。

常力雄最后看着她的神色，越来越切心割肺地真切。他死时连眼睛都未闭，这一点，让她非常不安。他死得太冤，她很想知道谁是杀他的真正凶手。

不管到什么地步，她都不愿打出她曾是洪门老大的相好的名声。她知道，只要她说出这个身份来，她的日子会好过得多。

可是她没有，她卖自己的肉体，不卖她的心。在与新黛玉斗气的时候，她曾经威胁要这样做。现在她明白，她再沦落，但心里最珍贵的东西，也不能受半点玷污。没有这点东西，她的生活只是行尸走肉。

这一天，她被叫出局，坐轿子到局票指定的青苑阁。楼下是烟茶馆，楼上就是妓院，这儿是有名的野鸡窝。为什么还要远远叫她出局呢？

原来是个苏北客商赚了一点钱，听说她的艳名，同时又叫来楼上四个咸水妹，同席摆阔充贾宝玉。

按妓界的资格惯例，她作为幺二，不该与野鸡同席，但她觉得这种所谓的资格太无聊。只要这个商人出了叫局的钱，她就装聋作哑，含笑坐在席边。那几个野鸡，个个小脚扎得金莲窈窕，能唱能弹，还能唱几段京调，居然有板有眼上腔上调。

她看了，心里实在害怕，她靠的是一点鲜活劲。要不了五年，可能只要三年，她的青春风貌就会消失殆尽，手中这碗饭就端不成了。

那一晚上吃饭，她担心商人有了对比，会看她不起，便竭力讨他欢心，仿佛对他一见钟情似的。最后席散后，商人叫了马车当护花使者。到了荟玉坊，她殷勤地端来香片茶，又烫暖了小酒，重新换一套漂亮的衣服出来。

终于，这个苏北商人向鸨母提出要留宿。鸨母趁机加价，最后是三十元一夜谈妥。结果那一夜他被她伺候得高兴，出手大方，赏给她一张十元的银票小费。

商人对她恋恋不舍，连着住了一周，要给她赎身，但是要到扬州办完事才能回上海，带她回家，让她安心等他。鸨母收了好几天银票，一看有了更高的收益，便来恭喜她：“做小也是有了个好归宿。”

她只等了三天，便有个预感：这只是男人一时兴来，他不会来给她赎身。原因倒也简单：扬州商人一样不能娶个大脚婆做偏房，那会在地方上丢尽面子。

等了半年，那商人也没影，她彻底死了心。她不是对未来没有算计的人，这种拼耗青春的职业，绝对不能再蹉跎下去。

除了身体之外，别的本事她一点也没有，别人会唱的，她全没有学过，哪怕一时学起来，也抵不上野鸡的水平。

她明白，第一紧要事：必须先赎身。不管往后是死路还是活路，先离开这里再说。

既然没男人来赎，她自己又没这笔钱，就只得装作生了怪病，吃什么吐什么，整日里病病快快，全身酸痛。像是学演戏，一做上，就成了真的，而且浑身发烧，高烧不退。

鸨母无奈，只得赶她走。她走不动，鸨母也不让她留，把她所有的衣物都扔在地上，说她有恶疾，会传染。

草草提了几件杂物，离开荟玉坊。那一夜，她歪歪倒倒找到附近一家最便宜的新源客栈，向店小二讨了一碗稀粥，夜里又发起高烧，衣服浸透汗水，贴着皮肤。

我就要死了，死得这么窝囊败落！她的手指绝望地抠着木床的档头。她不怕死，但死得比乞丐还不如，让她吞不下这口气。

下半夜她睡着了，梦见常力雄。他把她抱在怀里，说不该丢下她，让她受苦，起码也该说做就做，娶了她，让她有个名分他再走不迟。说着说着他哭了。她从来没见过常爷掉眼泪，也许常爷一直没有机会对她垂泪，她也没有机会向他哭诉，她再也控制不住自己，泪水无声无息涌来，这是常爷遭难后她头一回哭。她脱去他的衣服，发现他站在水塘边，就拉他上岸来。就在池塘边上两人水淋淋的身体交合在一起，她不让他松开她，她喊："我又飞起来了！"这次他带着她一块飞起来，腾云驾雾几千里几万里，几个时辰都没有落下来。

她大叫着醒来，枕头全湿了。这几年里，她从来就没有过这样真切的梦，至多只是看见常力雄的脸，望见他背影快跑如飞，就像那天夜里矫健地一步跃下楼。很奇怪，烧退了，头也不疼了，病说好就好了。

老人说，阴阳相冲！与死人交，会得不治重症！为什么她与常力雄交合了，反而病愈了呢？别人为禁事，她却能解通：常爷在冥界一直看顾她，见她临近绝境，就与她重温旧好来度她。

此刻，命运让她站在荟玉坊门前，惊得她一身冷汗，这种生活比被男人追着强奸还让她害怕。她下了狠心：不管多高的代价，她也得借到钱，把戏班子弄进剧场，为了在上海站住脚，她什么都舍得。

第九章

丹桂第一台是公共租界的头牌，最堂皇舒适。其他如金轩茶园、喜乐园也是沪上戏园中有面子、叫得响的。不过所有这些剧场都上演京戏，有名角上台。

四海升平楼也处于闹市，算一家戏园，但门面跟气派挂不上边，缺钱维修，大门都快坍塌了，租金比起其他戏场来说便宜得多。她借到的那点高利贷印子钱，只够在这个地方租一个月。不过，好歹总算进了剧场。门口堂堂皇皇第一次挂出戏牌：

筱月桂如意班主唱　本地滩簧

磨豆腐

打黄糠

阿必大回娘家

有人对着"筱月桂"三字议论。这艺名，她觉得听起来响亮，写出来形好。四海升平楼内部比外观更加破旧，灯光只能从台下打上来，座位都是长条木凳。不过这场子有一点好处：正是领事馆路浙江南路口，离上海旧城也不远。上海一开埠就是五方杂处，市郊各县人就近进城，称作"本地人"，这里正是"本地人"最多的地方。

下午四点多钟，人热热闹闹地拥来拥去，卖小吃的，舞枪弄刀的，耍猴的，摆摊算命看相的。门外街上人头攒动，不时有好奇的行人停下来，议论"本地滩簧"四个大红字，从未听说过有这么一种戏，胆子大的买票，但进来的人始终不多。

筱月桂已经化好装，在后台耐心地等着。她一身水乡家常女子装束，大襟衣服，腰系着百褶小围裙，背后垂下两条及膝的彩带流苏，裙下一条青布裤，脚上是绣花滚边圆口布鞋。幕背后几个年轻人在张望，着急得不得了。

筱月桂说："稳着点，看好道具，租的，不能碰坏。"

场里人还是不够多，幕还没开。她让一个小姑娘和一个少年在台上站着，拿着月琴板鼓，在那里敲敲打打，唱《采莲苔》应答歌度场子。进场的人倒是被这太撩拨人的唱词吸引住了，舍不得离开：

　　　姐在园中采莲苔，

　　　大胆书生，撩进砖头来，

　　　哎哟，撩进砖头来。

你要莲苔奴房有，

你要风流，风流晚上来，

哎哟，风流晚上来。

那对俏丽的男女一唱一和，眉来眼去，新鲜逗趣的样儿，更让满场人笑个不停，连急匆匆赶路的人也停下脚步。

我家墙外有一棵梧桐树，

你手攀着梧桐，跳过粉墙来。

哎呀，跳过粉墙来。

房门口一盆洗脚水，

洗脚盆上，放着好撒鞋，

哎呀，放着好撒鞋。

青纱帐中掀起红绫被，

鸳鸯枕上，情人赴阳台。

哎呀，情人赴阳台。

一个穿戴颇讲究的女人，笔直走进后台来，似乎很脸熟。筱月桂神不守舍，没立刻认出，待这女人走近些，才发现是新黛玉。

筱月桂迎面就说：“说好一个月，还没有到时间，那债主总不能现在就催账吧？"

新黛玉摇摇头。

"姆妈是不放心。"筱月桂没好气地说，"月利三分，年利驴打滚三倍三，这印子钱也实在够黑的。怕我还不出来，连累你这保人。不会的！肯定能还！"

新黛玉已经显出老相，并不答筱月桂的话，她蹩着小脚，只是朝墙边木椅上一坐。木椅吱嘎作响，吓了她一跳，欠起身来："会不会垮掉？老天，这是什么人坐的？"

"当然是我这种人坐的，你怕坐就别坐。"

"这么说，我就坐得，我总比你长得轻巧！"

新黛玉重新坐下后，那木椅就只叫了一下，她低头看了一眼，这才放心地从身上掏出粉盒粉饼，往脸上添妆，但是很快合上粉盒，感慨地说："这是什么世道！一品楼只准弹苏州丝竹，就是要讲个品位。你呢？长三做不成做幺二，幺二做不成做婊子，婊子做不成做戏子！我看一个月印子钱到期，把你的班子，连同你自己，全部卖给窑子都不够还债！"

筱月桂没心思搭理她的尖酸刻薄话，她内心正焦虑如火焚，时不时撩开幕看有多少看客进了场子，但是面子上要装出镇静。整个如意班都在看着她，她一心怯，这些小毛孩全会慌神。

新黛玉看了看台边上坐着的几个人，他们手里拿着二胡板子和小锣，最后目光又回到筱月桂身上，摇摇头说："连做戏子也不像！'阿必大回娘家'？这种乡巴佬戏，拿到上海献丑。不如回你的川沙乡下，搭班赶场子，还能弄几顿饱。"

筱月桂不吭声。这话说得太刻毒了一些，她其实就是看中了刚离乡到上海的那些乡巴佬，把他们作为主要观众。

"你看你聪明一世糊涂一时。我唱过的评书，都是先人代代相传，不是胡闹乱编出来的。你这条路无法走。"新黛玉叹了口气。

"我也没有别的路可走。"筱月桂给新黛玉说惨了，情绪激动起来。她站在窄憋的后台，做幺二的旧日子，宛如噩梦，回到川沙老家的那两天，更是难忍。

镇上出走外乡的人，一般都是经商做生意的，回乡必摆排场，请亲戚。就是在外乡帮佣的女人，回去也要头脸光鲜，送礼周到。她就犯难了。即使镇上无人知道她做了幺二，也都晓得她在书寓做丫头，职业不光彩，落魄而归，更是丢人现眼。但是她只能硬着头皮，朝镇上走。

筱月桂的父亲在镇上开了一个针线杂货铺。她七岁时父母先后暴病死去，杂货铺由唯一的舅舅经营。

说是镇，不过是一条小街，石板路一切仍是照旧。听说她来了，那杂货铺立即关了门。

她敲着门，对娘舅说，当初你把我给卖了，我不怪你。现在我回家看看，请不要把我拦在门外。

舅妈个子小小的，四十岁的样子，穿一身碎花布衫。她打开门，站出门槛，把丈夫掖在身后，一干二脆地对她说，不是我们不收你，而是我们不敢收你。你哪里来哪里回吧。舅妈闪进屋，当小月桂的面关上门。

她用手拍门说，那么看在我死去的妈妈的分上，娘舅，借给我一点钱。

那门打开了，舅妈一脸讥笑，说你真不害臊，不带钱回来，还敢来借钱。

她说，我一定会还你们的。

舅妈上下打量她，说你这病恹恹的样子，拿什么还？我们今天把话讲明，从今以后，我们没你这个外甥女，你呢，也没有我们这门亲。

她说，别这样，舅妈。

那门吧嗒一下关上了。她突然发现身后已围了一大圈人，老老少少，没有一人对她有笑脸。她拖着蹒跚的步子走在这街上，一街的人，那当娘的把自家闺女抱在怀里，看护得好好的，一步不离，生怕沾上她身上什么说不明的毒。他们叽叽咕咕朝她翻白眼，有的人朝她吐口水，有的人把脏话连同烂菜一起扔了过来。

"贱货！"

"穷疯了，烂水咸萝卜！"

"不要脸的臭布条，浑身臭熏熏！"

街尾就是农田，牛在田里耕作。她又渴又累，村里没有人给她一口水喝。她跑到井边，两个少年趁她趴在井沿，双手捧水时，恶作剧地把她往井里推。虽然是吓唬她，可她没有防备，差一点就落到井里。她本想找个什么旧日邻居歇一晚，第二天才走，这场侮辱才开个头，接下来还不知会发生什么。

她想了想，穷愁潦倒本身就是犯了众怒。只有当即离开村子，到附近一带村镇想办法。

新黛玉摇摇头说，六年前，我就告诉你，趁还年轻，嫁个乡下种田人过日子，你不听。都怪我当初把你买到上海来。你一来就成为惹祸包，每次都是我替你收拾，扔掉你做下的丑事。得了，好像我此生欠你似的。

小月桂眼里充满委屈，她想说，并非如此，是你一次一次把我生命中最紧要的东西拿走，但她克制住自己，保持微笑。

新黛玉继续抱怨道，婊子做不了，戏子就好做？哪个戏子背后没后台？后台越大名越大。这是上海三岁小孩都知道的道理。你想当戏子，也当错了时候，应该在常爷活着的时候。

这点新黛玉倒是说得对，她是一个寡妇开戏班子，全靠自己在这个黑道控制的行当中打天下，太难太难。她清楚这点。

在家乡受了屈辱后，她唯一可以自称家乡的地方，应当是常力雄埋葬的地方。松江是个有名的水乡古镇，打听了好几个地方，才找到他的坟。

生长着竹林的小山丘，坟修得很气派，不过地面积了好些水，墓碑外有乱石泥土，荒草丛生，看来他的家人也没有经常来上坟。她把乱石和泥土移开，让积水顺坡流走。她点了三根香，跪在常力雄的坟上，默默流泪。

风暖暖吹来，远处有人竟然在唱"卖红菱"："长裙短裙爷娘挣，着子你格红裙卖子我个身！”

她追着歌声，来到一座临河的茶馆，门前悬挂着旗幌，里面传出了欢悦的笑声。小舟拐过水巷，隔窗看到一个暗暗的大房间里，墙上是一个白布屏幕，上面有猴子在大闹天宫，棒打天兵天将仙女仙姑。

在做幺二最绝望的日子，有天夜里她梦见自己唱乡下小调，依然是唱给常力雄听，可是他只是笑眯眯地一闪就不见了。

她突然明白过来：难道常爷没告诉过我吗？这好听！别人能唱评弹京剧，我为什么不能唱花鼓小调？对客人不能唱，那不仅跌自己身份，还是对客人趣味的侮辱，鸨母要罚的。但是常爷能喜欢，上海滩就会有别的人喜欢，尤其是那些原籍在上海周围郊县的人。她可以自己开创一个新戏。

就是在那个水乡之镇，常爷的家乡，她再次确信了自己唱戏的念头是对的。

但是她积钱的速度太慢，怎么才能设法去搭这样一个戏班子呢？

她把衣物送到当铺，换了些银子，还了欠客栈的债，回到川沙乡下，像当年新黛玉挑上她一样，在附近一些村镇，挑上模样周正一些、花鼓词唱得不错、人长得比较活络的农家渔家少女和少年。她的目的清楚，少女非大脚不取。

她稍微给了一些养家钱，答应今后戏班子赚了，他们的工钱分成。都是一些穷得卖光田打雇工的人家的子女，从来还没想到唱山歌可以是一条出路，况且是到上海那个奇异的地方，一个个高高兴兴就跟月桂姐姐来了。

"本地滩簧"是她想出的名字。"本地"两字，再好不过，就是上海人自己的戏！

现在这戏班子是进了剧场了，但是债台高筑，借高利贷等于悬着脖颈走钢丝——失足是死，不失足也活不了。这些农村来的少年少女，眼望着筱姐给他们能留在上海过日子的好命，有的人还得她手把手地教。有这个想法，倒也极其认真，一遍遍排练都不嫌累。

为省钱，他们从最便宜的兴隆客栈搬出，就在台上搭地铺。经常挨饿，有了上顿无下顿。有时她外出，回来正撞上如意班吃完饭，徒弟们给她留着一份，她见有的人肚子仍未饱，就装着吃过饭的样子，让手下人多吃些。

万一戏无人看，那后果实在难以设想。

筱月桂额头上汗水都沁出了。

"你怎么啦？身体不舒服？"新黛玉说。

"没事。"筱月桂闭上眼睛说。

"我还是老话，我算是女人中胆子大的，你呢，你比男人还会铤而走险。你是知道的，我再也无力帮你了。"新黛玉说。

筱月桂听到戏场里人声开始嘈杂起来。她睁开眼睛，到幕布前，拉开一道缝，朝外看了一眼，座位上有好些人了，坐了大半满。她顿时放了心，看来她的留客之招还是有用：今后可以多唱一会儿《采莲苔》，还可以把《采莲苔》编出一些情节，就更能拉客。

筱月桂转身走到新黛玉身边："姆妈放心，我不会说自己是一品楼丫头出身，不会糟蹋了你的名声。"

新黛玉摆摆手："不提，不提！什么一品楼？早就走下坡路了。"她站起来，与筱月桂离得极近，"给姆妈看看，枪伤现在怎样了？"

筱月桂看看新黛玉，就脱了外衣，着小衣露出左肩膀，上面刺了一朵月桂花。新黛玉吓了一跳："女人文身！"

筱月桂低下头，说不然怎么办？跟每个人讲老故事？还有多少人记得常爷？

新黛玉也伤心了，眼睛一红，说："早就改朝换代了，常爷送了一条命，落个什么好处？"她看着筱月桂，感动地说，"你始终未对外说常爷，也未借此做事，真是难得！真是难得！"

可是新黛玉那天并不想留下来看演出，说是心里悬得害怕，还是不看这种戏为妙。刚一开演，新黛玉就走了，果真未看一眼。筱月桂心里有股说不出来的滋味。她知道新黛玉这种丝竹评弹高手，嘴上不说，心里总是看不起本地小曲，认为是她这种乡下丫头混饭吃的花招。

《阿必大回娘家》开演了，一个有小儿子的"婆母"，不让童养媳阿必大回娘家探望，两人闹成一锅粥。筱月桂自然是演婆母，她是戏班子里年龄最大的，这个婆母角色也最吃重。

开场是一段"汪汪调"：

冬天日出黄枯枯，

李家娘娘想家务。

当家人名叫李九官，

时常出门贩猪猡。

　　筱月桂唱的女丑角，让全场笑得很开心。但是筱月桂突然觉得窘迫
万分，连她都知道这唱词实在是土头土脑过了分。就算求通俗易懂，也
不能唱出"贩猪猡"来。一场唱完，虽然观众喊好，她却垂头丧气。
　　她感觉她的地位，比当丫头时还低。

第十章

如意班演出的舞台依然很简单，说唱加表演，只是增加一点故事情节，调子依然。观众还是上海四郊的进城农民，未忘乡土之情，来听老家的原腔旧调，筱月桂就给他们原汁原汤。幸亏工厂商店每天大口吞进人，"本地人"纷纷成了上海市民。

其他花鼓戏班都不敢用女角，而是男扮女装。有好心人来劝说，应遵循这行规。筱月桂说，她自己就是女的，还演不演？

这个例一破，好多人特地来看如意班的"男女同台"，觉得真是破天荒的大胆挑逗。

如意班还是靠着印子钱维持，收入只够还每月三分的高利，勉强保住吃饭，不至于立即破产。本钱却一直无法还，积余更谈不上。筱月桂考虑再三，决定再借一笔高利贷，索性做大一些，不然永无脱身之计。

两个多月后，演出场所改到了观艺场，这是一个设备比较齐全的剧院。班子又从川沙松江一带乡下拣进几个不错的人才，乐器添加了一些，服装也稍考究了些。就这样的小改进，都引得债主吵上门来，责问筱月桂有钱为什么不还，弄得她差点在全如意班面前下不了台。她好说歹劝，好不容易才让债主相信了这几个月将大发利市，全部还清。债主走时还威胁月底肯定再次上门，决不许再拖欠。

债主丢下的狠话，如在她胸口挂了一个死猪头。

观艺场的戏场生意兴隆，炎夏过后，气候也宜人。夜里总是暴雨，一到早晨雨便停了，街道被冲洗得干干净净，天碧蓝深远，人的心情格外好。多少年都未有这么好的一段日子了，那些足不出户的人都闻声想来看稀奇，听听戏。他们的家小和父母妻女更是着迷，会跟着台上调子一起从头哼到尾。

她去棋盘街望平街找《申报》和《沪报》的记者，希望记者能报道。记者并不热情，甚至都不搭理。她不却步，递上戏票，恳请他们去看她的戏。

好在观艺场离望平街并不太远，《礼拜六》专写京剧捧坤角的记者，好久没有惊人文章可做，看到这个漂亮少妇竟然敢弄一个上海乡下来的新剧种，有点佩服她的胆子，晚上闲着无事，就逛过来。

可能原先期望不高，看了，觉得还相当不错，唱得有腔有调，演戏也挺认真，比起同时闯进上海的绍兴"的笃班"、宁波滩簧，似乎并不逊色。

记者写了一篇报道，尤其称赞筱月桂的演技和歌喉，半开玩笑地给了她一个西洋赞语："一颗上升的明星。"这张上海最热门的消遣周刊报道后，其他报纸，尤其是娱乐小报也跟了上来，戏评记者纷纷到剧场采访如意班。

这些娱乐小报，文字多为陈腔滥调，对筱月桂的赞美，免不了轻薄调子：什么闭月羞花之貌，摄人心魄之态。但是大部分戏评，说到筱月桂的嗓音，都认为是千古一人。

民国初年，地方剧种纷纷繁荣，曲艺回到孔子删削《诗经》之前的辉煌。

只是各地方剧不得不模拟京剧，剧目雷同。只有上海的本地戏，完全自成一路。这个先后叫作花鼓、东乡调、本地滩簧的戏，本是简陋寒酸，不便做京剧的孙子，情愿与话剧和电影攀亲。毕竟上海历史极短，古人说上海话，听来滑稽。

不管是阴差还是阳错，筱月桂凭空凌虚，标新立异，创造出新剧，这是何等气魄！

我放了一张筱月桂的旧唱片。当时的录音实在令人遗憾，不过从旧唱片中也能听出一点。筱月桂能叫多少听众夜不能眠，她的乡土音中那份柔情缱绻，后来多少歌星恐怕都没有学得像。

可以想象当时"进城人"听戏，男人听得直想家中媳妇，女人听得泪水盈盈，一直守在吱吱呀呀的收音机旁，把筱月桂撩人魂魄的歌听到烂熟于心；想看到筱月桂的，一直把她的每场戏看遍才甘心。

我在那迷魂人的歌声中岔开了道，抱歉至极。

一少年拿纸，一少年拿糨糊，半分钟不到，观艺场门口贴上新的海报：

本滩明星

筱月桂

领衔如意班

今晚隆重献演

磨豆腐

"磨豆腐"是乡下男女三角恋故事，两个男人分明一好一坏，女人当然糊涂，聪明太迟，最后才是一对苦命鸳鸯，苦尽甘来白头偕老。唯一特别的是豆腐磨起来时，做功带着节奏，一咏三叹，男女勾引相恋对唱，一时大受欢迎。

筱月桂托人给新黛玉送信儿，想请姆妈替她问问，她当年的丫头秀芳和娘姨李玉是否愿来做她的帮手。

信送出的第二天，这两个女子便挎着包袱到她跟前了。晃眼一瞧都还是原样子，仔细看，李玉眼角添了一点儿皱纹，她成了寡妇，秀芳出落成了一个标致的大姑娘。筱月桂一手拉着一个，三人的眼睛都湿湿的。

"真愿意跟我一起做事？"筱月桂说。

李玉说，一品楼生意如日西下，新黛玉已经准备洗手不做，正在找脱身之法。筱小姐这么念旧情，信任她们，真是危难之中给了一条生路。秀芳告诉筱月桂，她的父亲半年前过去了，家中无人，已无牵无挂，她一心一意跟着筱月桂，还是她的贴身丫头。

打李玉秀芳两人来后，筱月桂心情好多了，那是跟常爷一起的那段日子留下的旧情。她凡事都有人商量，也有人照顾，一切好像有了好迹象。

这天开演之前，台下异常喧闹。筱月桂觉得不对劲，连忙跑出后台换衣化装的小房间。在门口照看的门卫，着急地说有些观众模样凶狠，不像是来看戏的，口袋里揣了不知什么东西，有股恶味。

筱月桂紧张起来。近日报上说，租界工部局要取缔烟赌娼，这种消息常有，没人会当真。只是有一家报纸指责唱本地花鼓男女同台。其他戏班，让男少年扮演女人，本来戏里有淫词猥调，男扮女装不打紧，都知是假戏；男女合演，就是真调情真淫秽！为挽救人心不古，世风日下，首先应当取缔男女同台演戏，不然淫娃妖姬，国将不国。她当时就觉得会有人来找麻烦。

"小姐，喝点水。"李玉端了碗茶递给她，神情平静，筱月桂知道这忠心的娘姨是给她鼓气。

筱月桂接过茶碗，喝了口茶水，心定多了。她站在幕布后，从缝隙里看场内形势。忽然，她看到坐在最后一排戴墨镜、西装革履的男人有点面熟。她想了想，把李玉叫过来，问了两句，果真不错，就转过脸来，对那个门卫说："去，把那位戴墨镜的先生请到后台来。"

门卫刚走出两步，筱月桂叫道：

“如果他不肯来，就说一品楼老相识请。”

场子不大，门卫马上到了后排，向那先生恭敬地一躬身，说我家老板有请先生到后台一晤。

那人架子大着，不仅不肯来，脾气还火：“去，去，少来烦我！”

门卫便将筱月桂的话说了。果然，那人听了一愣，想了一下，站了起来，跟着来到后台。

筱月桂放下幕帘一角，转过身来，高兴地两手一拍，走了几步，便安静地站着不动。待那男子走进来，她才露齿一笑，说：“阿其，在哪里发大财，就此不认识我了？”

余其扬纳闷地脱下墨镜，半信半疑地说：“你不是小月桂吗？”他再看看简陋的后台，“你——你就是唱本滩戏的筱月桂？”

“怎么，不像？”筱月桂说着取掉乡下女人盖头布的装束。

“你不是姓陈吗？陈月桂？”余其扬拍拍头，恍然大悟，看着筱月桂，似乎开始想起旧事来，“当然当然，‘筱’就是‘小’。我怎么会没有想到可以当个姓用？而且没有想到你出落得——”他上上下下打量筱月桂，话没说得下去，像在找恰当的词儿，已经好多年没见面，一时不知从何说起。

“我看你倒不像当年的小跟班了，现在做大生意，一出手就能要人命！”筱月桂说话声特别悦耳，不像一般唱红的京剧坤角那么尖细，而是沉着有韵味。她个儿修长，穿着高跟鞋差不多就与余其扬一样高。

“我还是跑腿的。你嘛——”余其扬看筱月桂脸相身态的丰韵，舌头打了结，"你好像命该上台让大家看的。"

筱月桂微笑起来，说不要话里有话："并不是一品楼出来，都逃不了当野鸡的命！"

余其扬连忙摆手，说不是这个意思，绝对不是这意思。他没想到她出落得漂亮，嘴也变得厉害不让人。

"今天怎么有空来听这种乡巴佬唱戏？如果今天出什么事——"筱月桂靠近他跟前，一干二脆地说，"不会跟你有关吧！"

听到外面开始出现异样的吼闹声，她眼光逼向余其扬说："难道真是一品楼的小龟头，来打一品楼的小丫头？"

余其扬跳了起来，刚想说什么，场下骚乱起来。有人往台上扔黑泥包的臭鸡蛋，登时满场恶臭。有人大吵大闹："男女同台，败坏风俗，叫巡捕来！"有人一板凳扔上来，打倒一个走得慢了一步的男琴师。演员吓得往里奔，害怕地挤到窄小的后台，观众则吓得往门口跑，大哭大叫，乱成一团。一伙人气势汹汹地跟着领头人往台子这边涌来，就要开砸。

余其扬来不及做解释，赶快翻身就跑，把演员拨开，冲上舞台，又从台上跃到台下，一路不停地大喊："胡闹！停下，快走！"

流氓们刚要砸台子里的乐器道具之类东西，听了他的话，纷纷停住，只好匆匆呼啸而去。

筱月桂心里暗暗叫好：恐怕该她还清阎王奶奶的月利三分黑心印子钱了。真的来了个乌龟，能否翻过门槛，就看此番了！

戏场里依然混乱不堪，幕布已经降下。

筱月桂叫李玉赶到望平街棋盘街，告诉报馆说出事了，流氓砸了戏院，伤了人。报馆一听有新闻，马上派来了记者。对着几位记者，筱月桂说了一大通：演戏娱乐，不管什么剧种都该一律平等。巡捕要查，为什么不查新新舞台尤香兰的"大劈棺"？为什么不查先施屋顶花园姚玉玉的"潘金莲"？单单揪住本地滩簧不饶，不就是因为本地滩簧最平民大众？工部局就是拣平民大众来欺负，还要砸多少戏场，最好开一个单子！不用雇流氓来砸，我们自己停业！

那些记者看到筱月桂毫无怯意，一个孤身弱女子敢站出来指责外国人的工部局，毫无惧色，令人既同情又佩服。不管怎么说，都是他们做文章的好题目。第二天上午，一家家报纸都登出了添油加醋的报道，一时大街小巷都在纷纷议论筱月桂这个名字，一个唱上海本地小调的女子，竟敢挑战洋太岁。

筱月桂读着报纸，心里明白，她走的貌似险棋，其实是一个恢复与洪门联系的机会。本来她与洪门已经绝缘，新洪门没有新黛玉的地位，她拿常爷的事来要乖弄娇，也没用，洪门对此不领情。

唯一可能的联系，只有这个余其扬。昨天此人从天而降，这是天意！多少次，在穷途末路之时，她一遍遍在脑子中翻寻旧关系，也想到过常力雄视为亲信的这个小跟班，偌大一个上海，整整一个世界，无从找起。新黛玉也再没见到过余其扬。现在他带人来砸她的戏，看来依然在给人当打手，看来还在洪门里当差，那就该他结筏扎桥。她倒要看看，他给当年的同伴怎么一个收场？

回想起昨晚上的一幕来，她经过他们俩站着的地方，突然发现自己的手在颤抖。他好像就是自己失而复得的一个亲人，一个比自己大两岁的哥哥。过去并没有完全消失，那么，姑且就让应该回来的回来。

她听说过上海洪门的新山主是那个长相斯文的黄佩玉，就是常力雄最后接待他并为之而送命的人。看来，她命中注定将重新联结上这个半露半隐的黑帮世界，关键是看她敢不敢抓紧这根茫茫大海中丢来的绳缆。

夜里她失眠了，想了很久很久，天都亮了，她还在想，包括这些年总在心里弄不明白的疑团。

虽然她心跳得厉害，如吃了一种毛毛草药，心坎发麻得慌，但是她感觉这次自己会有好运。

余其扬走进黄府。这儿草坪修得平整如毯，树木葱绿，也剪得像木工刨过的那么有棱有角，很像香港的英国贵族私宅。他很受黄府人欢迎，一进客厅，仆人就端来龙井茶。二姨太三姨太闻声而来，热情地问寒问暖，与他说话。

六姨太路香兰人未到，声音先到："我说是谁呢，原来是其扬，留下来和黄老板一道吃晚饭吧，喜欢吃什么，我让人准备。"她的打扮像个贵妇，头发梳得高高的。见六姨太来了，二姨太三姨太均借故离开。

余其扬站起身来行礼，一边说："多谢六姨太，却之不恭，今晚真的有事。"

黄佩玉送走客人，也过来招呼他，两人一起往走廊里端的会客厅走去。刚坐下来，六姨太亲自将余其扬的茶水送到，这才关上门离开。

余其扬对黄佩玉说："本来柿子拣软的捏，结果捏到一根钢针。这个乡巴佬本地滩簧的主唱兼老板，你知道是谁？"

"谁？"

"就是当年一品楼那个小月桂！"

黄佩玉惊奇地说："那个常力雄胡乱拣上床的乡下丫头？"

余其扬点点头。沉吟半晌后，说她现在不肯善罢甘休，闹到报纸上去了，今天中午，还派人送口信来，说是要黄老板亲自道歉。

"这跟我有什么关系？"

"她那天看到了我。她完全明白我的背景。"

"这个戏子好大胆！"

"我看她不是想要你道歉。"余其扬进言道，"她对报刊有意说得危言耸听，闹个沸沸扬扬，是想找你吃讲茶，谈条件。"

黄佩玉惊奇得眉毛竖起来，这个戏子不要命了，只要他吐口气，她就在上海滩没了影。

余其扬却说："我看她有意在护着我们，跟一家家报纸说了那么多话，却没有点你黄老板的名字，也不说是我带的人。"

黄佩玉想想，和颜悦色地对余其扬说："行吧，好男不跟女斗。我就去向她'道歉'。一个戏子，敢这么跟我说话，我倒要看她什么钢筋铁骨！"他搓搓手。

"她只说与工部局论理，一口咬住是工部局弄出来的事。"余其扬加了一句，"好像是明白人。"

黄佩玉感兴趣地听着："好好！你给她再弄几家报纸去！让她代为闹一场。"他想了一下，对余其扬说："上海滩一闹，这个混蛋高鼻子也只好停止唱高调。我们再把上缴给工部局的娱乐业管理费，每月增加到二万，他应当满意了吧。"

"老板好计谋！"余其扬说，心里咯噔一响：看来这筱月桂还真的能一刀见血，出手快得叫人眼睛都跟不上。他想起常力雄的话来，帮会提供了尚且过得去的秩序，上海各国租界当局，明白靠帮会处理治安，而不与中国衙门或军阀合作，确实精明至极。这下，工部局就得更明白这个道理。

黄佩玉转身往外走，好像自言自语："我一直也不懂当年常力雄怎么会看上一个乡下丫头，也不怕人笑。他英雄一世，怎么会迷上她，我倒要见识见识。"

一个月后的观艺场，座无虚席，所有的票全部售出。

台上在上演一出新戏《离婚怨》。这是上海地方戏第一出全场西装旗袍剧。戏里有说有唱，婚前曾追求她的某恶棍纠缠不休，下迷药把她诱到手。此后，男的在外有了相好，夜不归家，女的坐在榻床上，拿一本《西厢记》等男的回家，唱一段抑抑扬扬的"反阴阳"：

　　我好比，
　　黄连沐浴一身苦，
　　恨只恨，红颜多薄命，

难免左右邻舍闲话多。

谁知平地起风波，

暗下迷药糟蹋我，

我正像湿手沾上干面粉，

唉，这种日子叫我怎么过。

筱月桂的歌喉有点胸音，嘹亮而沉郁，虽然曲调原底子还是江南民歌，却唱得如流水迂迂回回，别有风味。

黄佩玉坐在观众席里，四周的座位都是保镖买下，他在场内还戴着礼帽，帽檐压得很低，以免被人认出。他来戏院，本是有意看土腔土调的笑话，看常力雄当年胡闹如今的结果。但是台上盛装的筱月桂把他迷住了，似乎平生第一次见到如此美艳的妇人。

这个戏情节曲曲折折，女子失身后难遮满面羞。筱月桂能把"误了身"的女人演得让观众同情，既有情来意去，又有凶杀暴力。最后团圆皆大欢喜又来得不易，满场已是涕泪滂沱。

舞台幕落，黄佩玉带头站起鼓掌喝彩，全场都站起来叫好。幕又起时，刚才服毒被救的少妇已经站起来，招呼两边的演员一起，走到前台笑吟吟地谢幕。筱月桂的戏迷，正一个个给她抬上花篮。

黄佩玉脸色一沉，伸手按了按头上的帽子，一挥手："走！"他不等谢幕，带着一帮人就走出场。筱月桂在台上觑见，心跳得慌：不知这个黄佩玉是什么打算。

第二天演出完，余其扬穿着整齐，西装革履，头戴一顶礼帽，到后台来拜见。筱月桂正在对镜卸装，对前来报信的李玉说："你认为这个阿其，是唱红脸白脸，还是花脸？"

李玉说："他好像现在青云得意，但不会对你使坏心眼。"

"你肯定？"

李玉点点头："昨天他坐在下面看你的戏，眼神中就透出对你的佩服，不像那个黄佩玉，脸上什么表情也没有。"

"那就让唱白脸的进来吧。"

余其扬没有讲客套话，也没有为上次砸戏场做解释，直接执行命令传话："黄佩玉先生请筱小姐在礼查饭店夜宵。"

"噢。"筱月桂回过头来看了一下余其扬，"他道歉吗？"

他的眼光，与一个月前看到她的那种惊喜很不同，非常陌生，故意拉开距离，甚至脸上多一个表情都没有。筱月桂心里咕哝一句，这小子又用六年前的老花招对付我。

两人冷了一下场，余其扬不回答筱月桂的问题，只是重复说："请筱小姐赏光夜宵，汽车已经在戏院门口等。"

筱月桂想想说："行吧，夜宵就夜宵，礼查就礼查，我整理一下，你稍等。"

余其扬走到化妆桌旁，因为房间不大，戏迷送的鲜花在地上摆了一摊，还未来得及收拾。他没有一个地方可站，筱月桂也不给他让座。他瞥到镜子里，筱月桂正抹掉口红，擦净添黑的眼圈和眉线，那张乱擦粉黛的脸已看不出表情，不过目光偶然会移过来打量他。这样双方互不说话，有点太勉强做作。因此他双臂交叉在胸前，随便说了一句：

"谁能比得上你小月桂，当年就比我风头足。"

她就等着这个余其扬开口："风头？当初你叫我师娘，我还不一定理你。看来小跟班长大了，比以前有出息，至少打扮得人模人样了，而且学会了把话传到该传的耳朵里。"

她的嘲讽之尖刻，让余其扬吃了一惊，不知如何回答才好，也不知该生气还是该刺她几句。想了一下，二者都不合适，他决定问明白："月桂小姐，我哪里不周到？有得罪你的地方，你多包涵。"

"我看你就是不肯'得罪'我。"筱月桂说。

余其扬想想，对着镜子，把帽子取下，他的发式是市面最时新的，抹了蜡，顺畅光亮，不过马上又戴上帽子了。他说："世道不一样了。"

"是不一样了。"

一不小心，筱月桂手里的梳子掉在地上。余其扬弯身拾起来，递给她，不巧与她正好弯下的身子撞上，他赶紧搁到桌上。她感觉到他的目光热切地看着自己，她的心跳了起来，可一瞬间两人都恢复了原样。她掉过脸来，对着镜子看了看自己，声音异常冷淡：

"阿其，你给礼查饭店打个电话，叫黄老板耐心等，至少要让我卸完妆吧。"

第十一章

黄佩玉约她在英式建筑风格的礼查饭店吃饭，那儿二层的西餐厅之奢华讲究，据说远东第一。

从服饰讲究的侍者拉开的门里，筱月桂走入宽敞气派的大厅。她那身奶油色有暗纹的丝绸旗袍，裁缝手工，做得极合身，开衩高，束腰紧，肩膀切口很高。乌黑的一头长发，烫成长波微浪，鬓上别了三朵栀子花。裸露的胳膊，戴着长及肘弯的网格白手套。

她到百货公司买了洋女人戴的"乳罩"，本以为和新黛玉的束胸布差不多，哪知一戴上，穿上旗袍照镜子，把自己都吓了一跳，乳房挺得太高，只好不用。

她穿过厅堂时，引来不少人转头注视，有两个西方男子竟然不由自主地站了起来。那奶油色的旗袍，与她的身体熨帖得紧巧，简直像第二层皮肤，显出了她全副身段：她的美，是珠圆玉润的，丰腴而柔婉——对自己在什么时候该怎么打扮，她不会搞错。用印子钱做这件旗袍，是要下狠心的，这个月连利息都还不出来了。不过用在刀口上的钱，省不得的——她在戏场挨砸那天，就知道这笔钱省不了。

她自我解嘲地想：我看来比谁都有"上海气派"——不怕天火烧，只怕跌一跤，全部家当都在这身衣服上了。

她嘴角微有笑意，似看见似看不见地走了过去，没有进电梯，而是走上右侧宽敞的汉白玉楼梯。满堂人惊奇地看着她穿高跟鞋上台阶时，毫不做作的摇曳生姿。她知道这是她要演的一场重要的戏，在楼梯转弯处，她眼光抬了一下，晃了一眼那镶花图案的大玻璃窗，继续上台阶。

二楼包间里黄佩玉穿着锦缎长袍，正在那里掏怀表看，他等的时间太长了，觉得太损脸面，被一个下三烂戏子耍了，正按捺不住怒气。这时他听见声响猛地抬头，看见筱月桂走进来，一身简约但让他禁不住心跳的打扮，使他完全忘了已经在沸腾冒泡的愠怒，马上站起来给筱月桂扶椅子。筱月桂笑吟吟地坐下，他也在对面坐下。

黄佩玉好像一生从未见过一个女子如此艳光四射，穿戴得如此大胆，却又说不上有什么不得体。他一时不知如何措辞。正巧侍者进来，摆茶具和餐巾，解了一时之窘。

侍者退出后，黄佩玉才说："筱小姐赏光，不容易，不容易！"

"黄老板不抓我进巡捕房，才真是不容易。"筱月桂半开玩笑地顶了回去。

黄佩玉抓住了话题，说完全是误会，彻底是误会。筱小姐要我道歉，敝人愿意在任何大报上公开登报声明。筱小姐演艺精彩，本地滩簧剧目有益世道人心，应当大力提倡，多方扶植！

他可能意识到一下子表白太多，有点失态，就递上烫金考究的菜单，问筱月桂点西餐还是中餐？

筱月桂一点也不觉得黄佩玉啰唆，相反，每句话都是她久等的紧要话头。这个黄佩玉比当初第一次见到时显得儒雅，更沉稳，给了她一个好印象。她变得和颜悦色，笑容灿然，目光也温情柔软起来。黄佩玉看着，止不住心旌摇荡。她没有看黄佩玉递过来的菜单，轻言细语地说：

"半夜点心，还是西餐简，桃子布丁就蛮好。"

黄佩玉拍拍手，候在门外的侍者闻声赶快走进来，到他们桌边，黄佩玉点菜让侍者去准备。

礼查饭店坐落在二江交叉之点，这个房间窗外是一览无余的苏州河夜景，河岸万家灯火，河上如梭来往的船，往左看远一些，可望见黄浦江和那些泊在码头的越洋巨轮。而那一街的霓虹灯光就在脚下，刺刺闪闪。

筱月桂这时完全顾不得窗外景色，她急着引黄佩玉再说下去："想听黄老板金口玉言，怎么个'提倡扶植'呢？"

黄佩玉仿佛真是事先用心想过他的计划，也可能他只是被将了一军，凭天生脑子快，迅速地转出了念头，敏悟到用什么东西才能打动眼前的这个女人。他的身子朝筱月桂这边偏了偏，侃侃而谈起来：

"我有三点计划。第一，我跟先施屋顶花园的老板已经谈妥，请如意班去演出。另外，我正参与筹建大世界游乐场，我认为应当在里面专设本地滩簧厅，建成后供如意班去演出。两个地方的租金都不用预交，票房三成，两不吃亏。"

这第一点就让筱月桂狂喜起来：已经被印子钱折磨了半年的苦楚，可以从此结束。但她脸上笑容依然，不露出任何兴奋的形迹，像是把黄佩玉的话看作理所当然似的。

她说："第二呢？"

"我看本地滩簧，与京昆异趣，看起来很像文明戏，有西洋作风。我找几个弄新剧的留学生来给你们编一些新戏，让这个剧种更上一层楼。"

这下子说到筱月桂心坎上了，这个黄佩玉喝过洋墨水，人也是一等聪明，明白如何点中她的要害。她有些感动，咬了咬下唇，差一点流出了眼泪，忙低下头看那茶杯的粉黄花边。镇定了一会儿，她说：

"那就太好了。第三呢——"不等黄佩玉开口，她就说了下去，她心里的话已经憋不住，"我们的戏一直叫作什么花鼓调、东乡调、本地滩簧，连个正式名字都没有。我们不能老被看作乡下人戏，我们是真正的上海的戏——上海人自己的戏。"

"好好，"黄佩玉也提起兴致来，"那么应当叫什么呢？"

"他们认为最高贵的是昆曲，我们就叫申曲！"筱月桂胸有成竹地说。

"那么我们组织一个申曲改良社，发表申曲改良宣言。"黄佩玉接下去说，"你看要多少经费？"他似乎要从身上掏支票本。

"黄老板说一句话，赛过皇帝圣旨。"筱月桂话中带话地说，高兴地笑起来，"你出面组织牵头，哪个上海头面人物敢不来？"

"对了，只要我封你为上海王后，"黄佩玉得意忘形地说，"你就是上海王后。"

听到黄佩玉这句昏昏然的吹牛，筱月桂皱了皱眉头。她端起茶杯，喝了一点水，等了半晌才说："那么，谁是上海王呢？"

黄佩玉色眯眯地盯住筱月桂，慢慢地说："整个上海滩都知道，是我！"

两人一来二去交谈这工夫，她以为完全能胜任自己这个角色。直到黄佩玉扔出这话，她才发现自己早就卸掉了妆，回到台下。她愣了好一会儿才反应过来，搁下茶杯，猛然离桌站了起来，脸涨红了，一直红到胸前。这是她的生活，不是她的戏台。不是因为这个男人追得太明太直叫她害羞，而是他之前面对她的艺术的种种推崇，立刻变成了一桩明码交换的生意，黄佩玉比嫖客还不如的蛮横伤了她的自尊心。

我离开房间还是不离开？她在心里问自己。当然不离开！这是本能的回答。她不可能因为男人一句话，就放弃等待了多少年的机会。

但是她必须维持一点自尊，不然这个男人会认为什么都可以用钱买到。她愠怒地站到窗口，看苏州河对岸的点点灯火，一直漫到外滩和黄浦江上。

黄佩玉对她生气反而很满意，她越火气大，他越兴奋："难道我没有资格封上海王后吗？"

筱月桂转过身来，依然春风满面地说："看来你想当然，认为我必定会同意当你封的'王后'？"

"你既然知道我想什么，我希望你也是如此想！"

筱月桂觉得黄佩玉说话的确与她遇到的其他男人不一样，伶牙俐齿的，像预先编好的戏文，有点咄咄逼人。她有点气恼地说："看来你依然把我当作当年一品楼的婊子——'卖唱不卖身'只是幌子？"

"哪里，哪里，两桩事。"黄佩玉这才知道筱月桂觉得受到了侮辱，他在得意中把话说急了，"我崇拜筱小姐的演艺，我心爱筱小姐的美色。"他停住话题，意味深长地说："更重要的一点，当年是你一个眼神救了我——在摆那个酒杯阵时。"

筱月桂脸色一下子变得温和了："你倒还记得。"

"小姐之恩，终生难忘。"

"我那是帮常爷成就事业，不是帮你。"她看了黄佩玉一眼，但眼神不再严厉，反而有点潮湿。她眼睫毛闪了闪，毕竟这世界上记着别人好处的人不多。

黄佩玉大着胆子把手放到了筱月桂的肩头，她的旗袍开袖很高，肩膀上的刺花正好半露。他抚摸着那个伤疤。

"筱小姐越是这么说，越令我尊敬。筱小姐是有胆有识的女中豪杰。有了筱小姐，常爷也不愧一生。刚才你未到前，我还在想，当年常爷为何着迷于你？现在我有些明白了，你周身有股非人间之气，我一靠近，便不能自已。筱小姐，你不能怪我黄某对你有非分之心。"

这个黄佩玉看起来是个会照应的明白人，她不妨顺势挪一下。于是她说黄老板是上海王，真是名副其实，不管是江山还是女人，都镇得住，她一直心里倾慕，一直等着再见到他。

"真是这样，那说明你我两人缘深，怎么断也断不了，你看现在我们不就在一起了吗！"他大笑起来，十分开心的样子。

"我也相信缘分。"

"这么说你同意了？"

"先生会善待我吗？"

"那还用说，我向你发誓！我答应你的任何请求——只要我力所能及！"他喜出望外，手一抬，挥过自己的头顶，说那我真是有福之人了。我就去叫酒，我们得庆祝庆祝。他快步到门口，拉开门，对恭候在门外的侍者说："来一瓶最好的香槟。"

他慢慢走回来，拿起筱月桂的手放在唇边一吻："这么美的手，今晚来不及了，明天我得给你补一枚戒指，表达我的心意。"他笑盈盈地说。

看来这个黄佩玉也有不解人意的地方。筱月桂转了个身，垂着双眼，擦过黄佩玉的身体走，回到桌前，坐在椅子上，轻叹一口长气。

"怎么啦？"黄佩玉问。

筱月桂笑笑说："'女中豪杰'，过奖了。不过，给你做七姨太？！你不怕我把你那些大小老婆全给杀了？"

黄佩玉一听这话，反而兴奋起来，他到筱月桂的背后："我当然怕！她们给你脱鞋都不够资格。"他双手从椅子背后围上来，脸俯近筱月桂的头发，闻到她头发上的栀子花香。

"你不用住到那里去。"黄佩玉的下巴抵着她的肩膀，认真地说，"那天看见你在台上，我一夜未睡，这是我从来没有过的事，请相信我。我要给你买一幢最漂亮的洋房，买在你的名下，我会尽心讨我的美人欢心。"他的声音的确很诚恳。

筱月桂忽地一下转过身来，正好与黄佩玉面对面，微笑着说话，话本身却尖刻锋利："不必娶一个女人，还是挺划算的，对吗？所以付点高价，收我做露水夫妻？做你的情妇？"

黄佩玉马上争辩，说绝对不是，不能叫情妇！

这时筱月桂站了起来，灿烂地笑起来："这样好，情妇就情妇！你不用解释。"

这时传来轻轻的叩门声，他们俩都当没听见似的。筱月桂把双手搭在他的肩膀上："情妇比小老婆好，浪漫，有情有调。"她一副想通了的神情，"只是太便宜了你。"

黄佩玉一把将她拦腰抱住。筱月桂企图挣脱，可是他抱得更紧了，说这就是了，你是聪明人！我会对你更好。

她也顺势把他的头抱在她的两臂之间，任他亲吻起自己。

黄佩玉要筱月桂今晚留下来，和他在一起。他的手摸着她的脸蛋，说不用在乎那些陈俗定规。

筱月桂不回答，反而去亲吻他的耳根，轻轻呵出热气。黄佩玉被她这大胆的调情弄得全身激动，手开始不规矩。

"不要急嘛。"筱月桂阻止他的手，但嘴唇却顺着他的唇须溜到他的脖颈。

"不行吗，我的大小姐？"他的手已经从她的脸滑向她的身体，想解开旗袍纽扣，但那里簪着一颗钻石针，他一下发狂地隔着衣服吻她的胸部，手在她身上乱摸。

敲门的声音太久，侍者决定打开门，把香槟送进来。听到开门声，黄佩玉想立即脱身，却发现筱月桂抱住他的腰并不松开，只是顺势悠悠地转了个身，让他背对进来的人。

侍者后面，余其扬跟着进来，本想说什么公事，看到这情景，马上止步。侍者赶快放下餐盘和酒，余其扬也立刻与侍者一起退了出去。他伸手关门时，看见筱月桂依然和黄佩玉抱在一起，但脸正对着门口，调皮地向他眨了一下眼睛。

他吓了一跳，以为自己看花了眼，马上关上门，紧张地捂住心跳不已的胸口。

那晚，黄佩玉在礼查饭店要了一套房间，就是楼上的303。侍者打开里外两进房门，按亮台灯，便退了出去。

那一夜两人一直弄到精疲力竭才睡着。第二天刚醒来，他又翻身到她的身上。黄佩玉隔开一些距离，看着筱月桂赤裸的身体，禁不住赞美她：“你的身材真是摩登了得，我这才明白，常爷眼光的确非凡。”

这话她以前听说过，但不明白为什么这些男人要如此吃惊，难道这肉身形状也是浩浩荡荡逆之者亡的世界潮流不成？下午黄佩玉离开时，她在洗澡间里。黄佩玉隔着门对她说：“房间已经续订了。”

房门咔嚓一响，她知道他出去了。

她洗头发，再仔细地洗身上每一个地方、每一个印痕。用毛巾擦干水，这才开始梳头。镜子里的女人，看不出与六年前有什么变化，她还是她自己。

这时她才感觉有点累了，就裸着身体出来，上床躺着。旗袍穿不了，昨夜被黄佩玉从线缝处扯成几块，他当时解不开纽扣，急得不行。

时间不早了，她想试试打电话给剧场，看有什么合适的人送衣服来。这时门铃响了，她只好裹了床单，赤着脚走在地板上，去开门。原来是侍者，手里捧着一个大纸箱。

她关上门，打开纸箱一看，是一件黑色西式长裙，领子和下摆开口都缀有荷叶边。侍者说裁缝师傅等在门口，先送上来试试身，听小姐吩咐后可以再改。这个黄佩玉真要她现身为西洋女人！她的鼻子哼了一下，拿着衣服走入内间，穿上倒也合身。

再看镜子，真的好像是另一个女人，除了头发，完全是西洋贵妇，脖颈上若有一串项链就全了。

打发裁缝师傅走后，她和衣躺在沙发上，让礼查饭店叫了出租车回戏园。她收拾好就出门，到楼梯口，发现电梯正好到达，有人出来，她便走了进去。按了一楼，可是电梯没动，她想了一下，把那镂空的铁门合上，电梯降了下去。

在一楼的休息厅等出租车，她注意到窗帘有两层，一层是米色，第二层才是赤褐色。这是一个宽敞高雅的房间，白瓷瓶里插有一束深红的鸡冠花，墙上是金碧辉煌的大镜子。有一架豪华的黑色钢琴，一个金发女子，优雅地挽裙裾坐下弹奏。

她乘上车后，那如泣如诉的琴声犹如响在耳旁。洋女人玩的是"艺术"，她唱的只是小调，她再穿得像洋女人也没用，鼻子不高，眼窝不凹，说的是中国话，唱的也是上海本地调。那么，她何必要学洋人？

不过反过来，又何必不学洋人？她笑话自己：如果你们男人觉得洋就是好，我也只能洋一洋，整个上海不就是这样才出现的？

第十二章

　　不知不觉筱月桂就到了观艺场。下车后，在门口就看到李玉和秀芳在等她，两人在说，我就知道小姐旗开得胜，你看她比平日还休息得好。瞧瞧，穿起洋衣裙，像真洋人！

　　筱月桂一笑，走过来把叠好的旗袍交给李玉。李玉一看，没有多话，只是可惜地皱了一下眉："定做同样的吗？"

　　"是的，但不要淡色的了。"

　　"什么色呢？"

　　筱月桂往化妆间走，没回答，她推开门，看见化妆镜前的康乃馨，手指了指花。

　　"紫红色。"秀芳朝李玉吐吐舌头。

　　"就是。"筱月桂高兴地对这两个亲信说，"我们就要来个大红大紫！这穷日子过完了。"她想想又说："有可能过完了。对班子里的人，先不要说什么。"

筱月桂关上门，坐在椅子上，长长地舒了一口气。她脱掉那身别扭的衣服，披上一件长袍，开始化妆。这时听见有人敲门，她没好气地说："门开着的。"

进来的居然是余其扬，这让她吃了一惊："真是贵客！"

"看来我来得不是时候。"余其扬说。

"你来得永远不是时候。"筱月桂说。

余其扬只当没有听懂："这些花都收拾好了，不错。"

听余其扬这么说，筱月桂才发现，屋子里原本堆在地上的花差不多都插在瓶子里了。余其扬这才转入正题，说散戏后，黄老板的车等着筱月桂，他请她吃晚饭。

"他不来看演出了？"

余其扬想说什么，却未说。

筱月桂站了起来，走近余其扬，说黄老板今天下午说得好好的，先去处理公事，晚上来看戏。

余其扬没想到筱月桂有这么个顶真劲儿，一愣，但是他说什么都不好，只是保持着脸上的一团和气。

筱月桂明白自己穷追这种事没啥意思，但是才第二天，就说话不算数，以后如何？她是为了实际利益，为了金钱和势力，卖身给别的男人。如果她不想放弃自尊，现在就得给自己一点面子。筱月桂想到这里，便一笑，拿起搭在椅背上的洋式黑裙子，站起身来，往身上一比："你看我穿这身衣服好看吗？"

"当然。"

"我看怪别扭的。"她把裙子往椅子上一扔。

这次轮到余其扬笑了，说筱小姐如果不怪我的话，这衣服还是我奉黄老板之命亲自去店铺选的料，告诉裁缝师傅尺寸，可能赶得紧，做得不尽意。

"哦，难得你好眼力，知我高矮胖瘦。谢了。"筱月桂也顺竿子往下爬，余其扬的话中之话她当然明白了。她可以觉得是侮辱，也可以觉得这小子够机灵。但是现在，筱月桂要拍着黄佩玉身边的每个人，要先把许诺的支票拿到，才能一个个清理账目。

"那么晚上来接你。"

"晚上见。"筱月桂笑着说。

余其扬已经出门了，在出门的那一刻，他又转回来，把筱月桂化妆间的门关上，轻声说："这种事本不该我来多嘴，但是我想你还是知道为好。"

筱月桂收起笑容，认真地听着。他说，也没有什么大不了的事，黄府的六姨太今天到处找黄老板，从老顺茶楼找到工部局，都没有人，后来找到余其扬。余其扬当然一无所知。现在黄老板的二姨太也在家里闹，他以前也常在外面过夜，这次不知谁去说了什么。

迟早会出现这种事，筱月桂明白余其扬的意思是不必给黄老板添麻烦。筱月桂脸一仰，谢谢他。

余其扬只是笑笑。筱月桂明白她没有必要老挑阿其的刺。至今为止，他一直在为她的利益而努力，只是有点太卖力了，像龟头拉客那样。正是这点让她隐隐不快，但是在她目前的情况下，她应当对自己需要什么一清二楚，一步不松，她没有权利做个斗气的小女子。

她刚想对余其扬说什么，他已经打开门走掉了。

女人的直觉是掩不住的，黄佩玉最宠的六姨太醋坛子打翻了。昨夜黄佩玉是临时决定就在饭店过夜的，所以除了余其扬和手下保镖外，其他人没有统一说法，这才弄了个掩饰不住。

她不必担心，黄佩玉当然不是服雌的人，他那个多姿之家，可能本来就被这个娶过门才半年多的六姨太弄得上下不安，个个女人都出来争自己的地位。

既然黄佩玉让余其扬来通知，今天夜里还是要见面，那么，就看他如何唱这戏。

晚上九点半，幕降下，掌声响起，筱月桂往化妆间跑。李玉帮她擦掉妆，重新给她梳一个发式；秀芳帮她脱去小媳妇服装；她戴上自己的项链耳环，蹬上高跟鞋，这才用盆里的温热水洗脸，抹上香油，开始化淡妆，涂口红。

半个小时后，筱月桂穿着一件丝缎蓝旗袍，提了个小皮包出戏园。黄佩玉果然已坐在车里等着，看见筱月桂出来，就把车门替她打开了。司机发动引擎，往外滩方向开。"我们去哪儿吃饭？"筱月桂兴奋地说。

她从后视镜看见，余其扬等人进了另一辆车。

黄佩玉握着她的手，问她怎么没有穿他送的衣服，是不是不满意？

"有些紧。"不过她当即谢了他。

"那我照着你的旗袍重新做一件，将功补过，如何？"

"晚了一步，我已经差人做了。"

"你就抢了我献媚的机会了。"黄佩玉逗趣地说。他拍拍她的手，提议先去一家新开张的本帮菜馆，如果筱月桂不累，他们再夜半坐船游黄浦江。黄佩玉当什么事都未发生，只字不提看戏爽约之事。这样的男人，除非天王老子，谁能管得住？

当天晚上筱月桂与黄佩玉又住进了礼查饭店，不过换到五层有几面大弧玻璃窗的豪华房间，有扇窗正对着外白渡桥。这儿早晚有热水，随时可洗澡，这点让她很喜欢。

黄佩玉看着她，有点气恼地说："其他女人都不像你。"

"说说看，怎么不像？"

黄佩玉说，你成天笑嘻嘻的，苦事儿不挂在脸上，也不诉苦告状，这就是我最喜欢的。我这人就很难有开心的机会，见女人还要添烦心，那又何必？他从怀里摸出一枚金戒指，把筱月桂的左手拉了过来，给她戴上。

筱月桂嘴上甜甜地谢着他，心想，这个戒指是黄佩玉许下的愿中最容易做到的事。她要的东西，想一一兑现，还得好好卖几个月甚至几年的笑呢？虽然她急如灯火边的飞蛾，但沉得住气，是对付这个男人的最好的办法。

接连三天，每夜黄佩玉都与她一起度过，第三天晚上临睡前，他告诉她，他已在沪西的康脑脱路找到一幢花园洋房。他让她去看，如果满意，就给他打个电话。

第四天，筱月桂按约好的时间到礼查饭店的507房间，可是黄佩玉没有到。她坐在房间里等，等得焦心火燎，一会儿到窗前看外白渡桥，一会儿干脆把灯关了。等到十一点，房间里的电话响了。她来不及开灯，就把话筒拿了起来。

"很抱歉，今天晚上，家里有点事，不能见你。"

"没关系。"筱月桂明白这个黄佩玉后院起火了，她落得做个顺水人情。但是她还要做得更大度："我一个人过惯的，床大，梦里好游泳。"

电话里黄佩玉干笑了一下，看来没有心思接这个玩笑。

"那房子，喜欢吗？"

筱月桂还是一副好心情似的说："很喜欢，我的老爷，太谢谢你了。"

"我会派搬家公司来。"黄佩玉说。

"那就再好不过，不过您黄老板不是不知道，我的行李连一个皮箱都装不满，别让搬家公司笑话我。"

黄佩玉笑了，说你先到百货公司买家具，记在我的账上。家具买全了叫公司送去。

"那就先按照你喜欢的样子布置，再请你来过目。"

"我最近有点忙不过来，脱不开身。难得你这样体谅我！"

她搁了电话，在暗暗的房间里坐了好一会儿，这才按亮灯。他不来，她一个人睡觉清静。房子虽然值钱，却是他答应的单子上第二容易的。她筱月桂还得耐下心。这个黄佩玉不知何日才会出现，他很明白她在苦等第三个诺言。

这如意班已经穷疯了，不知是谁说漏了嘴，还是这些乡下孩子早就学得精明了，都知道了筱姐在用全身本领给班子争一个前程。整个班子都在念叨那两个神奇的词"先施屋顶花园""大世界"，只不过当着她筱月桂的面不敢吱声而已。看得出这些人期盼的眼光比她还焦急。而现在她自己先得搬走，去住小洋房，这点让她最难受，也最说不出口。

礼查饭店的这房间墙上贴有墙纸，古典的花纹图案，床不大，可是很柔软。有一个巨大的雕花西式梳妆台，面窗而放，两个沙发相对，棕色木质百叶窗，垂挂着窗帘。外白渡桥安静了，苏州河这时也安静了，河岸旁亮着少许的灯光，映在水上。天上没有一颗星星，阴云笼罩。

男人失约。她望着阴霾的天空，感觉到今后还有许多这样的日子。如同她今晚一人从电梯出来，到这房间来时，她穿过长长的走廊，折了两个弯，地板上打过蜡后，辉映着灯，亮光闪闪，照着她一个人孤独的身影。高跟鞋踩在上面，那一声一响只有她自己清楚是如何敲在心上。那么，她有什么必要待在这儿？她去找自己的鞋。

筱月桂叫不到出租车，饭店侍者告诉她说，英商中央出租车公司倒是通宵服务，但打电话去叫，说是要等一会儿才有车回来。她想想，觉得不如步行。

好久没有一个人走路了，她在夜风中，心中恍然。她已经好多次走在这外白渡桥上，只有这一次，几乎没有人，也没有车，静得出奇。她清晰地记起那与黄佩玉度过的第一夜：那晚他们喝了香槟，进了房间后，两人的脸都红通通的。筱月桂喝得多一些，阳台外，那江水轮船，房里壁灯双人床，都如梦。她好像脱了高跟皮鞋，从椅子上跨到写字桌，并抬脚走到窗框前。黄佩玉把她抱了下来，扔在床上。

我只不过想到河里游个泳，看你把我怎么办？她醉眼蒙眬，捏住黄佩玉的鼻子。

黄佩玉说，你就会看到。

这时筱月桂回了一下头，那临街面河的窗，阳台漂亮地凸出，透出灯光的窗纱在细风中拂动。对了，她站在这外白渡桥中间，正好走了八十步，走到桥端，一百六十多步。向右顺着苏州河走，这么多年在上海，她是一点点熟悉这个城市的，她走过无数街巷，对这个巨大无比的城市的角角落落，比对她自己的家乡更加熟悉。

向南进入一条飘满花香的巷子，月亮探出云层来，铺了好些光亮在石板路上。夜深，听得见打更人在敲梆梆声。拐入一条弄堂，却有人在屋前搭了竹床睡觉，打着呼噜。她出了巷子，又是一条街。

"白糖——莲心粥！"

"桂花——绿豆汤！"

小贩的叫卖声听起来很亲切，长音落在"糖"和"花"上。她顺声走去，有一小摊贩摆着锅碗，见她，便热情地招呼。她有些饿了，就要了一碗绿豆汤。她从来都觉得绿豆汤最好吃，比什么山珍海味都让她心脾舒畅。

半小时后，她走进一条里弄顶端，敲开那儿的一幢房子的门。李玉很惊异筱月桂这么晚回来。

"他有事。"筱月桂简短地说。

这是一个有亭子间的上海市民住的房子，一共三层楼，如意班租了两层共四间房。只有筱月桂自己是一间，其他三间男女分开住。走进门就是一个公用的厨房，灶上是铁锅竹盖。

两人穿过厨房，一前一后走上窄小漆黑的楼梯，拐了又折，折了又拐，上到三层来，直走进她的房间。里面小是小，收拾得很干净，窗台上放了两瓶玫瑰，使房间里添了好些家居的感觉。还是自家好。筱月桂往床上一趴，李玉走过来帮她按摩脖子和后颈椎骨，逗趣她，说要是小姐睡不着了，她就去找个男人来服侍小姐。

"不用了，我是故意走的。"筱月桂说，"你想想，这热乎劲还刚在兴头上，他就走不开了。我不能事事将就他，不能像他那些女人一样由他喝来使去，不然他马上就会腻味的——如果他找过来，你们就说我不在。"

第二天中午，李玉才明白筱月桂这话是什么意思。她听到敲门声，下楼去，早已有邻居开了门，黄佩玉站在门外，天上在下雨。"小姐回来了？"他问。

李玉什么也没说，转身往楼梯上走，她想看看黄佩玉会急成什么样。"她不在吗？"他说，跟了进来，"还是她出去了没回来？"

李玉只管自己上楼，只当没有听见一样。上面是秀芳站在楼梯口，学戏里唱词哼唱了一句什么，亲热地说："我家小姐，在闺房里。"她下了一步楼梯，问黄佩玉要不要叫醒小姐。

黄佩玉摆摆手，他是第一次遇到这样的事，想一想，他说，我等她睡醒。我可以进小姐房里等吗？两个仆人当然都不敢拦他。

他进入筱月桂的房间，坐在床边，筱月桂裹着被子一把抱住他，"你看你弄醒了我。"她撒娇。"怎么来了？怎么衣服湿了，头发也湿了？"她给黄佩玉脱掉外衣，又用毛巾擦干他的头发，把他按倒在床上，盖上被子。他是心里丢不开筱月桂，到旅馆，筱月桂不在，就去工部局办公，然后就找到这儿来。

路上飘起细雨，结果淋了雨。

筱月桂向他道歉，说昨夜她实在一人睡不着，便回来了，早知道这样她该等他。

她再一想，恐怕他是想知道她是否一人在床上，无论是旅馆还是在她自己的屋子里，或许想来个突然袭击。这人看来十分多疑，平日从不相信任何人。

筱月桂感觉到他有些不对劲，这才想他可能真是不舒服，一摸他的额头，似乎在发烧："你头痛吗？"

"有一点。"黄佩玉说。

她便让他一人睡好，自己穿衣起床，对李玉说："黄老板可能着了凉，你熬碗浓姜汤来。"

她守在他身旁，细心地照料他，给他擦汗，给他喂姜汤。

他睡着了，她仍守在一旁，一直到她又准备上台时，才叫醒他，把他送回家。

黄佩玉除了上租界工部局，每天尽可能都上老顺茶楼为他专设的套间，多则五六小时，少则半小时，名义上是喝茶，处理上海滩洪门事务，但大多数时间是用来赌博。

那后厅的书房面对竹林，家里人多嘴杂，女人的唠叨叫他受不了。说到底他还是读书人出身，喜欢在这儿画画写字，顺便处理各路人的难题：鸦片买卖，赌场闹事，妓院绑票，珠宝被盗，杀人放火。巡捕房抓人，吃了官司，需要去通融打点。

但是老顺茶楼后屋最大的生意，是赌局。这里实际上是上海最大的赌场，只是不对外公开，要申请，要有人介绍，成为会员才能加入。赌法中西齐上：麻将牌九，吃角子老虎，轮盘赌台聚众喧哗，二十一点输赢立见，最为热门。

有大赌客来时，常常黄佩玉亲自做庄家，压得住阵，让人输了也认输。这个大赌场是黄佩玉最大的收入来源。

黄佩玉坐庄聚赌时，余其扬总是在他身后站立，身份是保镖。关键时刻，他会做一些暗示，只用眼神，不做动作。

每晚十点开始，黄佩玉开的赌场人声鼎沸，轮盘赌桌前围了一圈人。黄佩玉衣冠楚楚，嘴含烟斗，正兴致浓厚地赌着，台上的筹码堆得如山高。几个赌客都满脸紧张。

筱月桂悄然走到黄佩玉身后，他回过头来，看见是筱月桂，满脸高兴，一下子把身边的全部筹码堆了出去，分压在22号的中央和四边四角。

全桌的人都惊奇地瞪大眼睛。余其扬在边上轻轻叫了一声："老板？"

黄佩玉手伸过去，拍拍筱月桂的手，不理余其扬。附近赌桌上的人也探过头来，看这桌上黄佩玉的大动作，全拥过来了。庄家正要打出牌子，有个客人说："能不能让我来打？"

庄家看着黄佩玉，黄佩玉很大气地一摊手："请，随便哪个弹子。"

筱月桂走过去几步，不拿弹子，而是俯下身朝它吹了一口气，说："22，今年我22岁，黄老板身家性命押在我身上。"

这句话让许多人笑起来，气氛轻松了。但是弹子马上弹出，全场屏住呼吸。有的人握住赌盘边的手颤抖起来。

弹子围着盘转了好几圈，要落未落，最后摇摇晃晃落下，正好落进22。

"神了！神了！"全场惊叫起来。

输掉的那人不服气了，他说："黄老板，我要拆开看一下盘底，你不见怪吧？"

黄佩玉大大方方地挥挥手，但是话中带话并不客气："当然当然，尽管拆。拆了要是没有机关，你马上去重新买一台新的安在这里，不要耽误赌场生意。"

说着他就转身，一手搂着筱月桂，往里间走，边走边说："有人告诉我，你阴气旺，会克男人，今天我有意试一下。你一来，我就赢了大满贯！我这人就是不信邪。那笔钱归你了。"

筱月桂笑容甜甜地说："阳顺阴就顺，我是阴助阳。"谢天谢地，明天如意班就可还债，发工钱了！

第二天，筱月桂接到先施屋顶花园剧场的邀请，请她去谈如意班借剧场演剧的合同。果然，不用垫付，三七分成租场。筱月桂终于摆脱了印子钱的黑影，等到了对她来说最揪心的诺言兑现。

但是她一直弄不明白，几天前黄佩玉找上门，是真想她还是假想她。

第
十
三
章

自从她住进康脑脱路街54号的小洋房,感觉冬天极短,几乎直接从秋末就跳入第二年春天:从小起,每年冬天冻得难受,手指冻得像胡萝卜。这样好,只能说明她心情好,一切都如她的希望。

房子里面不是很大,但是极其精致。两层楼,楼下是一大厅、厨房,左右两个睡房,是秀芳和李玉住,楼上有个带浴室的主人大卧室,另有两个房间。房子自带的锅炉在楼下厨房后,用煤可以烧出够几个人洗澡的水。

筱月桂这才享用到抽水马桶和自备浴室,此后,每天睡前的洗澡成了她的一大奢侈。对一个习惯在漂着粪块的田里插秧的女孩子来说,谁能想到热水来得那么容易?

在二楼的一个房间里,烫了头发的秀芳,用发油将额前刘海倒卷成圈,像鹤那样骄傲。她把筱月桂的冬衣放入皮箱里,专门去街上店里买樟脑，又去望平街上从报童手里买报，大报小报都买一份。她先处理樟脑，用一块布包起来，夹裹在箱子的衣服里面防虫。

木几上花瓶插着几枝美人蕉。秀芳坐在沙发上，打开一张报纸，找有关筱月桂的消息。今天几乎每一张报纸都有筱月桂的名字，她欢叫起来。

筱月桂在浴室洗头发，旁边有浴缸，水声哗哗地响，完全听不见秀芳在说什么。秀芳拿着报纸走进浴室来，让她看。

筱月桂不在乎这种小风头了，只是秀芳一直还那么高兴。我在资料馆里，也看得和当年的秀芳一样高兴。可以想象当时的女子，是怎么说着筱月桂这个名字，听着她的歌，咀嚼她的名字、她的形象。

当时的流行杂志《闺房》，封面是她手握着最新款的电话机，穿着西式晚礼服的大照片，头发烫着长波浪。开篇第一个是讲筱月桂的穿衣打扮，衣服为她而生，她赋予衣服灵魂。

五洲大药房的"鱼肝油精丸""代参膏"，广告上也是筱月桂穿着皮裘，完全是一个富贵少奶奶，很会摆姿势，非常摩登吸引人。

连冠生园食品有限公司的月饼匣上，也是"海上第一花"筱月桂那张俏丽的脸。

上海四川路钢筋混凝土桥落成，上铺电车轨道，公共租界延请著名坤角筱月桂剪彩。

"上海大游乐场"开场，延请"上海申曲女王"筱月桂剪彩。

湖北湖南有水灾，筱月桂带头义演《绣荷包》三天，筹募捐款，各名角和财阀纷纷响应，向受灾区共捐出二万银元。上海的所有大小报都报道此事。她穿着素色旗袍，和京剧昆曲两个名角站在一起，那微笑很安静。

热闹的南京路上，有轨电车吱吱地开着，那到站的铃声好听地响起：筱月桂变成了十里洋场的一个"女闻人"。

双亲去世已经十六年。这个清明节，筱月桂终于觉得有脸面去家乡扫坟。

川沙老家依然是海边一个乡镇。两辆汽车一前一后直接开到镇外墓地。有人替她拉开车门，她的一双漂亮的高跟皮鞋先跨下乳白色的汽车，身体才跟着出来，穿着貂皮大衣和"玻璃丝袜"。她的腿修长漂亮，在所有的跟班保镖中，一眼就能看清。

专门请来的道士在做道场，摆上祭品，白幡翻飞，仪式庄严。筱月桂点香下跪，给父母的亡灵叩头。

虽然她有意避免先进镇子，但在墓地也很快就被人发现。

马上"筱月桂回来啦！"的声音在全镇叫了起来。

她被手下人围住，不让人靠近，一直到仪式全部做完为止。

从村子里奔出大批人，小姑娘们奔在前头，那些母亲，不如小姑娘们疯狂，也停下手里的活，跑出来看稀奇。筱月桂手下人设法拦阻，但挡不住，小姑娘们拥上来拖着筱月桂的手。"筱姐姐，筱姐姐，带我到上海去。"女孩说，"我会唱花鼓！"连男孩也挤进来说："我唱得好听。我来唱两句，你听听。"

筱月桂的随从把小姑娘们推开去，有的被推倒在地上。好不容易在这些发狂的小姑娘和少年人中间辟开一条路,李玉和秀芳跟着她坐进车子后排。两辆汽车一前一后往镇里开,大群男女青年还是奔了上来。筱月桂走上那条一通到底的小街,到娘舅家去,

针线杂货铺门开着,好像一切还是她父母在时的样子,她七岁时跟在爹身前身后,帮爹记账,同时还在娘的膝盖边撒娇,娘找不着她,就会拖长声叫:"小月桂——小月桂回家!"

筱月桂走过去,娘舅两口子见了她,脸色大变。倒是筱月桂亲热地说,她这次一来给爹妈上坟,二来看望亲戚。

娘舅说:"月桂不记恨当年,我们就千谢万谢了。"

"一家人哪说外人话,你们永远都是我的娘舅和舅妈。"

周围看热闹一圈人,筱月桂让李玉把车里的礼物抬上来。有布匹,两瓶上等的酒和一对金耳环一条金项链。周围看稀奇的邻居啧啧有词:"月桂重义!月桂出手真大方!"

"人家可是大上海滩数一数二的红明星嘛!"

一个五六岁的小男孩,穿了件背心,机灵地从屋里钻出来,跑到舅妈跟前,朝筱月桂好奇地张望,脆声脆气地说:"娘,阿姨长得真好看。"

"这么可爱的孩子,怕是我的表弟吧?"筱月桂笑着蹲下来,拉着男孩子的手。

舅妈拍拍那孩子的头说:"她不是阿姨,是你姐姐,叫姐姐!"

"姐姐。"男孩没有陌生感,细声细气地叫。

筱月桂弯下身子,顺手给男孩子两个银元,说没想到有你,下次专

门给你补上礼物。

"舅舅，看你什么时候乡下住腻了，就进城来。"筱月桂让娘舅带她去村里祠堂。

祠堂聚满了家族里的男人，看守把追的人全部拦在祠门外。满祠堂的男人，不用说是特地聚起来等筱月桂的。

族长说话了，声音洪亮："陈家祠堂，本不容女流。但是月桂小姐是女中豪杰，名满大上海，为本乡造福，陈族全体感谢。"

男人都向筱月桂握拳行礼，筱月桂也不说什么答词，只是向插着祖宗牌位的香案跪下，三叩头，然后站起来，在认捐簿上写下：白银五百两助建本镇小学。

全堂轰然，一个个都在说："五百两，五百两哪。"连门卫也被这个大数字弄得一时走了神，被拦在外面伸长脖子看的小姑娘们趁机挤开他们，尖声欢呼着叫唤着冲了进来。

筱月桂从川沙回来，就在床上躺了两天，浑身无力，也未发烧，就是吃不下饭，夜里也睡不好。黄佩玉要找医生来看，她不让，说只是想念父母，伤心过度。

黄佩玉坐在沙发上，用烟斗抽着雪茄，烟灰缸就放在窗台上。他有点不高兴，本来准备带筱月桂去老顺茶楼，顺便去赌场，但她抱歉地赔笑，说不想出门。

"等我好些了，我就陪你在那儿看那些大赌王怎么一掷千金。"

"还是看我怎么一赢千金吧！没有大把赢钱机会，谁会甘心输钱？"

"当然当然，你最明白。"她说。

黄佩玉如遇到知己，骂起来："那些人都不是这样说，说我是用别人的本钱豪赌。"

"小人之心，黄爷听都不用听。"

"你说得也是。"黄佩玉说，"青帮还和我对着干，大事不多，小事不断。什么青红不分家，这完全是局外人有意一锅端！"

筱月桂听得起了身，她看见黄佩玉的手一抬，一个好看的姿势。他倚窗站着，声音平缓下来，他说，洪门嘛，多少年来反清复明，白刃起事此起彼伏，卧尸遍野不改其志。青帮喜欢和权势弄在一起，李鸿章设招商局海运漕粮后，青帮失了基地，正巧上海洪门尚未东山再起，青帮乘机进据。

"青红不分家，其实不过是江湖上互说好听话罢了！"筱月桂说。

"你一向是明白人。现在洪门在我手里，青红帮只是暂时相安而已。"黄佩玉灭掉烟头，抬脚就走了。

三天后的中午，筱月桂乘一辆马车到西施餐馆门前，很巧，新黛玉的马车也到了，两人都挺守时。她脸色好多了，学当年的式样，梳了一条辫子，红丝线扎着辫根。新黛玉还是打扮得浓妆艳抹的，披了根流苏片片的丝巾。

两人坐下来后，新黛玉取一个盒子递过来："你今天生日，我没什么给你的，就这件东西。"

"难怪你说要见面。"筱月桂笑了。她打开盒子，是一个玉镯，当年常爷送她的礼物。她不敢相信，眼睛立即湿润了，缓慢地把玉镯戴在右手腕上："姆妈，真是太意想不到了，你有这份心！"

新黛玉说："你当年硬塞给我，现在我借花献佛。"

两人都有些伤感，好似掩饰住什么。两人叫来侍者，对着菜单，点了这家餐馆的特色菜：葱花鸡和豆腐干拌油炸花生米，要了一壶绍兴黄酒，说是要庆祝庆祝。

"戏子不可能唱到老，早晚你还是得嫁人。"新黛玉叼起了一根香烟说，"来吧，抽一根，这纸烟方便。"

"我不想嫁人。"筱月桂接住烟，拿起洋火柴，给自己点上，不过她哪怕陪新黛玉抽烟，也只是装样吸进去，"我不想属于哪个男人。再说，你不也是自己一个人过了一辈子吗？"

"你别学我。"新黛玉说完，把筱月桂周身打量一下，"每次见到你，都觉得你真是比我有出息得多，什么都能弄出个新名堂。"

筱月桂说，求生不易啊，闲下来请老师上课，还要学几句洋文。没办法，得靠自己。好在现在我与戏院分红，这还是从你那儿学来的生意经，我不能像傻子一样，给我饷银就算了。

"幸好你不是我的头牌姑娘，否则我还得与你分红了？"

"姆妈见笑了。我手下养了这么多人，暂时这日子还过得下去，那个黄佩玉答应的会给，但是别想多得到他一钱银子。"

"女人嘛，"新黛玉把话绕回来，"什么都得认命，强求反而添烦恼。拿我来说吧，我是开书寓的鸨母，我想嫁的人不会娶我，我不想嫁的人，何必自找活受罪？婚姻这桩事，十几年前，我就死了心，知命。"

"这话该轮到我来说。"筱月桂说。

落在她俩桌子上的光线渐渐转暗，天上堆了乌云，时间过去得匆促。两人的伤感添了些无奈，但没有分手之意。筷子夹吃碟子里的花生米。就在这时，新黛玉看见余其扬跟着一个女人走进来，侍者领着，往楼上走。她给筱月桂递眼色，筱月桂一回头也看见了，那女人不是十分漂亮，有点小雀斑，但很富态，看来是个有钱女人。

新黛玉说："我叫阿其上这儿来吧，你看我俩都没有吃这只小公鸡，请他来帮点忙总还是可以嘛！"

这话倒让筱月桂窘了："我第一次发现姆妈还挺能开玩笑的。"

"这阿其以前很喜欢你。"

筱月桂哈哈笑出声来："别瞎闹了，没有的事。"

"说了，你别不高兴。"

"我为什么要不高兴？是我配不上他，还是他配不上我？"

新黛玉知道说错了，连忙说："不是这意思。"

"你明白，这不可能：我这副色相是要卖钱的，他那副扮相加武艺，也一样是卖钱的。我们互相卖给对方，两人都不值钱了。"

这话让两个女人笑起来。她们举起酒盅来，碰了碰，一口干了下去。筱月桂心里却未笑，她还像当年在新黛玉手下那样，是服侍嫖客的人，余其扬仍是为洪门老大当差跑腿的，没有什么出息。

新黛玉说："我一直有个感觉——"却不把话说完。

筱月桂白了她一眼："姆妈，你是该说时必说，不想说就不说。"

"你是聪明人，我何必费口舌。"

筱月桂重新给两个酒盅斟上酒，看着新黛玉说："我总梦见常爷。"她举起酒盅来："姆妈，常爷死得太冤，我得搞明白这件事，找出那凶手来，心才能安下。"

与新黛玉分手后，她坐在马车上，心情不好，便绕道看街景。路经张园，她叫马车停。她走进张园，这儿常有品茶会。西洋式的楼台，与江南一带的园林风格不同，让人觉得新鲜。

园子里处处可见池水，漂浮着荷叶莲藕，树木都是少见的名贵品种。她走过一座木栏石桥，觉得这儿有些像常力雄家乡的园林。

她每次来，就会想起常爷，自己一生中的第一个男人。而一旦黄佩玉不在身边，却完全记不起来他这个人。黄佩玉是读书人出身，应当比常爷更知书达理，可是她从未猜到他心里在想什么，黄佩玉占有她，就像占有这园里一朵茶花，不必带感情。

他始终要求在上面，压着她，他不能忍受其他姿势。他咬着她左手臂上那文身月桂花，咬得她痛得大叫，他看着她痛苦得左右扭动的脸，便在那一刻泄了。

只有一次，黄佩玉感觉到她并不是很情愿，告诉她，他在外面承受的东西太多，到她的床上就是要来放松。这句话她懂。自此后，她都在与他做完事后，小心周到服侍他入睡，脸上心里都做到没有一点怨气。

黄佩玉的占有欲，倒不是有意欺侮她一个人，他为人就是如此。不过这样一来，常力雄在她心里的位置越来越重要。经常，她与黄佩玉在床上时，常力雄出现在她的心里，她强迫自己想象压在身上的男人是常力雄。

她现在才明白了，如果真正爱一个男人，在快乐的巅峰，便会产生幻觉。跟常力雄一起，她每次都险险地晕过去，而在那几分钟内，她会有非常奇怪的感觉，有一次印象极深：她在旧城城墙上等待常力雄，杨柳依依，暖风扑面，久等不来，忽然她明白了应当脱掉衣服。果然常力雄的双臂从背后抱住她，几乎要把她的身体夹碎。也不问她一声，就同她一起跳出城墙，翻滚着往下落。最后他们落到一个开满荷花的池塘上，他们抱在一起，变成荷叶上的两颗水珠，她的脚掀动荷叶，荷叶弹了起来落了下去。

那个月，她与常力雄成天泡在床上，有一天新黛玉故意以端汤为名闯进来，正好帐纱未放下。新黛玉看到两人正在做事，常力雄在上面，她在下面，早已羞红了脸，眼睛躲开不看新黛玉。常力雄却不放开她，当没有看见新黛玉进来一样，他肌肉强劲，双腿反而把她夹得更紧。

"我端来了点汤。"新黛玉自己倒不好意思了，她是妓家鸨母，一向不忌讳看到这种事，可是看到床上这两个人如胶似漆地黏在一起，而且这个男人又是常力雄，她受不了。她只是自我解嘲地又说一句："我送汤来。"常力雄的手正抓在她的乳房上，"汤，好，那给我喝。"

"给你搁在桌上了。"

"没看见，我口渴，又忙不过来，帮个忙喂给我喝！"

新黛玉没法，只得红着脸坐到床边，把托盘里的汤端上给常力雄喝，他喝了一大口，喝第二口时便用嘴送给躺在身下的女子。两人继续做，新黛玉不敢走开又不敢留。而常力雄这戏剧化的袒露性欲的阵势，把他身下的女子的心捶得像鼓一样震荡。这一次波浪持续在峰巅上，一直到两个人都忍不住高喊起来，惊天动地，轰然炸开粉身碎骨之后，两人喘成一团，遍体汗水，身体未松开便坍倒成一团，昏了过去。在几分钟的昏迷中，做好长的梦。心和天空很像，没有中心，也没有边界，洒着阳光的海面，一波一浪永无结束，她在幻境里甜蜜地笑了。此情此景，把一辈子见惯风月的新黛玉看得目瞪口呆。

事后，新黛玉拦住她，酸酸地说："舒服死你了，小贱人！"一直到现在，新黛玉还拿这事开筱月桂的玩笑，怪怪地说："那天的满足，你给黄佩玉三分之一，他的骨头都会酥成泥了。"

黄佩玉与她就像蜻蜓点水，除了第一次在旅馆，因陌生而产生的刺激，以后他一夜很难有第二次来事。为了取悦黄佩玉，她尽心服务，也想让自己快乐，却越来越不成功。她的身体如一条有病的鱼无法腾飞，总是在未到达浪峰之前就先落了下去。

她在心里遗憾。她一生的性经验，开始得太美妙，太兴奋，自从常爷惨死后，这么多年，就从未再重临那神奇境界，哪怕她在心里对自己叨念："就算拿这个感谢黄佩玉，他对我有恩。"一样没有用，再真诚也没有用。

张园里游人不多。她走进一个亭子，看到池水对岸有幢房子，似乎里面座无虚席，连外面都围有一群人。她走过桥，挤进人群，看见厅里

146

有一剪短发的清秀女子戴着眼镜在发表演讲，听者多为女人，还有洋女人也在听。

演讲者最多只有三十岁，声音很亮："这天下是男人的，男人只管要'女子无才便是德'。但是我们女人自己呢，我们的确少雄心，目光琐碎短浅，遇事没主见，拱手求男人做主。我们是没有主人便难受的一群没出息的奴隶！"

她问一旁的短发女学生："那人是谁？"

但是大家都在注意力地听，生怕漏了一个字。她再问了一遍，那个女学生侧了一下脸，看到她富家太太打扮，掉过脸去，不屑搭理。

那演讲的女子激昂起来，说我们要打倒不平等的男权主义！社会上打倒男为女纲，家庭里打倒夫为妻纲！

筱月桂等演讲结束，走到那个依然被人围着的演讲者跟前，说能不能问一个问题？这女人大概很少见到她这模样的听众，点点头。筱月桂就说："你说得很全面，但不知为什么你避免提男女之事？你说，在床上，要不要打倒男为女主，女凑男趣？"

那女子听了吓一跳，仔细地打量这个问话的少妇，半晌，才说，你这问题问得太好！女人不应当是男人泄欲的工具。不过我们不能提这一点，这会给妇女解放运动招来诬蔑。她刚想打听筱月桂的名字，别的听众把她拉开去问问题。天色已经不早了，筱月桂无法再等下去，便匆匆往戏院里赶。

生日这天在张园见到这女子，留下深刻印象，她没有想到，多年以后，她们这两个女子会联手向这社会打一仗。

国王舞台是一座英式剧场，有池座有包厢，还有一千个座位，将在这年十月落成。全新的舞台装备，说好等着上筱月桂的新戏作开张献演。

这天上午十一点，请来的说戏先生刘骥，讲《蝴蝶夫人》的故事，讲完放歌剧唱片，名段《灿烂的一天》。筱月桂跟着唱，竟然在那个著名的高音符跟了上去，使在场的所有的人鼓起掌来。

"真好听，"筱月桂说，"不过这个故事不好。东方女人发痴等西方男人？不干，不干。"

说戏先生刘骥，中等个儿，戴着眼镜。他很耐心地说："不是让你等，是剧中人物生离死别。《蝴蝶夫人》是西洋名剧啊！"

筱月桂说："剧中人也不干！西洋名剧也不行！我不喜欢痴头痴脑的女人。"

"那么我给你说说王尔德的戏《温德米尔夫人的扇子》吧。"

刘骥刚从法国学了四年戏剧回国，便由人介绍来指导筱月桂的如意班。

当时的"文明戏"，还是男扮女装，刘骥无法忍受。这个筱月桂却让男女同台演出，不顾社会指责。这个地方戏，专演市井俗事，而上海市民的生活，又越来越像西方，改编什么剧都不勉强。

这点，是刘骥完全没有想到的，筱月桂的戏班子，几乎像专门为他而设。

刘骥对筱月桂仔细介绍说，所有的事情都发生在少夫人过生日的这一天，丈夫送给她一把扇子。少夫人怀疑扇子别有来头，丈夫另有他欢。结果发现她怀疑的丈夫新相好正是她失散多年的生母。

"这个故事不错。"筱月桂立即说，"只是要改，洋人名字拗口，唱上海话曲子就更荒唐。中国人扮洋人也不像，全部改成咱们上海人，上海故事。题目也要改，干脆就叫《少奶奶的扇子》。"

"这主意倒真不错！"刘骥也佩服地说，"那我明天就开始改成申曲。扇子改成檀香扇，温德米尔夫人就是少奶奶，欧林纳太太呢，让她变成一个妓女？不，交际花吧。那个勋爵则是一个上海小恶少。"

筱月桂补充说："这个丈夫呢是个势利鬼，那个恶少最好是个白相人，准备把跟她私奔的少奶奶卖给妓院。"她也为这样的改编前景激动起来，直接让人从洋戏改写，这是她从未做过的事。"你看大概什么时候可以拿出来？词还要配得上曲，你先写了我们再试。"

"我日夜赶吧。"刘骥说。

他的余音未完，筱月桂马上要讲报酬，他是来说戏的，不是编戏。她问，如意班跟你签个约，从戏园那儿分得的票房收入一成做你的润笔，怎么样？

刘骥觉得马上谈钱，不像文化人，正在推让，心里却估算，觉得这数字可能不会大。

看到他脸上的犹疑之色，筱月桂就说："这样，让刘先生担风险，不好。如意班给先生一次性稿酬吧。只要唱词写得上口入调，一次给先生五百元酬金。"

刘骥一听，高兴至极。当时一个名教授年薪二百已令人艳羡，他才二十出头一点，从来没有碰过这么多钱。

这天刘骥满载而归，觉得筱月桂真是个豪爽的老板。如意班聘他做文学顾问，给如意班开化开化头脑。每星期讲一次西洋名剧，什么《茶花女》之类。加上五百元买个尚未写的改编剧本《少奶奶的扇子》，简直从天上掉下一个金馅饼，他喜出望外。后来，他为这一笔"高额"酬金懊悔不已，此剧常演不衰后，"一成"之数不下数千。既然是他选择谨慎，倒也无法诿过于人。

只是，打这之后，他与说话做事大方爽快的筱月桂成了朋友，几乎全职为如意班做演出"艺术监制"。申曲这个本地乡佬剧第一次有了剧本和导演，并且用了新式布景，特地请了灯光师，变化灯光色彩，面目一新，美称为"上海歌剧"。

报纸大标题"少奶奶醉倒上海滩"，说筱月桂领导申曲革命，母女秘密不破，夫妻情意未离，新奇情节剧爆满一百天。

筱月桂堂皇的单人大化装间，堆着千姿百态的花篮，这时电话响了，她说："我不接。"

李玉过来，拿起桌上的电话，一听对方说话，忙盖住话筒，转过脸来："小姐，是黄老板。"

筱月桂手里是粉扑，头发上夹了不少东西，只能让李玉拿着话筒，她声音甜蜜蜜地说："老头子呀，这个新戏你至少要来捧一次场，肯定让你满意。知道——你忙你的吧，我晚上就直接回家。当然想你，一睁开眼睛就在想了。"

她挥挥手，示意李玉拿开。

她知道黄佩玉只是客气打电话，他对她新鲜劲已过去，开始虚与委蛇。

第十四章

　　康脑脱路是沪西最漂亮的马路之一。公共租界大部分成了上海的商业金融及工业中心，也保留沪西的部分地方仍作为住宅区。康脑脱路两边，几乎皆是梧桐树互相交接，树荫密盖，车辆不多，行人更少。

　　两年前搬进54号，筱月桂看中的就是这房子周围安静。住进来后，她就让秀芳去买了二十二株白玫瑰，种在前后院空地，说是等到她二十三岁时，看这花信如何？

　　今年筱月桂二十四了，玫瑰全活了，而且过了春天，长势极好，开了许多花，花蕾并蒂，有的枝蔓往墙上蹿，比起去年，开得更有形有态。

　　"有了玫瑰，这房子才是我家小姐住的。"秀芳很得意自己学到的园丁手艺，她穿了件薄纱绸裙，有两个大喇叭袖。下过三天雨水，天幽蓝，凉风吹拂在脸上，很舒服。

两个女人坐了一辆黑色汽车，在街口就下了车，让车子回去。那两个女人开始沿街找54号，因为这条街的洋房，大都前有庭院后有花园，而且是晚上，看不到什么行人，无法问路。费了好一阵儿工夫她们才找到，前院是黑色铸铁栅门，屋前花园空地长着小野花，蓝幽幽的，而顺墙爬着的玫瑰已经开盛了。

两个女人，一个粗壮，一个纤细。她们看看门牌，推开铁栅门，走到房前打铃。里面有人问："是谁？"

"黄老板家的。"粗壮的女人回答。

里面的秀芳刚开了一条门缝，门就被撞开。

秀芳刚要说话，就被粗壮的女人狠狠打了一嘴巴，纤细的女人喝令她："滚！"

看到厅堂雅致的陈设，纤细的女人狂喊起来："打，全给我打烂！"粗壮的女人就乒乒乓乓地乱砸起来。

纤细的女人上了楼，边走边把电灯一个个打开，看见走廊和房间里都挂着筱月桂的许多剧照。最后她停在巨大的床前，那床面向一面大镜子，对着靠墙而立的梳妆台上的三面小镜子，互相反射出许许多多正正反反的镜像。女人不屑地嗤之以鼻。她拉开梳妆台的抽屉，把所有的化妆品全掀在地上。

床头还有一本巨大的相册，打开来却全是剪报——都是有关筱月桂的报道和评论。

她看到有一页，是一个刊物上登的合照：筱月桂和黄佩玉，与其他几个都叫得出名来的闻人，下面标题是"申曲改良会近日举行首届年会，海上闻人明星合影"。筱月桂和黄佩玉两人靠得很近，筱月桂样子恬静，穿的是一件西式黑色晚礼服，戴着昂贵的项链。

她涨红了脸，愤怒地吼了一声，开始撕整本册子。册子很结实，不容易撕，她只好一页一页地扒上面的剪贴。

外面有汽车急刹车声，她想可能是这个婊子回来了，她不怕，撕得更狠。

几个人进门，那个粗壮的娘姨还没反应过来，就被一拳打翻。"六——"那娘姨张嘴要叫，想给主子报信，却被李玉塞进一只袜子。筱月桂看了一下楼下厅里狼藉的瓷器碎片，走到厨房，看到里面也是同样的碎片。她走出来，转身就往楼上走。秀芳李玉等人要跟着她上楼，她朝他们摆了摆手。

早晚有这吵闹的一天，但是没想到居然打上门来了。筱月桂本以为最后按捺不住的会是大太太。据她所知那大太太是黄佩玉母亲所看中的人，与黄佩玉感情也不错，给他生了三个儿子，娘家是浙北有名的大户，黄佩玉惧她几分。

几个姨太太都安心吃富贵饭，打整夜麻将，知道没有可能独占黄佩玉，他在外面有女人，总比再娶一个女人进来好，也就不去操这个心。

只有六姨太路香兰，本是京剧名坤，又是黄佩玉最宠爱之人。两年前为了让这女人独享"梨园皇后"之称，独霸舞台，黄佩玉不惜派人将当时红透上海的另一旦角下了毒，蚀坏了嗓子，路香兰就成了梨园魁首。只是娶过门后，她就不再上舞台唱，只唱堂会，这是他们先讲好的条件。

这天晚上，筱月桂在戏院接到秀芳的电话，大吃一惊，马上叫李玉带上三个手下人就往家赶。

刚才要不是那娘姨叫一声，筱月桂还以为是大太太呢。如果是六姨太就必须改换对策。对黄佩玉的大老婆，她恐怕得往清楚里说，对这个六姨太呢，恐怕得往糊涂里做。

筱月桂一路上楼梯，一路想定对付的办法。走到自己的卧室，听到里面还在翻箱倒柜，就推门进去。看到满地的纸片，看到还在撕那些剪报的女人，筱月桂开口就淡淡地说："全撕了。一张也别剩。"

那个女人没有想到她会这么说，正恼怒得气喘吁吁，一下子愣住了。

筱月桂脚踢一下那本子的硬封皮，说其实这个本子，不是我的，是老头子的。老头子叫人每天专门看报查刊物，做的剪贴。

仿佛完全是为了凑趣，筱月桂俯身拾起几个碎纸片，上面是她的剧照，看了看，笑笑，又扔掉。她说，老头子爱翻这本子。我觉得无所谓。不消一两个月，有谁记得读过这么个消息？下面的瓷器，那些古董花瓶和家具呢，更不是我的了，不干我的事。你干脆把整个房子烧掉吧，我一点不在乎！

"筱月桂！"那个女人愤怒地说，"你只不过是小人得志，妓院里的龌龊乡下丫头，现在竟敢爬到我的头上来了！"

筱月桂终于走到梳妆台旁，她把那些散了一地硌着脚的化妆品踢到一边，平静地坐在靠窗的单人沙发上："你说得太对，六姨太。我哪敢与书香门第家的小姐出身、琴棋书画无一不会、红遍全上海的梨园皇后路香兰比？就像东乡小调，永远没法跟慈禧太后亲自捧红的京剧比——这个不用说。"

筱月桂的步步让，有点出乎六姨太的意料。"你觉得自己利嘴滑舌，靠在妓院里当婊子学来的床上功夫，就可以永远迷倒男人？"六姨太气急败坏地骂道，"婊子的日子长不了！"

离她近些了，筱月桂这才看清楚六姨太路香兰：她二十七八岁，至少在灯光下长得非常像京剧舞台上打扮出来的美人，不需要化装吊眼，就是丹凤眼、樱桃口、瓜子脸。不必说，若是化装上台，可以想象她的夺人风采，难怪黄佩玉当初会花偌大代价娶回家。

路香兰可能就是想到不可能永远红下去，才同意离开演剧生涯，嫁给黄佩玉做小。不过黄佩玉娶她时，那喜宴是整个上海最奢华的，酒席摆到了百桌，京沪两地南北二派京昆界的大小名角也到了百位，全到上海共舞台来凑三天大戏，让上海戏迷大饱眼福。报上说三十年无此盛会，一致祝贺这美满婚姻。筱月桂知道这盛事，当时正沦落到最走投无路之时，好几次徘徊在黄浦江畔，想一死了之。

六姨太骂得气喘吁吁："瞧你把这房间弄得像个妓院，镜子照着你和男人睡觉！你这狐狸精！你以为你能占有他？"她骂累了，索性坐在大床上，"知道吗？男人长期需要的，是风雅，是格调。你呢？哪有一点儿趣味？"她拾起一张剪报，看着上边一幅照片，鄙夷地扔到筱月桂面前，"你看你那套晚礼服，你穿出来照样像个村姑，糟蹋了好东西！也不去照照镜子！"

筱月桂不理会她脚边的剪报，语气真诚地说："用不着镜子，我也明白，哪能跟你路香兰比。说实话，我真高兴见到你，我真是从小钦佩你。那时候想看你，都没钱买戏票，想不到现在你竟坐在我的面前，咱们不打不相识。"筱月桂看到对方无词以对，她更有诚意了，"有一点恐怕你误会了：我从来没有永远占有一个男人的本事，根本就没有这个想法。"

"嗨，你还有自知之明？"六姨太不知如何应对筱月桂的步步让。

"当然，我们根本不是在一个等级上的。"筱月桂说。

"什么意思？"

筱月桂站了起来，走近六姨太，很亲近地说："老头子厌了，就会回到你身边。就像京剧是'国剧'，怎么也不会把地位输给本地滩簧。"她压低声音说，"不过今天你这事情做差了，老头子今天夜里是说好要来的，看见这个场面，会怎么说呢？他走进来看到这局面，你不是当面撕他的脸吗？"

六姨太一下子吓清醒了，扑到床上哭起来。

"我说，你赶快走，我叫的出租车还没有离开，我让车夫等着的。你先回府，你的娘姨留下来帮我赶快收拾，我再让她赶紧走回去。"

看见六姨太还是没有动，筱月桂说："我们都是服侍男人的，我要是嫁给他做七姨太，才是跟你抢男人，现在我不过是个说走就走的情妇。"

六姨太这才站了起来，掏出手绢，边擦泪脸边自我埋怨说："当初我怎么会同意嫁给他做小的呢？现在连人身自由都没有，还要受你这种人的气。"

筱月桂赶快推六姨太下楼，看到楼梯两边等着她的手下人，筱月桂暗示他们不作声。筱月桂把六姨太一直推到车上，关照汽车开到黄府，看着汽车开走，这才回身进房里。

秀芳和李玉带筱月桂到楼梯后储藏间，看地上捆作一团的粗壮娘姨。

她想静一静，便让跟来的手下人都回去。一个十八九岁的后生，要把歪倒在地上的椅子扶起来。李玉告诉他，这里暂不用收拾。

待那几人离开后，筱月桂坐在沙发档头上，给余其扬打电话。那边传来余其扬的声音："怎么啦，这么晚来电话？"

"就不能找你？"筱月桂没好气地说，"阿其，听着，告诉老头子赶快来一趟。六姨太带人来，在大闹康脑脱路，正要点火把房子烧了！叫他马上过来，邻居马上要叫巡捕房了！"

搁下电话，筱月桂走到厨房，她找到一个杯子，可是茶壶被砸烂，幸好还剩有一些水，她小心翼翼地倒在杯里，一口气喝了下去。

"小姐？"秀芳走过来关切地问。

筱月桂没说话，她拿着杯子，然后小心地放在桌子上。她理理乱乱的头发，让秀芳把梳子拿来，帮她把头发梳好。

不多时，黄佩玉就赶来了，看到满地狼藉，连那个搁在木几上价值连城的宋代瓷瓶都打破了，幸好只裂掉一小块。他脸色大变，在地上找到掉了的小块瓷片，交给李玉："明天去找人补一下，不过补了还值几文钱？"

他拍拍手，只见绿花沙发上全是泥迹鞋印，摇头叹气。

走上楼来，看到衣着整齐的筱月桂，正在仔细粘贴被撕碎的照片报纸，说你受惊了，受了这个泼妇的气了！

筱月桂抬头，平静地说："女人嘛，你到哪里找不吃醋的女人？"

"刁妇耍泼，"黄佩玉顿脚说，"我岂能容忍！"

"总得给人一点发发气的机会。"筱月桂朝着他笑了一下，带着泪痕。像是掩饰眼泪，她马上埋头继续贴补她的册子，不再与他说话。

黄佩玉再往其他两个房间看看，那装衣服的房间更乱，连他的衣服也全扔在地上。他一个人走下楼来，那个女用人已被松开绑，他对吓呆了的女用人说："你想进巡捕房吗？"

女用人张大嘴，赶紧摇摇头："老爷，饶了我吧。"这个用人应当知道黄佩玉的手段的厉害，她只是没有想到主人先溜了，让她在这里单独承担责任。

黄佩玉说："那你现在就赶快回老家去，不要让我再见到你。不准回府上去取东西！"

女用人扑通一下跪在地上："求老爷饶我！"

黄佩玉说："听清没有？"

女用人点点头。

"还不滚？你不回府去我就不追究。"

女用人这才爬起来，打开门逃了出去。

余其扬这时赶到，看着女用人狂奔而去。黄佩玉找了个没有瓷器碎片的单人沙发，掸掸沙发上的脚印，坐下。余其扬示意秀芳和李玉走开，他等着黄佩玉发话。

宽敞的客厅现在只剩下他们俩，听得见那两人在清理厨房。黄佩玉很久没有作声，余其扬耐心地问："老板？"

"投鼠忌器啊。"黄佩玉叹一口长气，说道，"哪怕我花一笔钱，把这个泼妇赶出门，报上也会吵翻，对筱月桂不利。"

余其扬说："你不能让她自己走？"

黄佩玉说，她不会走，除非她相上什么男人，带走一大笔私房钱。这是个叫春的猫，骚得受不了，才这么发雌威大闹。

余其扬心里发笑，说这可麻烦，住在你的府里，能相上什么男人？

黄佩玉回过身来，点着余其扬的鼻子说："就是你！"

余其扬吓了一跳，赶快辩解："我们江湖上的，要什么女人都可以，就不会要一个脾气大的坤角！"

黄佩玉哈哈大笑起来："我当然明白，这货色不是你的品位。"他压低了声音，叫余其扬靠近弯下腰，悄悄说，"给你一个月，让她迷上你，跟你私奔。"

余其扬神色不动，好像没有听到似的，他依然弯着腰，却没有应声。

"到外地做掉，一干二净，不露痕迹！"

余其扬皱了皱眉头，犹犹豫豫地说："我从来没有杀过女人。"

"我也没有。"黄佩玉说，"不过现在的女人跟过去的不一样了，越来越不像女人。"他拍拍余其扬的手背，"我们一道开个头吧。事后我有重赏。"

他看看余其扬还不是很情愿的脸色，便说你不愿意我也不勉强，我的脾气你是知道的。

余其扬想了一下，说："我当然听老板的，只是她未必会对我动心。"

"你对付女人有一套，这我明白，你用不着瞒我。"黄佩玉大夸余其扬，"而且你总是让女人动心你自己不动心。"

"可这是你的姨太太。"

"她现在是我最讨厌的人。"黄佩玉站起来，声色俱厉地说，"明白了？"

"明白了。"

那晚，余其扬走后，黄佩玉就吩咐李玉秀芳到客厅来清理干净。他上楼来，发现楼上已经收拾妥当，那个本子的碎片合在一起叠在桌子上，化妆品摔坏的都堆在一个布袋里。筱月桂从浴室里出来，她请黄佩玉去洗洗休息，她已经为他准备热水。她只穿着内衣，温柔地走到窗前，把窗帘合拢。

黄佩玉觉得眼前这个女人简直太好，她应该哭闹，向他诉怨，要求惩罚这个六姨太。可是她没有。好像这些事都不是她应当关心的，她只关心他吃得好否，睡得好否。如此温柔甚至贤淑的女人，他府上找不到，他从来没有遇到过这么既风骚又贤惠的女人。

最可爱的是，她从来不发脾气。黄佩玉最讨厌女人发脾气，不管是小事大事，值得不值得都来个不顾后果的歇斯底里。一个十全十美的女人，轮到他来享受，他觉得自己是上辈子修来的福气。

筱月桂走到走廊上，回过头来，妩媚地微笑："别乱想了，我一会儿就上来。"

黄佩玉说："顺便给我带杯茶上来。"

她说："我下楼就是去给你泡茶的。"

第十五章

这天上午，筱月桂接到请柬，美国领事馆在中秋节举办化装舞会。她没有想好去或是不去。这两天她情绪不好。

在妓院里待过的女人，都有办法避免怀孕：只需要长期把麝香贴在小腹上。但是等到想要孩子时，却难以怀上了。这是个终身无后的绝招。

她在荟玉坊第一次开始接客时，鸨母就对她交代：若弄大了肚子，你自己交了霉运，也害了孩子。

"想好了，再告诉我。"

她毫不犹豫地对鸨母说，她想好了，她要麝香。

李玉拿着抹布往外走，预备去请中医来看筱月桂。她顺手带上卧室门，又推开，样子很神秘，说六姨太那天晚上走了后，她在厨房收拾，秀芳听到黄老板在和余其扬商量事。

"他说什么？"筱月桂立即把她叫进来，把门关紧，虽然这房子里没有别的人。

"黄老板要阿其把六姨太——"李玉看了她一眼，挥手做了一个切脖子的动作。

筱月桂脸色都变了："把她杀了？"

李玉点点头。

"有这事？"筱月桂走到窗前，房外的白玫瑰伸入玻璃窗这边来，迎风抖动，颇有点招摇的样子。她知道那天她的办法，会使黄佩玉定不轻饶六姨太，可能会赶走了之，在京剧界弄出点风波。但是他这么不念宠妾往日之情分，杀人灭口斩草除根，这大大出乎意料，她满手心都是虚汗。

"阿其同意去做这种事吗？"

"秀芳未听明白。"李玉说，"等秀芳买菜回来，你自己问她吧。"

吃中饭时，筱月桂从秀芳那儿证实了李玉说的一切。秀芳说："我走到过道，恰好听到黄老板在说，可是阿其不同意。"

筱月桂一笑："是吗？"

"黄老板好像说不愿意，就不勉强。"秀芳仍是多少年的老规矩，不同筱月桂同桌吃，待筱月桂吃完，她才上桌。秀芳回忆那天的情景，怕黄佩玉和阿其看见，她就回到厨房，所以，未听完他们全部谈话内容。

筱月桂忧心忡忡。秀芳劝她不必太在意，那梨园皇后若是有什么闪失，跟她没有关系。

秀芳这个仆女挺聪明，知道筱月桂对此种结局心里有点内疚。可她突然明白了，自己心里恐怕更是在为余其扬担心。那个六姨太只是个小女人，如果余其扬为老板栽到杀人事件中去，那就太不合算。

眼见着窗外的月亮渐圆，仿佛即刻就到了农历八月十五。这月亮不等天黑尽，便从水门汀楼房间隙钻出，照得上海光闪光闪。筱月桂演完戏，便开始换衣服。她事先订好面具和一袭拖地白裙。

请柬上说可带一伴。她想了想，坐到电话机边。

那边有个女人接电话，筱月桂就只好问，请问余其扬先生在吗？

"不在。"

"什么时候在？"

"不知道。"

她想留话，那边却搁了电话。

余其扬这几天都见不着人，黄佩玉也多日没人影，反而落得她可以好好排新戏。

美国领事蓄了林肯式的一圈络腮胡，在发表长篇大论，说美国人到中国是做客，哪怕在租界里也决不是主人，他决心和上海各界以及世界各国的上海居民，好好做朋友。这只是一个开端，他举起酒杯，说了几个学来的中文："美景良宵，月圆人好！"他的发音还算不错，可是太文绉绉，弄得大家都没有听懂却在瞎鼓掌。

鼓掌声后，他将一个插着羽毛的面具戴在脸上。舞池四周点着许多蜡烛，乐队演奏曲子，侍者给来宾斟酒。这个前所未有的化装舞会，是筱月桂在上海参加过的所有晚会和应酬中排场最堂皇也最花哨的。她看得眼花缭乱，大开眼界。洋式化装有天使魔王、中世纪的骑士，中式化装则多半是从舞台上下来的关公、嫦娥、煞有介事的赵公元帅。脸上大多是洋式的化装舞会白面具。

筱月桂用眼睛寻黄佩玉，她想他绝对不会带小脚太太来，那么跟他参加这舞会的，会是哪一位呢？完全出于好奇心，她在人群中走来走去。不错，戴上面具，谁也认不出谁。

窗帘和墙搭上五色绸布，有如舞台。她端着酒杯走上楼梯，楼梯上全是三三两两的人，连楼上走廊也是人。她有个感觉，黄佩玉没有来。

她必须证实这点，就在楼上看。楼下华尔兹舞曲响起，那些神神鬼鬼的天仙天使相拥着旋转起来。还是没看见任何一个人像他，即使是他装成什么样，她也认得出。就在这时，她听到背后两人在说话，声音有点熟悉。她转过头去，是一个中国人，至少是中国打扮，白巾道士遮盖住脸，只露出眼睛来，与一个蒙面的天主教修女正在喁喁私语。

她故意从他们眼前经过，一抬头看见是卫生间，就进去了。里面灯光极暗，除了有抽水马桶洗面盆外，倒布置得像个女人的闺房似的，镜前一束百合花，香气逼人。她拧开水龙头洗手，觉得身后有人，一转身发现是那道士，道士将她紧紧拥在怀里，她想挣脱。就在这时有两个穿裙子的人推开门，那道士便放开了她，快步走了出去。

筱月桂未回过神来，可是心里感觉是余其扬。一定是他，她跟了出去，四顾不见，在一个角落里看到一个道士打扮的人。她抓住道士，一把揭开他的面具，却是个洋人，她忙说："索礼。"这洋人倒笑了，挺得意。

她一想，自己为什么如此不安：黄佩玉要余其扬除掉六姨太，必定要让他先勾引这个女人，弄到她不顾一切跟他私奔。这个设想让她更加不舒服。不知道为什么，她不愿意，很不愿意看到这局面。

这一切，是从她这里开的头！是她惹出的祸。她对此要负责任，是她把黄佩玉的火挑起来的，虽然她只是不动声色。

"筱小姐，别来无恙啊。"一个修女走到她跟前，这么好听的声音只有六姨太才有，"你是不是在找我的老头子啊？"

"是又怎样，不是又怎样？"

"他今晚有事，就我一人来了。"

原来如此，筱月桂想。

六姨太风姿绰约，那双眼睛有神地看着筱月桂。筱月桂看得出来，这是一个恋爱中的女人，不像她自己的眼睛，只有装一个自己的影子，没有火焰，看人也没精神。

"那我们俩该跳一曲呢？"筱月桂主动将她的军。

"对不起，不能奉陪。"六姨太傲慢地转身，一个罗宾汉礼貌地搭起她的手，步入舞池。

大玻璃窗外一轮明月高悬，很好，这化装舞会，每个人都名正言顺戴着面具。她无心情跳舞，便决定回家。去你妈的余其扬，她揭掉面具，骂了一句。那领事家的管家给她取包时，问她在说什么，她回答：

"奈心（Nothing）。"她的英文太上海腔，不过上海的西方人都听得懂这种英文。

有个男人追到大铁门口，叫住她："怎么不等结束就走？"她一看，是刘骥。

"我有点不舒服。"

"那我陪你一起走。"

筱月桂谢谢他。两人一起走到大门外，她想，那个在背后拥抱自己的男人不会是刘骥吧？不可能，她立即否定了。她说："你也来了，真巧。"

他告诉她，有个朋友在组建新的电影公司，约他去帮着筹建。

"你是想辞掉我这个学生？"

"怎么敢？"刘骥说。见筱月桂笑了，他说，跟如意班的合作照旧进行。

筱月桂有些好奇。电影？街上小孩看的，傻头呆脑——不过，天下没有不变的局面，申曲原来也是不入流。所以她说："你去也好。有什么难处，告诉我，我能帮上一定帮。你还是每星期来如意班一次：弄电影还不一定有前途，留个退路也好。"

听筱月桂说得在情在理，刘骥感动地说，"筱老板给我想得真周到。"

但是我的退路在哪里？筱月桂想。我从来没有退路。我只有我自己。她看见月亮有毛边，明日即使不下雨，也是个阴天。

这个留洋学生，跟她的相处倒是一直很愉快。两个人在一起，总是有说有笑，相谈甚欢。筱月桂对刘骥一直没有往心上去，可能是因为她对文化人，心里总是有几分敬畏。她的脾气过于野性，难以爱上一个读书人，恐怕只有与黑道人物打交道才过瘾。

那天是周二，一周中她唯一不上台的日子。午后光线暗淡，天色发青。晚上只有一个应酬，与《时报》的主编吃饭。主编先生是上海名笔，要亲自做个采访，应当说是给她面子的事。她打开衣柜，在长袖旗袍外披了条红丝绒围巾。

晚饭时间未到，她便到老顺茶楼去。

茶楼老板见到她，很高兴："筱小姐来了，黄老板刚走。"

"没关系，我只是顺路来坐坐。"

茶楼老板四十来岁，小个子，模样倒老实，给筱月桂泡上一碗茶，便坐在她对面，轻声说："黄老板刚才在生气。"

筱月桂喝了一口茶，听他说下去。老板只是简短地说："六姨太最近常不在家。"

筱月桂递给他一个小包，里面是银元，声音很低："一点心意。"

他声音更低："谢谢筱小姐。"摸着沉甸甸的布包，有些纳闷地问，"这个月怎么两份？"

筱月桂说以后她就不常来，有事可直接打电话到戏园找她。茶楼老板点点头。她站起来准备走，声音不大也不小，说："今天这茶真不错。"

"是新来的龙井。筱小姐喜欢，就请带些回家喝吧。"

这时余其扬走进茶楼，他看见了筱月桂，朝她走来，一边高兴地说："这么巧，你有空来喝茶。"

筱月桂说，我还以为你不在上海滩混了呢，怎么躲在这儿？

余其扬穿着长衫，精神焕发，兴致也好。要留她，说好久没见，怎么一见就要走，坐坐吧！筱月桂抱歉地对他说，时间不早了，她约好了人在凤雅酒楼吃晚饭。

余其扬送她到茶楼外。走了两步，天突然阴沉下来，乌云压顶。余其扬叫筱月桂等他一会儿。一分钟不到，他拿了把雨伞出来递给筱月桂。筱月桂接过伞来，深深地看了他一眼，想问他关于六姨太的事，可是突然觉得无法说出口。这种事，若与他无关，这么问太难为情；真是他，更难为情。

"你怎么有事闷在心里？"余其扬说。

"没事。"筱月桂看看马路上的车，"只有天打雷，下不下雨还难说。"见余其扬准备返回茶楼，她实在忍不住了："晚上该不是又要会六姨太吧？"

余其扬马上脸板了起来："我不懂你在说什么！"

"听我一句话，别陷进去了。"

余其扬伸出左手，拍拍她的肩头，像在安慰她似的。见她没声响，便面朝着她，同时说："事情不是你想的那样。"

这话让她大吃一惊。原来还不是执行任务、另有图谋，而是真正来了情，勾上了劲！听起来，就像是她吃醋了一样，她一直隐隐有点儿担心六姨太会把余其扬的心收服了，把他弄得失魂落魄，果不其然。平日他连她的手都未握过，刚才居然拍她的肩，说明他现在对她心里很坦然。她说："我看你是昏了头。想做什么事，最好不要在上海，为你好，我才说这话。"

两人继续朝前走，谁也不看谁。

"在上海怎么呢？"

"起码我看着心烦。"

"这跟你相关吗？不该打听的事不要打听，不该说的话不要说。"

幸好，刚才没有问是不是他假扮道士从背后拥抱她。这个人至今不拿正眼觑她，看来与她在心底里较着劲。"阿其。"筱月桂咬了一下嘴唇，心里酸酸辣辣，说不出是什么滋味。她说："好自为之，我们做人都很难。"

"多谢筱小姐指点！"余其扬讥讽地说了一句，不告别就转身走了。她不由得掉过脸去看，他的步子走得那么无情，难道他不知道她在注视着他吗？天上的乌云都翻腾在她身边，就算是大暴雨，她也要把他给的伞扔掉。

那天晚上的饭吃得很不开心，《时报》来了两个人，主编和副主编，副主编做记录。主编倒是精明，见她有些心神不定，盯着窗外的大雨发愣，就说："今天我们吃饭不谈公事，改天再做。"

筱月桂一下子明白自己失态，坚持好好做采访，结果吃完饭做完采访，主编叫了车送她回家。

雨停了，湿湿的地上，凹的石块积了一层亮亮的水。

筱月桂回到康脑脱路54号，秀芳已经用屋内的锅炉管道烧好热水，她就开始放洗澡水，拧开搪瓷盆上有H的龙头，心想那个余其扬这时肯定与六姨太在床上。

她不敢想下去。取了床下的绣花软底拖鞋，棕黄色的鸟停栖在枝头，她喜欢一出浴缸就穿上这拖鞋。

她突然发现自己的感情没有离开过余其扬，自从重新见到他后，这两年来，脑子里总时不时钻出他的身影来。他跟别的女人，无论真戏假戏，她都会在乎，会很长一段时间弄得心里疼痛。但是她又不能在乎，因为他们之间没有任何表示，而且两个人都明白自己的位置，谁也不会跨过一步。他们都是靠洪门老板吃饭，跨过了一步，恐怕情形更糟。

如果这就是难挨的命，一个人是桌面，一个人是桌底，那她就能做到不去看那桌底。

她觉得眼睛湿得可怕，便把更湿的毛巾盖在脸上，心里想：难道就没有一个人，真正爱我，又正是我爱的吗？

这次见过余其扬后，筱月桂知道他离开了上海。吃早饭时秀芳一个劲地讲余其扬以前好玩的事时，筱月桂告诉秀芳，以后别在她面前提阿其。

秀芳很坏地笑了，她走到厨房窗前，揭下竹笼，准备把里面的相思鸟放掉。

筱月桂不让："这是黄老板送来的。"

"可是阿其提来的呀，想必就是他选的。"

"嗨，你嘴壳子硬！"筱月桂这次真的不高兴了，"你真想惹我生气吗？"

秀芳很少见到她脸色这么难看，便一声不响地把鸟笼挂到花园的树枝上。

筱月桂让眼线尽快带来更详细的消息。昨天下午，黄府的人说六姨太带了私房钱私奔了。黄佩玉已经向巡捕房报案，宣布脱离关系。直到一个多月后，她终于知道余其扬一个人回来了。

其间发生的事，她是到多年以后，才从余其扬那儿听到的，在这世界上，恐怕就他们两人知道。余其扬一边对她说，一边摇头叹息：他那碗饭不容易吃。

长江轮船，夜深人静，余其扬拥着妖娆的六姨太，两个人在后甲板上浪漫地赏月。六姨太陶醉地依偎在他身上，他俯下身来亲吻她，两人身体长久地贴在一起。他拉着她的手走到船头，她的手抱着他的脖颈，踮起脚不放开他。两面江岸山峰缓缓推移过去，峭崖从江面直插上暗黑的天空。

甲板黑灯瞎火的，只有探照灯扫过去。余其扬趁六姨太幸福地闭上眼睛的一刻，迅速地从衣袋里掏出一块布包住的生铁，猛击一下，把六姨太打晕。他一手抱着已经倒下的她，一手把铁块上原来装好的绳索套吊在她颈子上，然后一把就把怀里的人抱起，直接扔进江里。

等探照灯扫回来时，他已经转过身，样子像在等回舱去做什么事的恋人。

黑夜里，那长江黑得油亮，只能模模糊糊地看见轮船螺旋桨打起的水花。

即使到后来，筱月桂提起这事时，还是不寒而栗。倒不是因为余其扬杀人灭口的细致安排滴水不漏，而是她的戏都靠多难又缠绵的爱煽情。余其扬的做法，让她感觉到在舞台上泪水涟涟，是在湿润磨刀石。

从那个时候起，她就觉得言情戏太难演了。不过她体谅余其扬：不管有没有感情，只有他自己知道，哪怕有感情，要他杀，他还得杀。

第十六章

　　余其扬一身白西服坐在包厢里看《少奶奶的扇子》。筱月桂猛地发现他坐在那儿，心里一惊，忘了台词，竟然拿着檀香扇在台上空走了一圈。

　　筱月桂想起，在余其扬走掉之前，他就很少来看戏，回到上海后，更是一直没有露面。她虽然不知道他如何执行黄佩玉布置的任务，但知道他肯定已经完成了任务，现在可能领了赏，一副好心情来看她的戏。这让她心里乱糟糟的。

　　看到后台的李玉焦急地朝她做手势，她马上回过神，成了少奶奶，对恶少说，要与他私奔。恶少装着很高兴，等少奶奶转过身去，却并不十分情愿，看来玩玩这少奶奶的人还不少。

　　少奶奶回到后台，成了筱月桂，李玉端来一碗清茶给她。

　　她叫添口红，化妆师赶快给她添上。

　　她明白自己完全不是以前那个人了，就像她不如以前那么牵肠挂肚地对待余其扬一样，这段时间，她想明白了好多事。

台上，那丈夫的相好——交际花找来，恶少招待。

她回到舞台上，成了少奶奶，与交际花对唱，两人各怀心思。最后交际花舍己为人，伤心地离开这个城市，让少奶奶回到她的丈夫身边去。

潮水般的掌声中，筱月桂在台上谢幕。她朝余其扬那个包厢望去，那儿已经没有他。她有些失望，余其扬有些像戏里的恶少，说走就走。女人就是这么贱，她想自己也脱不了这个说不清楚的怪圈。

好不容易已经不再想这个余其扬了，今天差点被他弄砸了戏，这是筱月桂从未做过的事。戏迷看得起她，她也要对得起戏迷。

没想到的是，筱月桂跨入化装间，余其扬便出现。他敲门的方式特别，有节奏地敲门。

筱月桂马上猜到是他，不耐烦地扔出一句话："什么事？"

余其扬贴着门说："黄老板说，他今晚到康脑脱路。"

筱月桂故意不说话，这个黄佩玉要来就来，要走就走。对待她，比对家里那些姨太太更不如，反正是他的了，他就当一件旧衣服，要挂就挂，要扔就扔。自从六姨太"跟人私奔到外地"后，黄佩玉对她态度反而变了，开始注意新的女人，经常上瑞春楼，来她这里的次数越来越少。"旧衣服都算不上，把我当擦皮鞋布？"

她啪的一下把桌上的茶碗掀到地上："去你这跟屁虫！"

门外的余其扬听到声音了，问："怎么啦？"

筱月桂猛地把门拉开，不顾自己只穿着内衣，愤怒地说："告诉黄大老板，到四马路拉个野鸡到康脑脱路去！我喜欢住在戏院里。"她啪的一声把门关上。

余其扬等了一会儿，又开始敲门。没人作声。他再轻轻敲，筱月桂没办法，只得将门开了，坐回镜子前。余其扬自己推门进来，见她脸上有泪痕，手绢擦得脸花花的。她的头发却已经梳得整整齐齐，也穿得漂漂亮亮，一条丝纱披肩，里面是紫色晚装。

"我是奉命而来。"余其扬想解释，却不知往下如何说。他想用微笑化解一下，却笑不出来。

筱月桂把纱巾取下来，拿在手上，说以为我不知道，是你陪他去那个瑞春楼书寓，说是和洋人谈生意，却是在玩女人。不要以为我在吃醋，他几次事先说要来过夜，我左等右等，鬼都见不到一个，没个电话，更不道歉。今天，打雷了还不知雨下何方？

余其扬不说话。

筱月桂没有看他一眼，便头一低，身子一转，走出了化装间。她披上纱巾，气冲冲地说："走啊，还等什么？等死？"

余其扬开着车，从汽车后视镜看看筱月桂，轻声说："脸上。"

筱月桂从手拎包里取出化妆盒打开，照上面的镜子，余其扬给她开亮车内灯，让她赶忙补救。

汽车驶入康脑脱路，在筱月桂的房前停住。她走下车，从包里掏钥匙，秀芳已打开了大门，明显黄佩玉不在。

"黄老板打过电话来吗？"筱月桂眉头皱了皱，看看墙上的吊钟，快到十一点了。

"没有打来过。"秀芳往自己的房间走去。

筱月桂突然有种感觉，急忙走到大门前，她打开门看，余其扬的车没走，还在门口。门前那些白玫瑰都开始谢了，花瓣掉在台阶上，这个有月光的夜晚，夜凉如水。她想了想，向前走了几步，对余其扬招手。

他正好抬起头来，看见了，手指指自己，再指指房子。筱月桂点点头。

余其扬稍微迟疑了几秒钟，便把车门打开，走了出来。

客厅的沙发换过一种印花淡绿色，与窗帘的白色很相配。房间里只开着一盏台灯。筱月桂给余其扬端来一杯茶，这才坐下。

"怎么家具少了些？"余其扬没话找话说。

筱月桂盯着他的眼睛说，这还得谢六姨太，砸得好。砸烂了家具，本想添，后想想，少些家具未尝不是好事。

"也是，显得宽敞。"

"你好久没来这儿了。"筱月桂说，"整整两个月半。"

"其实没几天。"余其扬把茶杯放下。

秀芳开门那阵，筱月桂看见月亮在窗角，现在余其扬进来，月亮移至窗户正中。筱月桂没有看墙上的吊钟，那上面已经十一点十分了。她对余其扬说："劳你打个电话问一下你家老板，在哪家妓院住下了？"

余其扬笑了，说："你叫我朝哪家打？"

"一家一家打！"筱月桂走过去把电话本扔给他，"今夜非找到他不可。他存心拿我开心，他不必打电话，那么我打就是！"

"好好，就打。"余其扬劝解地说。他把西服脱了下来，里面白衬衫上是领带和西服裤的吊带。他一本正经地打电话："一品楼吗？我叫新黛玉出局，对，就是赴茶会。老啦？她还没老，一点不老，还是个标致美人。"

筱月桂被逗笑了："别拿老太太开心，要不了几年，我也会变成老太太，让你逗笑的。行了，你给黄府去个电话问一问吧。"

余其扬拿着电话，不动。

筱月桂说："怎么不打了？我来打的话，不把黄府全家吓死？"

余其扬迟迟疑疑地说："这时间太晚了，我又从你这里打电话，不好。"

筱月桂猛地醒悟，她抬起头看着余其扬，他出落得一表人才，头发向后梳得一丝不苟，很干练，显得英气逼人。也是的，有好久她不再打量他，如她对李玉说的，再也不把他搁在心里了。也许正是这样，才敢叫他进屋，他也敢进来。

余其扬也看着她。一时两人没有了话，都知道话已经说到嘴边上。筱月桂站起来，余其扬也跟着站起来。"我去给你换热茶。"筱月桂赶紧说。

余其扬坐到沙发上。

筱月桂在厨房，忽然想起来，如果她记得不错的话，今天是余其扬的生日，李玉仔细说过他生母的事。也真巧！

她笑眯眯地端着托盘出来，两个酒杯在里面，一瓶法国红葡萄酒，外加一盘cheese饼。

余其扬奇怪地看着她，她笑得灿烂，不合时宜。

"来，我们今天为一个人的出生好好喝。"筱月桂高兴地说。

"你的生日？"余其扬高兴起来，"不对，早过了，你看我这记性！"他拍一下自己的脑袋："天哪，今天是我的生日！"他想想，摇摇头，大概他很少想起生日，他的出生本来就不是什么应当记住的事。但是筱月桂和他一样，出身微贱。所以，在她这里庆祝生到这世上二十五年，倒也不是坏事。

"为寿星风华正茂干杯！"

"哪里，为美人青春永驻干杯！"

筱月桂喝得很慢，拿着酒杯，余其扬也是如此。两个人本来就不会喝酒，本来这个晚上她是为黄佩玉专门打扮的，肩上的丝纱巾揭掉后，露肩晚装把身材显露出来。二十四岁的好年华，她并不想轻易醉：醉太容易，醒来后便觉难堪。

吊钟当当地响了十二下。筱月桂把高跟鞋踢掉，双手垫着头躺倒在长沙发上，斜着眼瞧着余其扬，柔声细语地说："阿其，你连电话都不敢打，那么黄老板这时候走进来，你怎么逃过这嫌疑？"

余其扬不安地笑了，他抿了一下嘴唇，放下手里的酒杯，伸手去拿他的外套："我这就走。"

"想逃？"筱月桂伸出手轻轻捏住他外套一角，说如果我不让你跑呢？

余其扬看着她，犹犹豫豫地站起来："老板随时可能进来。"他的声音的确是害怕。

"我们没有喝醉，对不对？"

"完全不错。"

茶几上的酒瓶里还剩有一大半酒。她的目光从茶几转向他，站起来："我要把自己当生日礼物送给你。"

余其扬低下头："别，别。"他真的开始移动脚步。

"告诉我，那天在美国人的化装舞会上，那个白巾道士是不是你？"

他既未点头，也未摇头，只是呆呆地看着她。仅仅停顿了两秒钟，他还是想往门外走，可是她已靠近他，仰起头来深深地凝视他，说："黄佩玉是个男人，你余其扬就不是个男人！"她抱住他，把头温柔地靠在他的肩上。

余其扬的手还是抓着外套，想脱身："你知道黄老板是上海王。"

这句话把筱月桂气上了心，她猛地推开他，转身让开两步。

看到得罪了筱月桂，余其扬也急了，扔下外套，小心翼翼地站在她的身后。两人之间彼此听得见心跳，那吊钟的走动也一清二楚。筱月桂觉得房子里的空气都凝固了。她感觉自己站在一品楼那棵桃树下，月光照着他们。她闭上眼睛，身体不由自主地后退一步，仅仅一步，她就与他贴在一起了，她握住了他的手，脸转过去一下子把他吻住。

她为此等了太久，犹豫了太久，她得把这漫长的时间都吻满，一边移动脚步，把他压倒在沙发上。

"凭什么你就不能做这个上海王？"她看着他的眼睛说，"我上海女王爱跟的男人，就是上海王！"

这话，似乎提醒了余其扬，强行从她的怀抱里挣脱，默默地拾起地上的外套。筱月桂没有站起来拦阻，静静地把裙子的一角盖上腿。

余其扬站在沙发边，羞愧地望着筱月桂说，黄老板耳目众多，杀人时绝不手软，杀我杀你，像捏死两只笼中鸟。不需要花力气，就有人给他办妥，他布置一个现场，没有人会追究漏洞。

"当然。"筱月桂沉吟半晌，才小心地试探性地说，"我早感觉到这个人，没有不敢下手的事。"

"你想过？"他反问她，"你真的想过？"

她看着他，他也在猜她的意图似的等着，然后她凑近他的耳边，低声问："难道你不怀疑当年常爷是死在他手里？"她把话递过去，凭女人天生的直觉，凭她对常爷的感情，她心中一直存有这个疑问。

他点点头。

她看着他，等着他往下说。余其扬嘴唇一咬，似乎下了决心似的，才说他早就弄清楚了，的确是这个人布置青帮来仇杀。他叹了一口长气，感叹不已：现在还有谁愿意为常爷报仇？洪门上上下下还得吃上海滩这碗饭，像换了皇帝一样，一朝臣跟一朝天子。

筱月桂闭上眼睛，心里悬了这么多年的疑团终于有了答案。余其扬当然不会对常爷的死不上心，他一定会弄清楚，她没有看走眼。

余其扬接着说，八年前那个晚上，他在与青帮的枪战拼杀之后，并没有赶紧随洪门兄弟一起往乡下撤，而是千方百计冲进青帮阵中，想抓一个头目拷问。结果真给他抓到一个，刀子架在喉咙上逼着那人说出来：那天确实有布置，叫不要朝驾马车的人打枪，其余的人一律打死。

那天黄佩玉跳上驾驶座，让马车冲出枪阵，他和三爷攀在马车上，也逃过了追杀。黄佩玉的行动勇敢得让大家佩服，原来是布置好的陷阱。

"那个人呢？"筱月桂问。

"当时我没法把他抓到师爷那里去，对方的人追了上来。"余其扬垂头丧气地说，他回忆起当时的情景，他只能一刀把他杀了，所以才弄得一身是血。他首先想来告诉她，因为他知道她最想为常爷报仇，因此在那拂晓之时赶到了一品楼。最后反而弄得他自己要靠黄佩玉救出牢来。

余其扬心情沉重，房里两人一时间都未说话。有两辆马车一前一后驶近，蹄声很响，很疯狂，像那年一样不顾一切，筱月桂和他同时看向朝马车驶去的方向。等到恢复静寂，余其扬才说，黄佩玉借帮派之间的旧仇杀人，又拉租界做靠山，当了洪门新山主之后，把洪门的人都摆平了，大家服了这个新主。他查明的事，又能去告诉谁呢？说了也没有用！漏一点风声就会送命，不要说师爷三爷那些人，他自己也得拍新老板马屁，才能混个人样。

"所以，你甘心成为他的走狗！"筱月桂沉默了半天，突然爆发了，恨恨地说，"有奶便是娘！连狗都不如！"

"随便你怎么说吧。"余其扬听不下去，站起身，"不能不承认，黄佩玉会对付洋人，洋人也靠他。他结交政客军阀，上海洪门才兴旺起来，大家有利。"

"你是说常爷没有黄佩玉有本事？"筱月桂几乎跳起来，此时她最听不得这种话，她不能忍受叛徒。

余其扬看到她提起常爷眼睛都发着光，连忙住口，说："小月桂，我是常爷亲手提拔的人，怎么能忘恩？但是时势变了，哪怕报了仇，下文怎么做？我们怎么往下活？你的戏班子怎么办？我给谁做跑腿赚几文钱糊口？"

筱月桂气得咬牙切齿。

余其扬转身离开房子，在门口回过头来说："千万慎重，不能莽撞。千万，听我的话！"想想不放心，他又走进来，双手放在她的肩上，看着她说："你要做什么事，必须先与我商量。记住，假定连我都不能相信，这世界上就没有可相信的人了！"

房门哐当一声合上。筱月桂慢慢走上楼，走进卧室，呆呆地躺在床上。她突然想，常爷怎么会不知道黄佩玉是个危险人物？只是他一旦认定这人能成就洪门反清大业，就舍生取义了。

她这八年来一直在猜测常爷是否可能是被黄佩玉害死的。今天余其扬证实了她的怀疑。常爷死时周身是血，拒绝闭眼，那眼光，是叫她拾起他手中的枪，难道是知道有一天会轮到她来采取行动？

一个女人家，男人做不到的事，她怎么能做到？

她翻过身，眼望天花板，听着外面汽车引擎发动的声音，看着那汽车的灯光在天花板上划过，迅速消失。半明半暗中，听得见她低低的哭泣声，轻微的叹气。她喃喃地说："上海，上海还有男人吗？"

就在这个时候，她突然想起来，她与黄佩玉八年前第一次见面的每个细节。当时黄佩玉紧张得根本没有看她一眼，只是在最后那个七星剑延阵时，她看到他正要拿错酒杯，眼睛不由自主地眨了一下，而这个人竟然明白了，改成了正确的破阵法。由此常爷认定此人为洪门心腹人物。后来黄佩玉在礼查饭店还提起此事，作为筱月桂一开始就对他有好感的证明。

现在她记起这一幕幕，明白了自己那个眼神，使黄佩玉过了最后一关，常爷从此对他深信不疑，一直到死。这么说，是她引入内奸，害了常爷。如果她不眨眼，这人破错阵，常爷当场就会把这人赶走，至少会小心提防，绝对不会留他彻夜长谈至凌晨。那样，暗杀者的阴谋就不会得逞，因为半夜前洪门大批人都还在一品楼。

突然醒悟到这点，像一道锋利的闪电，把筱月桂周身上下打得发麻。是她，是她本人害了常爷！而她眨眼，只是在炫耀自己的记忆力：常爷叫新黛玉教她两天各种洪门规矩，她马上就全部记得一清二楚！她当时太年轻，不知好歹，那半秒钟的卖弄，就害死了常爷！

她感到撕心裂肺的痛。新黛玉曾经骂她是"丧门神""克夫星"，真是骂得对，千真万确。

她一身大汗，气喘吁吁，几乎要晕倒。等到她清醒过来，把这事再来回仔细想想，心里已经明白。

只有一个办法，她必须自己来治疗这个伤口，不然，她无法再活下去。

第二天上午十点李玉从剧场回来，筱月桂通常这时已经梳洗完毕，坐在花园吃早点喝牛奶。李玉发现秀芳为筱月桂准备的早点一点未动。她与秀芳各有分工：她负责在戏园照顾筱月桂，并且总管经济开支；秀芳则是照顾这个家，收拾房间，换洗衣服，如果筱月桂在家吃的话，她便买菜做饭——她们俩一个主内一个主外。但是，她们总留一个人在家里，不管筱月桂在不在家。

这两个女人关系很好，互相挺照应。可能因为工钱相当高，也可能是因为筱月桂对她们很信任，两人从无掂酸争闹之事。

李玉端着牛奶去楼上，卧室门大开着，筱月桂还在床上，不过黄佩玉不在。黄佩玉留宿在这里，一般起床较早，这时也应该早走了。

筱月桂听到声音，睁开眼睛，问："几点了？"

"还早。"

"我头有点痛。"筱月桂欠起身来，靠着床头半倚半坐，她头发蓬乱，眼泡虚肿。

李玉摸摸她的额头，还好不烫。

"我喝了点酒，昨天晚上。"

"黄老板昨夜没来吧？"李玉很聪明，马上猜着了。

"阿其来了。"筱月桂接着说，这种事她从来不瞒两个用人，瞒也瞒不住。

李玉转过头："我去给你准备点醒酒的汤。你先把这牛奶喝了。"

筱月桂说："每个人有每个人的想法。"

"你总是为阿其说话。"

筱月桂喝了一口牛奶，笑了笑："这次我不想为他说话了。"

第十七章

几天后，筱月桂谢幕后，发现最大的一只花篮署名是黄佩玉，知道他以此表示歉意。但是她仍是不接黄佩玉的电话，让李玉在电话里说她身体不适，经血未净。

"请了中医看，稍有好转。"李玉说。

那边搁了电话，筱月桂在一旁说："他还在与那妓女约会？"

李玉说："我打听了，那女人脸上真是染了风寒，不能见客。"

筱月桂知道的情况却比这复杂，黄佩玉最近情绪不好。国民党反袁败得太惨，孙中山跑到日本去了。他要黄佩玉筹一笔巨款支持他的革命党"三次革命"，黄佩玉认为孙中山不识时务，推说筹款困难，婉言谢绝，两人就此分手。孙中山周围的人，有的已经开骂，说黄佩玉享受黑社会老大的威风，腐化堕落，叛变革命，必须清算。孙中山本人倒是专业政治家，认为黄佩玉今后不一定不能为我所用。

黄佩玉是不是一个"中山先生的叛徒"？这不在筱月桂的考虑之

中。原因也简单：如果黄佩玉问计于筱月桂，她也不见得会支持他献出洪门财产。

在日本留学时，黄佩玉参加同盟会，被派到上海动员洪门参与革命。不久他就发现，黑道比革命党自由得多，搞政党唱高调，令人心烦。

他对筱月桂说过，自从转入帮会，他才如鱼得水。帮会里那些文句不通的仪式，让他觉得自己高过愚众一头，入门者都不必全信，他更不必。他觉得革命是假，占山为王、享受权力才是真，他很腻烦孙中山好高骛远的国家大计。他既然做了上海洪门山主，这份家业就是他的。

黑白道之分，在中国从来就不是那么清晰。

筱月桂不必懂革命大业，但是男人是什么东西，她心里一清二楚。她知道黄佩玉绝对不是常力雄那样的热血人物，她从本性上不喜欢阴阳反复的角色。

李玉把花篮放在化妆桌旁，筱月桂瞅了一眼，心想黄佩玉最多后天，就会让阿其来慰问。

正在这时，有敲门声在化装间外响起。筱月桂顺口说："这么快。"边说边将脸擦干净，给李玉使了个眼色。

李玉手里拎了个包，拉开门出去，果然是余其扬。"我家小姐已经睡了。余先生请回。"

"我有事。"

李玉把门关上，让他改日再来。

"是我自己有事。"

"那也一样。"李玉耐心地说，"听我劝，你今晚别找她，小姐心情不好。"她把余其扬拖走。

"她搬到这儿有多久了？"余其扬问。

李玉不回答。

余其扬无奈，只得离开。

筱月桂在里面听得清清楚楚。她就是不想回那个家，她把家里的榻床放在化装间里，就在这儿睡觉。反正什么样的地方都住过，无所谓，她对黄佩玉送的华屋一点不留恋。在这里戏散后清静得很，看一会儿小说再睡，休息得好，第二天早上醒来，还可及早做每日不变的练声运气走步。

第二天她一下舞台，余其扬就先于她赶到后台，让她无法挡住他。他一身黑西服，皮鞋也光亮，还是整整齐齐的一个英俊后生，可是看上去非常忧郁。

在过道里，筱月桂从他面前走过，当作没有看见他似的。她进了化装间，他也跟了进来。

"又为黄佩玉拉皮条来了？"筱月桂不客气地说。

"听说你身体不好，我……我想来看看，看一看。"一向口齿伶俐的余其扬变了一个人似的，好像心里有话。

"那你就看到了：我身体很好。你可以走了，回去报告吧。"筱月桂不再理他。

余其扬等了一会儿，才说，黄佩玉在礼查饭店的舞厅等筱月桂。

筱月桂嘲弄地说："我说嘛，还真是来拉皮条！"她心里想：这个余其扬真是那么没骨气，当年常爷几乎把他当螟蛉子，难道一点血性都没有传给他？

"回去告诉黄佩玉，我立即去，但是不要你开车，叫他派他的司机来接我。"

"这恐怕不行。"

"有什么不行？"

"他必起疑心，认为你我有事心虚。"

"你我无事。"筱月桂对着镜子说，"你放心，我不会和你有任何事。既然你这么害怕，这次就依你，下回请他另换人。你在车里等我，我换好衣服就去。"

两人坐在车里，一路都没有话，余其扬甚至抽起烟。筱月桂伸手自己取了一支，点上火，不过一口也未抽，等着烟自己燃尽。本来没有多长的路，也不知怎么一回事，遇上两处修路，得绕道而行，车走了很久很久，两个人僵在那里不说话，直怄得脸色灰白，精疲力尽。

余其扬把筱月桂送到黄佩玉的桌位前。

"小心肝，想死我了。"黄佩玉揽住筱月桂，把她拉到自己旁边的椅子上。

"不生我气吗，老头子？"筱月桂撒着娇。

"哪里的话，女人朝一个男人耍耍小脾气，也是挺有趣的事，说明你在乎我。"

"我才不在乎你。"

余其扬走到黄佩玉边上，说家里有点事，他得先走了。

"什么事，这么急？"黄佩玉与筱月桂相视一笑。

余其扬说，他的老婆来了。筱月桂一惊，因为从未听说他有老婆，黄佩玉也没有听说过，两人都抬起脸来看余其扬。余其扬解释说，母亲生前与一同乡好友指腹为婚，母亲亡了，那同乡的女儿虽是从未见面，却已长成二十五岁。本来他早就忘了此事，那女子现今也是孤身一人，生计无着，来投奔他。如此局面，不认这个事，是不讲孝道，对不起辛苦一生的母亲。

筱月桂心都凉了，原来这两日余其扬屡次来找她，却一直欲言又止，是想说这件事。现在他是故意借黄佩玉在场这机会说破，叫她伤心也无从伤心。

"那我们要恭喜你了。"她装作什么事也没有，对余其扬说，并用手捅捅黄佩玉，"是不是？"

黄佩玉马上懂了，说："当然，阿其，我要为你大大操办。"

余其扬谦卑地表示谢意，他希望黄佩玉准他几天假。

这天晚上筱月桂与黄佩玉回到康脑脱路。黄佩玉关灯前，筱月桂在身子下垫一条毛巾，说是怕弄脏了床单。因为她经血一直不干，两人未行房事，没一会儿筱月桂就睡着了。黄佩玉抚摸着她，手伸到她的下身，有纸和布带，他手往里摸了一下。

黄佩玉上卫生间，一看自己的手，果然有血，他这才放了心。回到床上，几分钟不到便打起呼噜。

筱月桂被他弄醒，怎么也睡不着。她睁着眼睛，看着漆黑中的天花板。

余其扬和她两人在教堂里，有好几排天使般清灵的孩子在唱着圣歌，她的心在歌声中潮起潮涌。神父在主持婚礼，她穿着最时髦的西洋白婚纱，他是一套燕尾西服，他与她交换戒指，接吻。有照相师在对着他们拍照，镁光灯咔嚓咔嚓地闪，她甜蜜地与他相视一笑，定睛一看，他变成了黄佩玉，那神父变成了常力雄，常力雄甩着白袍大袖怒骂她："怎么可以与这个人面兽心的人在一起？"

她吓醒了，一看那黄佩玉还是打着呼噜。她觉得口渴，便下了床，赤脚到一楼去取水。

常爷从来不对她这样，甚至在梦里也不会这样。她喝了水，还是觉得口干舌燥，于是就坐在沙发上。月光照着她，她毫无睡意，只好从抽屉里找了根雪茄，点上火抽起来。一时忘了，抽真了，呛了起来。她的右手有点发麻僵硬，用左手狠掐右手指头，才感觉血脉重新畅通。

她从抽屉里找到一个绸包，打开来，是一把匕首，常力雄留给筱月桂的小刀。

筱月桂握着小刀，泪水涌上来。她一步步上楼梯。

隔着门，听见黄佩玉的惨叫声。门开一条缝，筱月桂端着一杯水，关切地扶起做噩梦的黄佩玉，他喃喃地说："但愿不是真的。"

此后很久余其扬没有到戏园来，也未开车来接过她。有一天她随黄佩玉到老顺茶楼去，三爷师爷和其他洪门弟兄都在，就余其扬不在。所有的人在开余其扬的玩笑。有人说，余其扬守着老婆大门不出二门不迈，现在一门心思在办喜事。

"定了下周日。"

"我要亲自为他主婚。"黄佩玉看着筱月桂说。

筱月桂笑容可掬，说阿其结婚，我会送他一份像样的礼物。

"尽管买，钱由我付。"一向捏钱在手里会发馊的黄佩玉大度起来，他对余其扬结婚的事还真是由衷地高兴。

"黄爷待手下人就是好。"师爷恭维地点点头，"阿其是苦出身，能有今日，全靠黄爷栽培。"

黄佩玉让司机送筱月桂去南京路华大公司代为采购。她一家铺子一家铺子地逛，看到一张雕花床，非常漂亮，全栗木，油光水亮，而且几乎是她见过最宽的床。她猜测着，若余其扬看见了这床，会作何感想。

店主很有心计，把枕垫替她摆正一些："小姐喜欢，不妨上去躺一躺？"

筱月桂看看店主，店主倒是诚心诚意。她脱了高跟鞋，上了床。床的确舒服，如一艘大船，感觉漂在水上，面朝蓝天，睡意顿时涌上来。

筱月桂下了床，蹬上鞋："老板，此床卖多少？"

"两百。"店主问，"是小姐自己用？"

筱月桂听了这话，突然脸红了——不像是为别人挑选婚床。她摸摸架柱头，说就是太贵了一些。

"小姐喜欢，那就一百八。"

"是喜欢，那我就买下。不过暂时寄放在你这里，得过些时间，等我通知你才送货。"

"没有问题。"

筱月桂付了支票。她笑了起来，好吧，跟自己打个赌，看这床最后谁来睡？她进了一家珠宝店，给余其扬的新娘子买了一串翡翠项链，在亨达利给余其扬买了个怀表。随后她又到隔壁店给黄佩玉买了双拖鞋，给自己买了一段上等的蚕丝织的丝缎。

可是，临近余其扬的婚期，她突然变得很不安，甚至失眠一整夜。她让秀芳将她准备的礼物提前两日给余其扬送去，却得知余其扬将婚期推迟了。

"改到哪一天呢？"

"他没有说。阿其那媳妇真是没话可说，千里挑一——脸扁扁胸平平人板板，要多难看有多难看。"

"人好就行了。"筱月桂说。

"人倒是老实厚道，给我煮了一碗鸡蛋面，竟然放了三个鸡蛋，差点噎死我。"

筱月桂走到花园，把竹笼的门打开了，让鸟飞走。

忧郁笼罩了她，她对自己说，这是何苦呢？我没有这么难过吧，两人都知道没有缘分，我又何必。想到这里，她更加伤心。像有一根针在刺痛她每根手指，她不去看痛处，心里也一清二楚，想变也变不了。窗外玻璃上挂着细雨，闪电如蛇飞过天空。

那几天她在录制远华公司唱片，几段申曲言情名曲，唱得声情并茂。

这张唱片成为申剧迷的珍藏，都说筱月桂自己唱完后都哭成一团，戏迷们更是赔尽泪水，他们比筱月桂更容易心碎。

黄佩玉与筱月桂说好，晚上演出后，他亲自来接她一起回康脑脱路。时间快到十点，不见黄佩玉来，她正在生气时，电话响了，黄佩玉的声音在说："本以为办事能早点完，可现在还是走不开。"话筒里隐约听得见有划拳行令声，也有女人撒娇的笑声。

"你忙吧，明天给我电话。"筱月桂仍是好脾气。

那边搁了电话，她才把电话吧嗒一声放下。因为放得太重，那电话弹跳了一下。她趴在桌上，身后是两大排各种戏装或非戏装，靠窗处是一个仿古木榻，不宽，有一张床那么长。木榻有两个木档头，中间部位镶着竹席，放有枕头和薄被。

她喜欢睡在这儿。化装间虽没家里卧室那么宽大，杂七杂八的东西多，但李玉能干，一样收拾得整齐。桌上化妆品多，抽屉里也是粉刷口红油彩。

她把戏装——一袭竖条旗袍脱下，把那假珍珠项链摘下，挽起长发。她在衣服架子上挑衣服，两大排衣服都挑遍了，还是不知穿什么的好。内衣透明的丝绸，透过梳妆镜映出她腹背舒展的线条，露出她的后脖颈，那光洁的皮肤，如镀了一层光泽。

一件黑色西式裙，带着荷叶花边，进入她的眼帘。她想起这衣服是第一次与黄佩玉过夜时，余其扬早上买来送到礼查饭店的，就取了过来，往身上套。以前穿时胸似乎紧了一些，这会儿更紧，她摸摸自己，惊奇地发现连乳头都硬起来了。她突然明白自己今夜不想留在这儿。

她看看镜子里那个青春二十四的女人。她十六岁爱上一个男人，那男人说她是色痴，担心无人可满足她。的的确确，从那之后多少年，她的身体一直处于一种饥饿状态，再也没有那年甜美的爱，她感觉自己在迅速老去。如果我爱好几人，证明我很年轻；如果我只爱一个人，证明我已经老了；如果我什么人也不爱，证明我根本不存在。她迷惘又绝望地拍拍椅背。在这个孤独的晚上，穿着一件与一个男人相关联的裙子——他记得她的身材尺寸，这已经让她很满意了。想到他，她便非常想，是的，就是想与他的身体相拥在一起。

夜里，风是凉的，露水是冰的。她打开门，进到房内，按亮一盏壁灯。秀芳跑出来，明显是从床上起来的，在暗处急急抓了件衣服披着，竟然是男人的上衣，身体也没遮全。

"小姐，你说你今夜不回来。"

"赶快回房间里去吧，小心着凉。"筱月桂知道秀芳是召了男朋友来。她这一年换了好几个男朋友，这种事筱月桂不管，只是要求后花园出入，不准让进正房里来。

秀芳还是老作风，没一个是认真的。这怪不得比筱月桂大两岁的秀芳，一个妓院出身的丫头，有几分姿色，刚巧又碰上一个好脾气的主子，从来不过问她的私事，秀芳如同走马灯似的找男人挑男人。

想到自己的苦恼，筱月桂开了个玩笑，想让秀芳放松一点："快回去，男人一吓就会起不来的，从此阳痿一生的人都有！"

秀芳也笑起来："顶用的男人本来就不多，不过这个学生伢子，倒真经看又经用。"

"真的？"筱月桂被她一说，心情变好了一些，"经看，那么我来看看？"

"小姐要看，我还能不给看？不过一看还经用不，就不知道了？"

秀芳高兴到这个份上，或许是看筱月桂许久忧郁不乐，有意让她高兴一点。不过当她真的动手拉着筱月桂往自己房间去，倒让筱月桂吓了一跳。

里面只亮着一盏小灯，房间方方正正，有张床有个衣柜。有个男人在床上，见筱月桂进来，急忙把身上的薄被一直拉上遮住面孔。筱月桂心里不安，嘴上只好说，你们接下去，不要因为我来了，就不做了。

"小姐，"秀芳笑道，"你看他不好意思了。"

秀芳去掀开被子，一把抱住男人："怎么不行了？紧张了是不是？"

她回过头来，对筱月桂笑着说："瞧我还说中了，一看就不能用了。"

筱月桂明白，既然这个男人是害怕女主人，就该她来让这男人心里放松。她坐在床沿上，伸手去安抚男人的背。男人最多有二十多岁，的确生得周周正正。没一会儿男人激动起来，便与秀芳做起事来。

筱月桂在一旁看得心跳不已。她回想起自己与常力雄在床上，新黛玉在一旁的情景。那次她发现有人在边上，是犯规之举，越犯规就越激动。那次她的快乐来得很长，一辈子也没有那么兴奋过。

秀芳的叫床声很好听，她的脸红红的，乳房结实可爱，脱了衣服比她穿着衣服好看，与男人行房事时更妩媚。男人叫了起来："我不行了！我不行了！"他在她身上猛地冲击，而秀芳大喘着气。

他们俩完事之后，筱月桂笑着说："演得不错，有酬劳！"

他们俩在床上坐了起来，两个赤裸的身子，筱月桂好奇地打量着。现在屋里的三人神态都自然多了，筱月桂有点了解新黛玉当年的心境了。

她正在神思恍惚，听见秀芳说："小姐，我服侍你更衣休息吧？"

"服侍更衣，"筱月桂想，"这是什么暗示呢？"

秀芳怕她不懂，拉了一下她的衣角，眼神一递嘴角笑了。

筱月桂摇了一下头醒了过来，自己是主子，主子不能降身份，与仆人胡搞在一道。这好像是《金瓶梅》里的话："凡家主切不可与奴仆苟且和狎，久后必紊乱上下，窃弄奸欺。"

她心里主意已定，站起身，慢慢走出秀芳的房间，一个人自顾自地往楼梯上走。秀芳急急忙忙地跑了出来，跟在她后面："小姐？"她是怕得罪主人。

"你去忙你的事吧，时间不早了，我得休息了。"筱月桂说。

秀芳来抓她的手，她回过头来，恼羞成怒地骂了一声："小贱妇，你以为我是什么人？"

秀芳一愣，下楼梯的脚步声，不像跑上楼梯那么快。筱月桂摇摇头，打开卧室的灯，去拉上窗帘，心里很苦闷。"主仆尊卑，这规矩的确不能坏了。"新黛玉当年就说过这话——她的话说得很对：当年就坏了事。

她躺在床上，这房间太洁净，太冷清，笼罩着庵堂般不食人间烟火的气氛。也奇怪，这么一想，难熬的欲望也就消失了。

第十八章

　　说来也奇怪，她的身体自从有这次奇特的性经历，就基本上全好了，她持续很久的病恹恹状态结束了，现在她满面含春。那中医说她阴阳失和，诊得极准。她与黄佩玉当然一直有性事，不过是在床上讨好男人，她自己没有性快乐，渐渐地忘了自己是个女人。

　　她发现自己的性欲开始强起来，她又高兴又担心。

　　电话响了，筱月桂拿起电话筒，是老顺茶楼的老板——她买通的眼线。茶楼老板模样老实，做事蛮精明，电话不长，但这个电话结束后，筱月桂掏出手绢擦脸上的冷汗。

　　"这个老狐狸！"她骂了一句。黄佩玉派人侦探她，幸好那晚她未有鲁莽越轨的事。当然她防着黄佩玉，他会故意试她，像试他自己的那些姨太太。说不定秀芳这新交的男友，就是黄佩玉故意安插的人。

　　黄佩玉可以对六姨太采取那种方式，别的女人若犯在他手心里，结局一定会更惨。

她记得有一次，只有那么一次在床上让黄佩玉不高兴，黄佩玉短短一句话"你是不想住这房子了？"就让她清醒过来。她很喜欢柜子里的那件狐皮大衣，对每天能泡一个热水澡也很留恋，包括白瓷抽水马桶，这是她的痛处。上海滩纷传她细皮嫩肉是由于每天用牛奶洗澡，这倒也不全是空穴来风，她的洗澡水里往往都得倒一品脱牛奶。

她狠了狠心：我这人也太没出息，值得吗，看重这些享受？岂止洗澡，命都可以不要！这毒誓，渐渐变成了她唯一的安慰。

筱月桂到花园里剪开过的玫瑰的枝。李玉在厨房里看见了，就来帮她。"明年开春，我得种樱桃树，"筱月桂对李玉说，"如果我还住在这儿的话。"

李玉瞧瞧她，说："我肯定吃得到樱桃。到时拿去给姆妈尝尝。"

新黛玉收养了一个孤儿，有好些日子了，像得了个宝似的，不让人去看。她对那女孩宠爱有加，据说，最近还送去洋人的学堂受洋式教育。筱月桂把竹爪子拿在手中，抚了抚掉在脸颊的一绺头发对李玉说："早点把那孩子的压岁钱给姆妈送去，她会需要钱的。不要忘了把我给孩子买的糖果和新衣服带去。真是，她像看宝物似的不让人见，连我要见都不行，太过分了。"

李玉说："小姐不必操心，这事我明天就去办。"

筱月桂想说什么，却止住了自己。

这年十一月上旬，秋末冬初，人心静了，正是演艺界生意好的时候。《少奶奶的扇子》演了一年零一个月，依然场场满座。如意班的每个人都盼着分个大红包过个好年。可是，筱月桂已演腻了《少奶奶的扇子》。她与刘骥商量做新戏，挑了好些人为她量体裁衣写的剧本，她都不满意。刘骥说："那只有我自己来操刀了。但是我的时间不够用，得想想办法。"

"或许能把一个古装戏改成现代戏。"筱月桂说，"洋瓶可装土酒，旧瓶也可装新酒。"

刘骥突然想起一件事，说今天他会见到余其扬："就是洪门里那个能干的年轻人。上个星期他和我说起，他的一个朋友是做剧本的，刚从国外回来。"

"今晚上你要与他见面？"

"他结婚的大喜日子。"刘骥反问，"怎么，你不知道？"

"哦，我忘了。"筱月桂说，"但是，我得演完戏才去喝喜酒。"她突然觉得心里很烦，余其扬不通知她，其实是应该的，她完全懂他是什么意思。等刘骥跟别人说话之际，她便抽身离开了。从出口出来，直接回化装间，她让李玉把好门，昨夜休息不好，她想睡一会儿。

她担心睡过去，便没有锁门，只是虚掩着，以便李玉到时可进来叫醒她。

窗子是英式的百叶双扉。阳光漏进来，斑斑驳驳，她在木榻上坐卧不安，闭上眼睛，试着睡一会儿，阳光照在她的身上脸上。没有几分钟，她真的感觉困倦，坠入睡眠之中。

有推门声，关门声，脚步声走了几步停了。稍等了一阵子，才向她这边靠近。她觉得那人在跟前了："李玉？有什么事，哦，几点了？"她懵懵懂懂地说。

"还早。"一个男人的声音，分明不是李玉。

她呆住了，睡眠立即醒了一大半："阿其？"不对，这绝不可能，今天是他办大事的喜日子，而且他差不多已把她忘掉了。

"是我。"还是那熟悉的声音，嗓音有些涩，还有些低沉，带着海藻的气息。

她什么也没有说，右手在榻床边动了动，握住一只大而有劲的手。她的心即刻温暖起来，眼睛仍然闭着，轻轻地说："不当新郎官，到这里来干吗？"

他紧握着她的手，亲吻她的头发，她的眼睛湿了，他说："别这样。"

她把他推开："我不用你可怜。你走吧。"

他说，他就想在那倒霉的婚礼前看看她。

"我错怪你了。你走吧。"她睁开眼睛。

余其扬的头俯在她的身上，他的脸挨着她的脸："难道你不想要我？"

"不想，我一直就不想要你！"她声音坚决，可那双手不听她使唤地环绕过来，抱住他的脖子。

她的脸红得厉害，突然泪如泉涌："怎么不想，我想要你，一生一次就行了！我想要谁，谁也管不着！"余其扬用嘴唇封住她，不让她往下说。她突然挣脱掉他的怀抱，站了起来，仰起头，神态高傲。她一件一件地脱自己的衣服，他也站了起来，开始脱自己的衣服。两个人互相看着，明白他们是在挑战和应战：多少年不敢做的事，他们现在就是要做。

谁也挡不住，因为他们互相比上了。余其扬看到筱月桂在举臂脱掉最后的小衫时，手撑在脑后，前胸像塑像一样挺出，他想象了多少年的乳房饱满，上面的乳头武士一般雄赳赳地站立。当她褪掉最后的内衣那一刹那，裸露的肉体像弓弩绷紧。

而他比穿衣服时更显得健壮，身材匀称，除右胸有一伤疤，周身上下几乎完美无缺。他的头发略有点乱，眼睛燃着热烈的火焰，连喉结都在跳动。他们俩就这么看着，一动不动，然后她朝他挪近，突然，两个人就像两条奔腾的河流汇合一样，疯狂地互相卷紧。她抓住他的背，指甲深深地陷进去，而她的手被他捉住，按倒在地上，那些戏装连同她平日的衣服被扯倒，他们压倒对方，一会儿他在上面，马上就被她翻起压在下面。两人谁也不想先进入对方，好像借此来抵消长久的思念。越是这样，越是感觉到从没有这么渴望烙入对方的身体里。

他吻她的脸，她丰满的乳房，那乳沟间的一颗痣，她轻轻地呻吟起来，比他直接进入更刺痛她的心，她的胯部开始一起一伏。

但是，她就是不让他进入，他也不让她去握他硬挺的阳具。每当她的手一握住它，他就把她的手拿开，他感到自己胀痛无比抵着她，在那滚烫潮湿的唇上面滑动。

她已经感到子宫口里面在一张一合，甚至开始痉挛，好像已经进入快乐之境，却还是空空地什么也揪不住。

她难受得呻吟起来，她的身体猛地吸住了他，层层叠叠地包裹起来，一寸一寸吞纳。她的双腿在痉挛挣扎，他按住她的双腿，想直冲到最深处。

就在那一刹那，他们的身体猛地腾起在半空之中，如深海里的鲸鱼，一个优美的停顿，相互凝视。突然一起坠入海水之中，他们沉下去，潜沉到巨岩嶙峋的海底，那所有生物都被这气势镇住，自动闪开，把一个广阔的海洋留给他们。当他俩重新冒出水面，就变成两条互相衔接的曲线，卷成一个欲望升高的螺旋。

她的呻吟变为喊叫，身体更加疯狂地撞击着他，而他只是喘气，喉咙发出一种哽咽。

突然她感觉眼前出现一团迷雾，她知道，等待了多年的幻觉又来了：一辆火车正对着她疾驰过来，火车的咆哮声刚听到，车头就已冲到她跟前，她还没来得及弄明白，就正面整个地被撞飞了。她听见自己的骨头在哗哗响，碎成粉末，散落开来。她温柔地闭着眼睛，幻想这是在戏台上，多少人看着，并且为他们的圆满流泪。这么一想，泪水涌出眼睛，她感觉这个下午的光，灿烂温暖的光，都掉转角度，全部照射过来。

阳光一直这么知心知意地透过窗扉映着她自己的裸身，映着他的裸身，她与他平躺在地上。他翻过身，撑起脸看她。

她说："怎么？从来没见过女人？从小在妓院里混大的小龟头，没碰过女人？"

"不是。"他说，"没见过你这样的女人。"

206

"怎么叫作没见过？"她看着他的脸，好奇地问。

他说了一句："在台上那么端庄，在床上这么浪荡。"看来他心里一直在想这个问题。

"这不就是你们男人要的吗？"

"我喜欢。其他男人希望女人含蓄一点，连妓女都要会害羞，说这样男人才喜欢。"

"你要我就行，其他男人另找害羞女人去！"她说着抱住他，两人又热吻起来。这已经不知是第几次交合了，这整个下午，两人停了做，做了停，起起伏伏，仿佛要把以前的岁月和以后的岁月那些快乐都一次消受完。

听得见外面有人来找筱月桂，被李玉拦在门口。之后，李玉担心会再有人来敲门，索性取了一条凳子，一个人在那儿剥瓜子。她对前来找筱月桂的人说："小姐昨晚未睡好，在休息，晚上还得上台。"

阳光从木榻移到梳妆镜那边，微微有些泛红了。听得见李玉挡驾的次数越来越多。余其扬从筱月桂的怀里抽出身来，开始穿衣服："小月桂，我不能经常来。"

筱月桂的声音极低："我明白。"她没有看他，心里却清楚，他把话说得很婉转：这是第一次，也可能是最后一次。

余其扬长叹一口气，说："都是命。"

"我明白。"

"你不怪我？"

"有这么个下午，我没有遗憾了。"

"那我走了。"

筱月桂转过身，贴着枕头，嘴里咬着一缕头发丝，听他穿衣服的声音。房间真静，那过道已经开始有人声，还有脚步声。筱月桂心里明白，太阳都沉入黄浦江了，余其扬能不走吗？还等着办喜事呢！她掉过脸来看他，他已经打上了领带，俯下身来系皮鞋绳。

他用手当梳子理理自己的头发，然后在那堆衣服里找到自己的西服套上。

他朝门口走去，她看着。他会回过头来吗？她心里问自己。他在门口停住步子，那步子在她看来很犹疑担忧似的，但他马上拧开弹簧锁，出去了。她转过身来平躺着，天花板太高，高得摸不着。

"你担心什么呢？末日还未降临。不过你去吧，我不会怨你。"筱月桂望着余晖投射在木榻上的光线，自言自语，"没有你，我日子还能过。没有你，该做的事，我也照样能做。"

第
十
九
章

　　余其扬结婚这天的晚上。她照旧上台，下台未卸妆便径直回家，弄
了辆脚踏车，先是在家附近骑，后来越骑越远。那晚不少人看见一个年
轻女子，穿着简便，却浓妆艳抹，踩着脚踏车飞快地闪过他们，如一道
颜色泼过梧桐树和洋房之间。

　　他的婚宴设在沪上香大餐馆，除黄佩玉之外，几乎所有洪门兄弟都
喝到大醉尽兴。为怕江湖朋友不够高兴，生意场的朋友一个也未请。黄
佩玉没有能坚持到最后，他急着去见一个从日本回来的人。

　　那天新黛玉也没有去，这有点出乎筱月桂的意料。

　　第三天新黛玉顺路来戏园看筱月桂，她比上次见着气色好些。"是
我不想见有的人。"新黛玉解释。洪门里有的人，对当年常爷的女人，
不想给面子。筱月桂想，恐怕洪门里对她看不上的人更多吧！她留新黛
玉晚上看她的戏，新黛玉说："下次吧，今天不行了，晚上生意离不
开。"然后把话题一转，说起她收养的女孩子送入洋学堂后，心里发慌

得不适应，她一周跑去看了两次。

筱月桂一笑，这人好像发了宏愿大誓，就是永不看她的戏，情愿把时间花在一个小孩子身上，也算是一绝，有始有终。她问什么时候可以看看这孩子？新黛玉却不说话。

筱月桂说："姆妈你说话呀！"

新黛玉不同意，说是那样对大家都不好。

筱月桂仍旧求她。

新黛玉把话题岔开了，结果两人不欢而散。

李玉出来打圆场，代筱月桂送走新黛玉。筱月桂一人站在过道上发呆。一只壁虎跃过她眼前，几乎擦着她的鼻子，吓得她心跳加速，壁虎窜到门缝里。她进去看，好像镜子里有个影子爬着，但凑近一看却不是。她四下找了一遍，没有壁虎。

她想起已经久违的家乡习俗，忙走到窗前，大敞开窗，深深地吸了一口气，脸朝西天跪下连磕了三个头。

这晚筱月桂和李玉回家，在车上，筱月桂说想去礼查饭店喝咖啡。

她俩坐在一楼咖啡厅。有卖莲蓬的人经过窗外，路灯照着小贩和他的竹篮，她们递钱出去称了一斤。

莲蓬绿绿白白，嫩脆稍有苦味，不过回味甜。李玉纤细美丽的手指灵敏地掰开，从里剔出粒来，再剥开皮，一粒粒放在盘子里。

筱月桂喝着咖啡，说起洪门"洪"的出处。常力雄在出事前一天告诉她，"漢"失"中土"就是"洪"。"洪"字本身，就是要取回中土的中国人。

李玉眼睛一亮，说常爷倒真是个血性汉子。

不知不觉，她们把一斤莲蓬吃得精光，觉得神清气爽。

筱月桂从小皮包里掏出一块丝绸包着的东西，翻开丝绸，露出一青玉镶柄的小刀。她说："这是常爷护身用的尖刀，我一直保留在身边。"她递给李玉，说是对着阳光看，可以看到刀锋上暗刻"反清复明"四字。

她与常力雄头挨着头，常力雄把刀递给她，她拿着翻来翻去地瞧得入迷。那情景，当年李玉就站在门外，看得一清二楚。李玉鼻子一酸，把脸掉过去。

第二天下午五点，又该是筱月桂坐在镜子前的时候了。老习惯：先穿好戏装，把头发包起。正准备化装，桌上的电话响了，她拿起话筒："老头子，几天不露面了？你可是说过这周必来捧场！今晚得来看戏呀！"

电话里传来叽叽咕咕的辩解声。

"还能每天忙到半夜里？"筱月桂嗔怪地耍娇，"明白了，不用多说，又让什么妖精勾去了魂。叫人空等，夜夜守空床，好不难受。你不在我就睡不好呀！"

黄佩玉解释说，手下人做事失了风，死了人，他得请人送钱去，殡葬，赡养，后事安排！干洪门这一行，得拿出性命赌。

筱月桂从镜子里看见自己一愣，交叉的双腿换了一下。李玉进来，凑在她耳朵边说着什么，她朝李玉点头。李玉就出去了。

"行，那就原谅你今晚不来看戏。"筱月桂对着镜子里的自己镇定了一下，"不过，今夜等你，这次绝对不能失信了，否则你今后不要再来。"她哈哈一笑，又加了一句："你来了，非把你弄死在床上不可！"她放下电话，拈起了一支细细的眉笔。化妆桌上搁着一碟西式糕点，她上台前，会吃一小块蛋糕，喝点咖啡，提提精神。

夜戏散了后，筱月桂坐了英商中央出租车公司的汽车回家。马上要过年了，天气冷得快，得加衣才是。筱月桂把狐皮大衣的头兜拉起，甜美的笑脸裹在白色的皮毛里。

车驶到一个路拐角，突然另一辆车从横街窜出，迎头拦住。两辆车同时发出急剧的刹车声。从对面车里跳出三个穿长袍、戴礼帽的人，迅速冲上来，拔出枪对准司机和筱月桂，压低声音凶狠地说："租界巡捕房查私运烟土，下来检查！"

司机举着手出来时，看到筱月桂已经被另外两个持枪者拖上他们的汽车，筱月桂转过头来，对出租车司机叫："告诉黄老板，要他们好看！"却马上被一个黑布罩套在头上，车门"哐当"一声关上，那车子转眼就驶得没影了。

司机吓得浑身打哆嗦，等他缓过劲来，发现筱月桂的花披巾掉在地上，他连忙拾了起来，回到车里。他开到康脑脱路54号花园洋房，敲门走了进去。

李玉和秀芳一听说，就大哭起来。黄佩玉今晚早来了，而且耐心地在等筱月桂，茶都泡了第二道。他趿着拖鞋从楼上下来，看着沙发上的花披巾大发脾气，拿在手里，对她们说："哭什么，小姐不会有事！"

他叫手下人留住司机问个明白，一边拿过话筒来，拨电话，却不得要领，好些人都找不到。李玉送茶水来，他气得顺手把一盘茶掀翻。李玉赶快去取抹布，蹲在地上收拾干净。幸好他知道师爷经常去一家烟馆。他跑上楼，去把小本子拿下来，查了半天，才找到那烟馆的电话号码。

师爷果然在那儿。"就是刚才发生的事。"他对师爷说。

搁下电话，黄佩玉叫："重新给我沏茶来！"

隔了好一阵，师爷才赶来。两人说话间，三爷五爷，还有余其扬等人也陆续赶到。

黄佩玉在客厅坐也不是站也不是。屋子里人声嘈杂，有人建议找巡捕房，有人说登报悬赏，有人说绑匪必在今明两天有消息。

看到众人无能，黄佩玉沉下脸说："着急没有用，先不告诉巡捕房。稍等无妨。"他掏出一支雪茄自己点起来，手有点发颤。这时电话铃响了，房里的人都顺声看电话机。三爷走过去，拿起电话，突然捂住话筒，对黄佩玉说："是绑匪来的电话。"

黄佩玉马上奔过来，接过电话。电话里一个男人粗嗓门说："黄老板，金条五十根，两天内备好，不然零刀割碎筱小姐，先割耳朵寄给你，再割鼻子寄给你。"

黄佩玉大吼："胡闹！小毛贼敢到我黄佩玉头上撒野，上海滩上竟然有人敢对我做这种事。赶快给我还人，我就不追究，不然不客气。"

电话里传来男人哈哈大笑声，然后听见筱月桂的惨叫："老头子，救救我，千万救我，不要舍不得钱，刀吓人得很，天哪，我的头发！"

电话断了。黄佩玉看着电话，搁下了。手里的那支雪茄掉在电话机边，竟然还未熄掉，他拿了起来，吸了一口。

与对方斗上手，他反而镇静了。这是他几乎每星期要处理的事，不过是第一次弄到自己头上而已。

黄佩玉说："不用慌，到不了哪里去。上海滩上的汽车是数得过来的，两天内就能查出是谁做的事，然后再走下一步。"他抬起头，看看四周的人，下了命令："不准走漏任何消息，先看住出租车夫。"

正好这时，听见外面汽车急驶而去的声音。

余其扬奔去查看，马上跑进来。原来是车夫把车开走了，刚才忙乱，没人注意，溜掉了。余其扬要去追。

黄佩玉的手举在半空，摆了摆，止住余其扬。他让余其扬给出租汽车公司打个电话，封住他们的嘴。今夜就让手下人开始一个个去搜查，两天之内务必找到线索。

但是当天夜里消息已经泄露出去，而且各家报纸好像不约而同地从印报机上拉下已经排好的版面，加添新闻。第二天上海各大小报都报道了这件事，全是大标题消息：

申曲名旦筱月桂被绑，绑匪自称租界捕房缉私队。

黄府的会客厅里，黄佩玉面前堆满收集来的一叠报纸。他正要看，三爷由管家引进来，说："老板，工部局警署打电话来，洋人说，老板的家事工部局不问，但是身为工部局华董，老板绝对不能出钱资匪，否则上海治安不可收拾。"

黄佩玉让三爷讲仔细点，是哪个洋人叫来传这话的？

这时家里大小老婆开始哭闹，打骂孩子，有的在敲门，说是等着见他。他朝过道大吼一声："吵什么，烦死了，不过是臭婊子一个！我不会花钱去赎，你们放心！"吵闹声顿时就变小了。他对管家说："把这报纸统统收走，让这臭娘们见鬼去吧！"

管家把报纸收走，他中等个，大约四十来岁，圆圆的脸。黄佩玉发现，这管家腰围多了一圈，每个人都心宽体胖，就他一个人烦心事多。

筱月桂出事的第三天，正好是黄佩玉每星期例行去永丰澡堂子的日子，他吩咐手下人备车。

车子停在一条里弄口，手下人进去，不一会儿师爷穿着长衫出来，上车后，车子直接开到永丰澡堂子。老板抬头见是黄佩玉和师爷，忙迎上来，穿过人声喧哗热闹无比的大池子，那里全是白晃晃的肉条子，搓背的人抽打着毛巾。老板给黄佩玉和师爷推开一扇门，这是一个小一半的池子，热气腾腾，专供特殊宾客使用，说好了每周的这天下午不许有外人。

两个二十来岁的小伙计服侍他们俩，把他们的衣服小心地挂好，眼光扫着料子，那是他们服侍人殷勤的尺度，那黄佩玉的袍子里加豹皮，师爷的袍子里虽是貂皮，背心却是虎皮。两个小伙计卖力地给两位大爷搓背。黄佩玉去了衣服，比以前瘦了些，显老了。下到池里，他忧心忡忡地叹气，问计于师爷："穷极发疯的人望着我的腰包，想我的钱，这是早知道会有的事。这下子洋人也掺和进来，如何是好？"

师爷脸上脖子上都是皱纹，挂着一个肚子，不过身体很硬朗。他只听着，不作声。两人洗好，到室内躺下擦身按摩修脚。师爷躺在床上才说："这作事，不是拐走儿子，绑走老娘，只是一个外室而已，本不必多麻烦。但是筱月桂在上海滩太有名，报纸上吵得太凶。"师爷叫按摩的小伙子去拿他挂在衣架上的衣服来。

师爷把长衫袋里几张折叠在一起的报纸摊开，递给邻床的黄佩玉看报纸大标题：

绑匪勒索海上闻人，此中情节太堪寻味。

美人罹难，英雄何堪！

不救美人，何谓英雄？

师爷递上一张小报，说还有更不像话的。黄佩玉接过来一看：

黄府透露：一分银子不给，刀下不必留美。

"这是怎么回事？"黄佩玉问。

师爷让他看正文，他连忙看："今天早晨黄府收到邮包，是一只脚趾。黄府人确认真是断自筱月桂的大脚，今后大明星不走台步矣。"

黄佩玉没看完，就大怒："肯定是小脚二姨太这个混账女人，她一向酸话最多，还顾不顾我的面子？我要把这些姨太太全部赶走。"

师爷说："妇人争宠，你不必动怒。天下女人还不多吗？其实这只是一个面子问题。"

黄佩玉叹着气说："我这一生就讲吃三碗面，一是情面，二是脸面，三是场面。是啊，如果我救不出筱月桂，我在上海滩上还有什么脸面？就算筱月桂有个三长两短，也要在我们俩分手之后，否则这情面说不过去，况且这事会做塌了我的场面。"

"白相人就得讲面子。"师爷应声说。

黄佩玉仔细想想，做了决定：双计行事。不赎人，不能得罪洋人；要找回筱月桂，叫报界没话说。

师爷说，不得罪洋人是第一条！没有租界的地位，在上海怎么吃得开？

"找回筱月桂后，请她滚回川沙老家。上海滩还能让女人闹翻天？"黄佩玉气鼓鼓地说，一边让人给他穿上衣服。

黄佩玉邀师爷到他的家里再商量一下处理细节，两人修完脚就打道回府。很巧，一回家，仆人刚端上茉莉花茶，电话就响了。管家跑过来轻声说："是绑匪。"

黄佩玉朝管家递了一个眼色，管家马上懂了，让师爷接电话。绑匪非要黄佩玉亲自听，黄佩玉没法，只得接，那边说出来的话却一干二脆："提篮桥爱尔克路158号仓库，明日清晨七点换货。"黄佩玉刚想说什么，那边就说："没有时间废话，五十根金条一根不少，少一根就撕票！"电话就此挂了。

黄佩玉强压住火，把电话放下。

"把金条带上，先赎人。"黄佩玉决策，叫师爷去备款。他又叫三爷带领手下喽啰到隔壁仓库附近埋伏好，千万不要靠近，不要过早露出形迹，等对方筱月桂放过来后，再跟踪取款的绑匪，到冷僻地方，打死或活捉，把金条拿回来。他想，这样工部局也没话说。

第二天黄佩玉和师爷起了个大早，带了两个保镖，开着一辆车往提篮桥驶去。天上还飘着细雨。当黄佩玉和师爷押款的汽车到达仓库时，师爷马上警觉了，认为不对劲。

果然，汽车一转进爱尔克路，前面就有人在等他们，公共租界巡捕房的警长印度锡克人"红头阿三"带着一队人等在门口。他看见黄佩玉的车，不客气地挡住，让他们停车。

黄佩玉只得下令停车，警长挥手让车上的人全部下来。

警长说："是黄佩玉先生啊，来来，我让你看一件东西。"黄佩玉和师爷跟在这人身后，警长打开仓库门让黄佩玉看，原来他派来的带武器的杀手，全被巡捕房的人抓起来关在这儿的院子里——这不能怪他们，黄佩玉手下的人，算是巡捕房华员，不敢违抗巡捕警长——哪怕只是印度警长的命令。

"这是你手下的人？"警长问。

"不错，是我手下的华捕巡警队员。"黄佩玉理直气壮，傲慢地说。别的中国人怕印度人，他不必怕。

"他们在这里做什么？"

"抓绑匪。"

"那么黄先生来做什么呢？"

"现场指挥。"

"有人报告巡捕房，说黄先生带了金子来赎人，黄先生能让我查一下汽车吗？"

"岂有此理！"黄佩玉开骂了，"你有什么资格查我的车？"

"黄先生真的不让查？"警长反问一句，见黄佩玉当没听见一样，扭头就走，边说边扔下话，"那好吧，黄先生不让查，我们当然不查，我们记录在案报告给上峰就是。绑匪我们也不等了，黄先生自己的人会抓匪，你们耐心等着吧。"

巡警的汽车开走了，黄佩玉朝着车子吐口水："狗仗人势！"

师爷拉了黄佩玉一把，叫大家都快走。他指指沿街开来的几辆出租车："你看报社记者来了，消息走漏得也真快。"

"操他娘的！"黄佩玉大吼一声，把帽子狠命往地上一摔，这些人不是普通绑匪，他小看了。算计得比他周到，关系比他还灵通，报纸也为其所用！他坐进汽车里，车子加速，疾驰出去，在窄路上高速掠过新闻记者的汽车，好像有意吓他们一跳。

他面色铁青，心里想：我得好好想想，这可能是什么人呢？这批绑匪在我身边肯定有眼线！洪门里出了叛贼！

车里的人，都吓得不敢吱声。

黄佩玉也冷静下来，目光扫视一圈车旁车后的人，半晌后，他咬牙切齿地说：“我不相信我黄某会阴沟里翻船！”

第
二
十
章

虽然手下人还在抓紧追查线索，但黄佩玉想不出任何办法，已经在怀疑此人那人，连他家里那几个女人也在怀疑之列，女人吃醋什么事都会干。他明白唯一的办法是先查出内奸，不然查也是白查，绑匪一得到消息马上就能换地方。

图这儿清静，大年初一，黄佩玉就住到康脑脱路来。为防万一，他多派了两人守在门外。李玉和秀芳对他侍候周到，天天好饭好菜做给他吃，她们很想从他那儿知道筱月桂的确切消息，但是不敢问。黄佩玉每顿饭都要喝酒，现在他才体会到借酒浇愁愁更愁这句老话。

虽是中午，他还是喝着酒，未吃菜，第二盅就喝了一大半。他问自己：是谁呢？难道不知道洪门对内奸的处置，是当众行刑，千刀剐碎剥皮抽筋，而且每个弟兄上来割一刀，杀人大家都有一份？

执掌洪门九年多来，他只办过一次这样的事，那个血腥场面让他至今想起来都作呕。他可以肯定如果有内奸，那就是不要命的狂徒。为分几根金条，值吗？

他坐在椅上，放下筷子，想了半天，把手下人翻来翻去地盘算，个个好像都有可能，却无法确定是谁。"谁会有这个胆？"不过绑匪有好些日子未来电话，大概也在过年吧。他不由得苦笑起来，他的年是整个给毁了。

走上楼，过道里挂着筱月桂的好些剧照，妖媚地注视着他，每张都那么美丽温柔，含情脉脉。他拥有这个女人，恐怕全上海的男人心里都嫉妒。

但是现在，他躺在筱月桂的床上。奇怪，这儿好像已没有她的气息。她对他已经不重要了，这个女人给他带来了太多麻烦，让他在家里和整个上海滩都丢够了面子。他不得不一人躲在这儿，黄佩玉有点懊悔弄了个会惹麻烦的女人。那个六姨太是个笨瓜，抛进江水里，马上就烂得没影了。这个筱月桂却是一个结结实实的女人，不容易走开的。

他点上一支雪茄，自言自语地说，真有点孤家寡人的味道了。

突然楼下电话铃响了，秀芳惊惊慌慌跑上楼，慌乱地叫："黄老板，是绑人的，找你！"

黄佩玉顾不上穿鞋，就奔出房来。他心虚地想，了不起了不起，哪怕是内奸，也是个了不起的内奸！他到哪里，绑匪电话就打到哪里，他一个人躲到康脑脱路，谁都没告诉，也能被找出来。

这电话仗一开打，黄佩玉又兴奋起来，他坐到沙发上，斩钉截铁地说："你们明白我黄某，说到做到。我不会赎一个女人的，不然，在江

222

湖上早就没有戏唱了。再说，她不过是一个戏子，我黄某不稀罕！我不坐家里，不坐茶楼，到这里，就是不想再管你们这种狗屁事。"

话筒里男人的声音，腔调阴阳怪气，像是在讥讽他："你不过装着不在意，你是心疼金子吧。"

黄佩玉从沙发上站了起来，声音冷酷，说她这样的女人上海乡下一抓一大把，你们马上零刀割碎她，我也无所谓！说不赎她就是不赎。而且你们也已经清楚，我是工部局董事，不能违法赎票。没有一个女人如此重要，让我放弃工部局华董位置！

李玉在过道口，听得一清二楚，气得浑身直发抖："这姓黄的，太没良心！"秀芳把她拉进自己的房间。

对方听了黄佩玉这样一清二楚的话，似乎真的改变了主意，有一阵子不吱声，然后下了决心：

"行行，我们知道你不会赎了。我们等得也烦了，也不想害筱小姐，就算是抓错了人，没有弄清你黄老板的底细。"

黄佩玉赶快说："这就好，冤家宜解不宜结。放了人，江湖兄弟还是兄弟。"

"筱小姐身体不太好，我们要把她交还给黄老板本人，不然中间又出差错，我们担当不起。"

"什么意思？"黄佩玉皱眉。

"你手下人太不可靠，叫人无法相信！"电话里的声音似乎挺为难地说，"几次安排放货，都有人破坏。没想到跟黄老板做这生意竟然这样难——黄老板真的已经无人可用了吗？"

这话点中了黄佩玉的要害，是的，他已经谁都不相信。

黄佩玉不愿继续这个话题，说他自己来接。

"明晨六点放人：出浦东东昌镇，向东过了牌坊，田里有两棵杨树。周围一里路方圆冬麦田，早晨六点不会有任何人，只有筱月桂等你领走。"

黄佩玉说："这样就好。荒野里，我也不可能带任何人。大家放心。"

当晚，黄佩玉带了三爷余其扬五个兄弟，渡江到浦东。第二天晨光熹微中，一伙人来到浦东荒郊，花点钱借了东昌镇边一所民房，从窗口和屋顶上做详细观察。冬日回暖，风吹在脸上，也未觉得像前几日那么又冷又寒。他们走出镇，真是什么人都没有，而且夜里下过阵雨，早晨还飘着最后几点细雨。

果然他看见了一个牌坊，一里路远的路上，有两棵细伶伶的杨树，树干不粗，背后绝对藏不住人。一条不宽的小路斜穿过杨树中间。周围杳无人影，两只乌鸦吱吱嘎嘎地叫着，在树梢上飞飞停停。田野非常空旷，不可能埋伏枪手。

黄佩玉在屋里往腰间掖一把枪，腿上再插一把枪。他抽着一根雪茄，关照屋顶上的手下人看仔细。

余其扬端着沉重的望远镜，调了好几次："真的没有人，只有一个女人，是筱小姐，走不动的样子。"

其他几个人也看了望远镜："好像只有她一个人。"

黄佩玉扔了烟头，爽气地说："我去把她接过来，这事可以了结了。"

屋顶上的人下来了，三爷说："还是我去，这种事不必劳老板的驾。"

余其扬说："还是我去吧。黄爷千万慎重，别出意外。"

黄佩玉威严地扫了两人一眼，虽然这两人背叛他的可能性不大，但他现在仍是不放心任何一个人。接筱月桂的每一步，他昨晚都周密地考虑过，方方面面已做了准备。这屋里的人谁也不知他穿上了钢护胸，礼帽里带了夹钢，刀枪不入。等对方明白过来，他已能伏地反击。

他走到门口，转过身来，不容反驳地简短地说："你们全部都等在这里，我一人去。我不想最后这一步出什么差错。"

黄佩玉命令随他一起来的人等在镇口，为了保证安全，他让两个人爬到屋顶上，端着步枪带着望远镜观察这一带，以防突然冒出狙击手。安排妥当，他自己一个人沿路走去。

走过牌坊，前面有两棵纤细的杨树，他看到远处的筱月桂果真在荒野小路上，眼睛上蒙着布，双手别在背后。憔悴不堪的筱月桂好像听见了他的脚步声，马上激动地转向他，艰难地试着朝他这个方向走了两步，脸上似乎血痕斑斑。她身子一歪，跌在地上，却努力想站起来。

黄佩玉首先看出这是个绝对安全的地方。重见筱月桂，尤其是她这个惨样，他心里陡地升起了思念之情，毕竟这个女人懂得怎么使他高兴，这也是别的女人办不到的事。而且占有这个女人，使他足以笑傲上海滩：英雄必有美人，况且是个百依百顺的美人。

这个事件拖得太长，让他的名声大损，现在终于可以结束了。在这几秒钟里，黄佩玉甚至觉得他对筱月桂未免太冷了一些，让她受苦了。他会如当初许诺的那样，好好爱惜这个女子。

于是他快步走过去。他在穿过两棵细树之间时，绊动了炸药引线，顿时火光冲天而起。

筱月桂伏倒在地上，紧捂着头，前面有一个树桩挡着。火光之中，尘土和杨树叶从她身上呼啸掠过。

一片烟雾，一时什么都看不见了。

那一班子人全部狂奔过来，他们大叫："老板！老板！"烟尘还没有散尽，但是他们看到黄佩玉的身体已炸成碎块，仅剩下秃桩的两棵树上挂着肉块，戴着钢礼帽的脑袋飞落到田里，钢护胸被炸得变了形，里面卡着血淋淋的肋骨，肋骨里却空了。在场之人虽然全是见惯杀人场面的，但都惊吓得脸色惨白。

"我的老天，这么杀人太毒辣！"

"老板怎么会上这个当！"

"嗨！什么绑匪安排出这样的毒计，撕双票，一杀二！"

余其扬发现筱月桂震晕在地上，一身覆盖着烟灰和血滴。扳过筱月桂身体来，发现她双手铐着，被链条锁在一棵老树桩上，眼睛蒙着布。余其扬赶快帮她解下蒙眼睛的布。她的头发被剪得不长不短，衣服七零八碎，脸上全是硝烟熏痕。再看仔细一点，她似乎没有明显的外伤。

"筱小姐真是侥幸。"

"虎口余生，大难不死啊！"

筱月桂眼睛紧闭，嘴唇发青，摇了几下，仍是不见反应。余其扬赶紧给她捏虎口，她终于睁开眼睛来，看到眼前血腥的场面，马上又晕倒在余其扬的怀里。三爷举枪对准手铐链条，仅一颗子弹就击断了。

汽车开了过来，他们把筱月桂抬进车。黄佩玉的零皮碎肉，他们不敢处理，留下几个人看守，回东昌镇打电话找警察局。

到了陆家嘴渡口，车子等着上车渡。一旁的渡船已经是柴油机的了，冒烟很少。筱月桂倚靠着车窗静静地坐着，不时有人遮住她的视线，她就闭上眼养神。等人走开，她费力地朝江上望，那对岸的上海外滩，已经高楼幢幢耸立，高楼区向南向北延伸了很多。十里洋场已经远远不止十里。

江水在耀眼的阳光下荡漾，车渡升起锚，吹响笛子，缓缓掉头朝对岸驶来。

师爷在码头上感慨万端："想当年，光绪二十三年，1897年，常爷在刀光剑影危难之秋，勇挽狂澜，为上海洪门复兴立基。第二年就是康梁之变，牵连上海洪门，各地风紧抓人，多亏常爷处变不惊，铁腕维持，才躲过一劫！"

师爷原来和常力雄一样是落第秀才，但是他没有常力雄的武功，也缺乏气魄，只是饱读史书，又学过奇门遁甲罗祖宝卷等，所以成了洪门的军师，人称小诸葛。洪门数易山主，他资格再老，也只能辅佐。

他扳着指头算着："1907年，光绪驾崩前一年，常爷死难，又亏黄爷见义勇为，接掌洪门，历经革命变乱。不料九年后，今年，1916年，黄爷又死于非命。洪门多死难之士，今后局面，如何了得?！"

师爷说得自己老泪纵横："四顾茫茫，何处英雄！"

第
二
十
一
章

　　余其扬开着一辆拉出篷的T形福特车，筱月桂坐在一边，她在旗袍外加了件红绒线衣，头发挽了个髻，未戴任何首饰。车子贴着苏州河边行驶，向南拐入一条宽敞的巷子，两边都是开花的紫荆，在一座英式洋房对面停下来。洋房有个大院子，前面是花格的铁门，门前有一棵大树，里面传来小孩唱英文儿歌的声音，还有欢快的喧闹。门口，西方修女在值班。

　　筱月桂不敢打开车门，她捂着胸口说："阿其，我害怕得不行。"

　　"等了多少年，你一直害怕有人加害常爷留下的骨肉，不敢认女儿。今天是大喜啊！"余其扬说。但他看到筱月桂真的脸色苍白，就摸摸她的肩膀说："你静一下。我先去领她们出来。"

　　他走到外国修女面前，对她说了什么，那修女进去了。

　　没一会儿，大门上的小门打开了，从里面走出两鬓开始灰白的新黛玉，牵着一个八岁左右的小姑娘。小姑娘穿着洋式学校制服、短裙，辫子上扎着蝴蝶结，很有精神。

小姑娘看见了余其扬，亲热地扑过来，冲着他大叫："余叔。"

余其扬把她抱起来，扛在肩上，朝车子这头慢慢走来。

"接我到什么地方去玩？你答应过再去一次高桥海滨，答应的事情不准赖！"

新黛玉说："外婆跟你说过，今天到另一个地方。"

"不好玩的地方，我可不去。"小姑娘任性地说。

他们跨过马路，打开汽车门的时候，小姑娘看到筱月桂坐在后面座位上。

小姑娘一点不认生地坐到她身边，看着她，理直气壮地说："我好像见过你，我肯定见过你！"

也挤进后座的新黛玉说："荔荔，你没有见过，这是……"

筱月桂眼里已盈满泪水，可是她忍着，目不转睛地看着小姑娘。

"我见过，我见过，就是见过。"小姑娘嚷起来，"我看见过你从学校大门往里看。你就是那个老要往里看的过路人！你是好人还是坏人？坏人我就叫余叔打死你。"

新黛玉责怪地对筱月桂说："你看你，你看你，叫你别做这种事，不听话！"但是看到筱月桂悲伤的样子，她止住不说了。

小姑娘骄横地去拍拍坐在驾驶位置上余其扬的头："余叔，你说只要有坏人，一定帮我打，一拳打死。打呀！答应的事情不准赖！"

余其扬闷着头不作声，咬着嘴唇。

"荔荔，不许闹。"新黛玉摆下脸，拉住小姑娘的手臂，"你看，她像谁？"

这时，余其扬发动了汽车。他从后视镜里看到筱月桂那姣好的脸庞，挂满眼泪。

"像谁？"小姑娘问。

"像你！你仔细看看。"新黛玉的声音。

小姑娘真的端详起来。"唔，还真有点儿像。不过，比我漂亮。"她粗鲁地推筱月桂，"嗨，你怎么敢比我漂亮？"

筱月桂说："你长大了，会比妈妈更漂亮！"

"妈妈？新婆婆说我妈妈去外地找我爸爸了。我妈妈姓陈，我叫Lily Chen，一直叫到找到我爸爸为止。"小姑娘滔滔不绝地说。她倾过小小的身子去拍拍余其扬的头，"对不对，余叔？"她又转过头去拉新黛玉的手，"对不，新婆婆？"看得出来小姑娘对余其扬感情很深，对新黛玉更是撒娇得很。

筱月桂再也忍不住了，她一把抱住小姑娘，泪如泉涌，她说："妈妈把爸爸找到了，现在回来接你。"她哽咽着说不下去。

余其扬接着说："你爸爸姓常，叫常力雄，他可真是个顶天立地的英雄！"

新黛玉也掉下泪来，对小姑娘认真地说："叫妈妈，这是你妈妈。你妈妈为你吃了好多苦。"

小姑娘不作声，咬着手指，睁着大大的眼睛，最后她望着筱月桂说："如果你是妈妈，就带我去见爸爸，对吗？"

筱月桂已经镇定了下来。她把自己脸上的泪水和弄在孩子脸上的泪水，都轻轻用手绢抹去。

"妈妈这就带你去见爸爸。明天清明，我们去上爸爸的坟，好好烧几炷香。今天起，你就改回你的原名，叫常荔荔。"

孩子终于把头依偎在筱月桂的怀里。车子一直行驶在有点嘈杂的街声中，慢慢地出现满街霓虹，重叠在万家灯火之上。

就是在那天晚上，筱月桂带着女儿荔荔进了照相馆，她坐在右边，女儿坐在左边，几乎和在车子里是同一个动作，稍不一样的是母女俩看上去很亲热，神态也欢快。这张照片应该算筱月桂最漂亮的一张，她露齿笑着。她在一夜之间多了种女人最迷人的风韵：母爱。

黄佩玉死后，师爷等人忙着应付租界巡捕房的调查，协助侦探寻找绑匪的线索，工部局探长几次三番找筱月桂问话。

她的答词一清二楚：眼睛一直被蒙住，关在四周封死的小房间里，几乎什么也没能看清，只记得那屋里有时是两人、有时是三人在说话，其中一个是女人。

"小房间里有些什么，像什么样，听见了什么？"

筱月桂仔细地回忆，有桌椅，还有窗，但是钉死了，外面好像有流水声。她瘦得厉害，身上的肿块紫块已减轻，头发索性剪成齐耳短发。

巡捕房要求师爷三爷严查华人巡捕队内部，但是出事这几天，每个人几乎都在同队人眼皮子底下，没有可能参与绑票及暗杀阴谋。而且，没有人弄明白绑匪暗杀的目的，只有一个可能的动机：勒索不成，恼羞成怒，想了个毒计，暗杀连带撕票，做个干干净净。

探长带了几个侦探到出事现场，叫助手用烟雾炮仗做过模拟试验，探长迅速扑倒，才免了受伤，但满身纸屑。助手依然认为筱月桂嫌疑最重，他说："瞧瞧，你不也躲过了。"

"我是波尔战争老兵，躲过多少炮弹！这个姓筱的女人怎么会有我的本事？"探长咬牙切齿地说，"算这筱月桂运气！"

他没有证据说是这个女人参与阴谋。从地形上看，筱月桂没有被强力炸药杀死，只是侥幸中的侥幸。

传言筱月桂有克夫命！新黛玉专门请小神仙算过：跟一个男人准克一个，弄不巧二三个星期内就死，能拖也过不了几年！当时一品楼上下都信这小神仙！哪个房的小姐都不想要这丫头，只好留给新黛玉当差。新黛玉自认为命大，压得住她的邪劲。

这种中国迷信，探长怎么会相信。不过黄佩玉也算是因为找了筱月桂这个美人儿做情妇丢了性命，此话也不是全错。谁让筱月桂成为带克夫命的女人！

工部局对黄佩玉"死难"表示"悲恸"，过了两个多月才对黄佩玉"殉职"，给予正式嘉奖。这两个多月中，工部局非解决这件轰动一时的大案不可。但查来查去，实在无法查清，直到1917年春天，案子才了结：因为最后事发地点在租界之外，有了个查不清非我无能的借口。华界警察局也乐得按洋人的处置为准，大事化小，小事化无，成为上海历史上耸人听闻的悬案中的一件。

黄佩玉立足租界称霸上海已有九年，已成尾大不掉之势。他的各种各样的对手，几次想把他从华董位置上拉下来，但洪门势力成为工部局维持上海"秩序"的基本力量，只能隐忍。

黄佩玉一死，洪门突然群龙无首。大批债主急忙拥到黄府，甚至在工部局查案时，也待在黄府不走，有的干脆在黄府打起地铺，成为上海报纸一大新闻。工部局在查案时，取走了黄佩玉与上海洪门的账目。最后大概明白了完全不必代黄佩玉清账，才发还有关文书证件。

黄佩玉的大太太早就招架不住，病倒在床上。师爷从她那儿拿到保险箱钥匙，打开一看，气得双手发抖：洪门的账目进出与黄家的混在一起，完全是本糊涂账。他焦头烂额，不知如何对付。

师爷想了一晚，老三是个弄刀枪的好手，不是理财的料；老五以前给常力雄当管家，现在常家早就式微，他却一直在那儿做事，让他来，肯定不合适；余其扬做事细微灵敏，人又忠实可靠，连黄佩玉也欣赏他，但只是打杂跑腿做具体事的，在洪门里没有正式地位。

他在院子里转了一圈，心里主意一个接着一个，可就是下不了决心。

第二天早上，师爷眼睛肿肿的，这一夜未睡得踏实。他还没吃早饭，黄府人就来电话，说连外地的债主都闻讯赶来了，如何是好？大太太传话说，要让黄府的管家来管这事，若是师爷同意的话，就让管家过来拿账本。

师爷脑子里闪过那个圆脸的管家的身影，一听这话，就明白大太太是什么用意。这等于通告他，以后就只是黄府自家事，先满足黄府再对付洪门。他气不打一处来，不过息事宁人地说："告诉大太太，别担心，我这就派人理清账目。"

师爷搁下电话，觉得只有让余其扬来配合他，先对付黄府客厅的那些债主。他差人十万火急把余其扬叫到他家来。

余其扬住得挺远，开车要一段路，半个钟头后才到。余其扬把车停在马斯南路上的一条弄堂口，跟着送信人一起走进弄堂。这座石库门的房门虚掩着，他推门进去，师爷就站在天井中，见他进门，忙走过来拍着他的肩。两人坐下后，师爷叹了一口气，才说明缘由，要他理清这一团乱麻。

余其扬接过账本，便开始工作，半天后就估摸出一个大致情形。黄佩玉经手的上海洪门财务，负债累达四百万之巨。资产部分，杂乱无章，几乎全抵作负债押款，洪门已成空壳，资不抵债。

师爷大伤脑筋，他说，洪门资产债务，早就应当与山主个人分开，怎么今天还像慈禧太后那样，买军舰造花园是同一笔钱？

余其扬苦笑，说这个皇帝不是你立的吗？其实他自己乱用钱倒是不多。你看他的支出大多是政治捐款，工部局收捐上交，还有不少"礼物"开支；中国人谁有势力就给谁钱，孙中山、陈其美搞革命拿过钱，冯国璋、卢永祥军阀打仗也拿过钱，租界的外国佬也拿过钱——看来黄爷在上海撑场面，全是靠捐钱买权！

师爷站起来，急得团团转："黄爷欠的债却全是以洪门名义，这下怎么办？"

余其扬也苦笑："一品楼宣布破产，妓女丫头可以出售，没听说帮会可以宣布破产，出卖打手？谁愿出钱买我？"

几天后，余其扬总算忙出个头绪，他把账目理出来，亏空至少有二百万。师爷看完他的一清二楚的账本，关照他绝对不能对外面说，对债主只说，洪门正在立新山主，山主一立，债务就可按手续付出。

这天晚上余其扬本来和筱月桂有约，带她们母女到凤雅酒楼吃香酥鸭。他找个机会，打电话给筱月桂，说得推迟一下，有事与师爷商量："若过了六点，那么你们先吃饭，我还是要请客，改成得月楼十点吃夜宵。"

等到他与师爷谈得差不多，好不容易脱身时，他掏出怀表一看，已快十点了，他急忙给筱月桂打电话解释。

"不必操心了，小荔荔已经睡下。"筱月桂有点恚怒。

余其扬说他还是要来，找她说几句话。

"有话下个星期再说吧。"筱月桂说，"在凤雅摆好席再说吧。你弄得小荔荔不高兴了，说要打你。"

"她不是睡着了吗？睡着了的小荔荔我不怕。有正事，我心里没数，要听听你的主意。"

"嗬，你什么时候听过我的主意？"

余其扬放下电话，师爷走进客厅，要留他吃夜宵，说是三爷也来了。余其扬急忙告辞。

荔荔已经睡着了。筱月桂把她的小手放入被子里，然后把房门轻轻关上。她在走廊上,叫秀芳。秀芳应声到楼梯下边:"小姐,什么事?"

"准备一些清淡的点心,端到我房里来。"

秀芳端着托盘,里面有点心和茶。筱月桂坐在单人沙发上,叫秀芳去休息。

筱月桂本来以为会去凤雅酒楼,特地穿了件新做的夹层长袖旗袍,正适合这季节。她在卧室里坐也不是躺也不是,她感觉得到余其扬有事,不然不会爽小荔荔的约,他特别喜欢这孩子,最重要的原因,小荔荔是常力雄的女儿。

这时,她听到窗外汽车声了。走到窗前一看,果然是他的车子。

她下楼,打开门,见余其扬精疲力竭的样子,便什么话也未说。两人一前一后上楼来,余其扬进洗手间,出来后他的头发也湿湿的,筱月桂笑了,递给他一条干毛巾。

"饿吗?"

余其扬点点头。虽然他吃了点东西,不过真给她说中了,有些饿了。

"我就知道。"筱月桂让他看身后。

木几上搁着热茶和点心。一个沙发和一个藤椅,在梳妆台旁边。余其扬坐了下来,填了肚子,这才忧心忡忡把事情说了一遍。

筱月桂说,怪不得今天黄家大老婆又派人来,纠缠不休,要这幢房子,还留下话来,说不还可以,赔给她六万。我说不可能,房契是我的,黄婆子的人说要告我上法庭,告我骗人钱财。

余其扬问："房契可能有假吗？"

她说她能有那么傻？三年前从黄佩玉那儿拿到手，她就去请工部局房产登记局验证过了，的确是真的。此后就存在华懋银行地下不锈钢保险库里。她只有这笔财产，加上一个如意班，必须一直维持着供荔荔上洋学堂。她准备送她去美国读女校，就靠这点东西作底，哪能像黄佩玉那样马虎，整个上海好像都是他一人的！

"黄佩玉的财产卖光了也还不了债——如果洪门资产全部封存，你这幢房子就很难说清，因为洪门许多资产分在个人名下，债主不会轻易放过。"

筱月桂一下子冒出冷汗："我早已不是洪门里人物！"

余其扬说，但愿在法庭上能向债主团说清。他站起来，把处境说得更清楚：我们都是没有势力的小人物，我们只是从老头子手里挖了一点钱。老头子没了，洪门要败。但是洪门这个势力现在并没有倒，这个势力看来无形无状，却完全可以当钱用。就像你的金嗓甜姐名声，跟房子一样可以抵钱——其实就看怎么个用法了。

他把杯盘一推，双手交叉在胸前，对筱月桂说："师爷说了，他只有向全帮门宣布，谁能解决上海洪门的银钱困境，谁就成为洪门新山主。"

筱月桂听明白了，她喝了一口茶水，端着茶杯，半晌不说话。这个局面突然摆在面前，她的人生又面临一个关键之战——弄得好，上海洪门会落在她能信任的人手里；弄得不好，树倒猢狲散，洪门一败涂地，她也要倒霉；万一另立山主，她一样命运未卜。

她搁下茶杯，身子在藤椅上坐直，望着余其扬说："你想以洪门的名义借钱。"

　　"你是明白人，比师爷之类聪明多了，知道上海滩是怎么一回事。借银行钱，不如办银行！借钱要还利息，办银行却生利息。师爷说，洪门从来只会抢银行钱庄，说我是在瞎想。"

　　见筱月桂沉默了，余其扬也停住话头。这生死之战，冒险的程度超出他们先前的一切难关。筱月桂眉头锁起来。

　　"你怎么不作声？"余其扬熬不过她，开口问。

　　"为什么我要作声？"筱月桂气鼓鼓地说，"你以为我不知道你打的什么主意，你打我的房子的主意。黄佩玉的大老婆来拿不走这房子，你以为就能，对不对？"

　　"小月桂真是个一点即透的人。"余其扬有点惭愧地说。

　　筱月桂叹口气："假定这房子能押款，不过几万，够什么用？"

　　余其扬的主意是办一个银行，有二十五万本金就可以开张。办银行靠信用，洪门本身就是信用。租界烟赌娼三桩生意，从来都是银行的大户，不可能不存进洪门银行。银行开张时，上海滩其他银行照例是要存款进来以示祝贺，取出期，按惯例是半月，洪门会让他们延到三月半年或半年以上。这样就有足够的资产放债券，以债抵债。实际上，洪门能办银行，债主就明白洪门没有败，就不急着要债了。

　　"行行，"筱月桂说，"我信你这帖药有用，但师爷他们肯让你把洪门资产作抵押吗？"

　　余其扬摇摇头，才说："这点我很清楚，师爷三爷等人认为我这主意是夺位，只会袖手旁观，睁只眼闭只眼，看我能不能把银行办成。他们已经没法收拾这个烂摊子，只求把眼前难关渡过去。这也够了。我只要他守信用：谁理顺财路，谁当上海洪门新山主。"

筱月桂走到床前，手扶住床柱头的帐幔，坐在床边，静静地看着镜子里的自己，满眼湿润，可是声音却很坚定："好吧，阿其，既然命运要让我回到赤手空拳来上海的日子里，我就成全你，把我全部底倒空给你，这房子、我的如意班、我录制唱片的酬金、金银首饰都给你，甚至把已经存好的送荔荔去美国的钱都一分不剩地给你，给你凑十万。其余只好你自己想办法！"

余其扬站了起来，走到筱月桂的面前，看着她的身影，突然他双腿跪了下来，双手抱住筱月桂的腰，把脸贴在她柔软的胸口，泪水淌了下来。

筱月桂看见他的肩膀在抖动，便把他紧紧搂在怀里，抚摸着他的头和肩膀。日月轮回完全不由人意志，他们竟然在这个夜晚，一下感到又成为当年一品楼的小丫头和小龟头，两个落到人最不齿的境地的一无所有的孩子。

如果这就是命，这就是他们共同的命。

在这种时候，他们能听到对方的心跳，能互相怜惜，互相帮衬，天大的难事，也不过就是一桩难事，没有比两个人不能心心相印更大的难事。人生万物，唯独这一点是最珍贵的。

"一切都会顺利的。"说完这话，她也滑下床沿，与余其扬面对面地跪在一起，两人紧紧相拥，抱头而泣。从来没有哭得如此痛快过，从来她哭都是一个人的事，即使在台上真流泪，也怕弄糊了妆，没有如此放开来，她的天性使她不愿对另一个人这么无遮掩地倾诉。

他们不应当是两个分开的身体，不管怎么卑贱，怎么无可奈何，在这个晚上，他们就是一个人。这刻，新的一层关系更是将把他们锁在一起。

当他们俩在床上平静下来，相拥在一起，凝视着对方。窗帘蔚蓝的月光透进来，洒在他们赤裸的身上。筱月桂说："阿其，荔荔的前程就在你的手中了。"

余其扬的手与她的手相交。他说，这个银行就是为荔荔开的，我想应当叫力雄银行——常爷的威名在上海滩还能叫人服气。

第二十二章

　　人不大注意到时间变化，除非发现人本身变了，一个玲珑剔透的小女孩变成一个性感十足的女子，这才会惊问，难道真过了十年?

　　哪怕是袁世凯垮台，北洋直皖奉三派乱斗，孙中山北伐与孙中山去世，蒋介石掌军权，哪怕是占领上海的军阀从冯国璋换成张宗昌，换到卢永祥，换成齐燮元，换成毕庶澄，抢得到抢不到上海，都留下一大片尸体在郊外，这一切只是不占用时间的过眼之烟。上海租界依然在繁荣：犹太人的珠宝店、日本人的药店、法国人的咖啡馆、白俄人的妓院、德国人的医院，更多地冒出上海地面。市民听到炮声隆隆，打麻将下注劲头更狠。

　　只有看到人时，你才感到世事也可以变得很快，像这辆越过人车稠密的街道的一辆敞篷车。

　　也是的，谁想写出1925年的上海，当然要写齐卢战争的惨状，但是上海周围的战事，此后更惨烈；当然也要写五卅运动，但是上海的革命与反革命，此后规模更大；当然还要写此年上海新建的高楼大厦，但是此后摩天楼越建越多，上海的风景线，从英式的堂皇河沿，开始变成美式的摩天楼群。

那怎么抓住1925年？确定无疑的1925年？

只有一件事，我写出来之后，不允许你把它看成任何其他年代，那就是人，我这本书中的人：那些钢筋水泥，会长留几个世纪；那些让政客伤脑筋的问题，会一再回来重新让人们头疼，过了这一年，人就不再是这个人。

我不是在有意说怪话，不是的。我眼睛正一亮：你们看，你们快来看！外滩马路上，正有一辆蜡光锃亮崭新的雪佛莱，在迅疾狂驰。

这是1925年早春二月的一个周六，下午五点左右，太阳尚未西沉。汽车灵敏地躲开行人，马路上行人也在拼命躲闪，一边大骂："杀千刀的！""勿要命了！"汽车开过新沪大舞台的正面，上面霓虹灯闪亮：

筱月桂主演

艳情名剧《空谷兰》

汽车没有停，而是猛地一拐，穿进一条狭弄堂，在一个小门前吱呀一声刹住车。司机跨下车，啪一下摔上车门，摘下男式皮鸭舌帽和墨镜，那没有涂口红的嘴唇鲜亮：开车的是一个少女。

她一身皮夹克，走进门，门卫看见她，毕恭毕敬地打个揖。她昂首走过去，目光都不斜视一眼。

两个男演员有说有笑，走出来透透空气，点烟吸起来。他们看到这个皮装少女，跟所有"艺术家"一样，只是见怪不惊地斜了一下眼：这是供新沪大舞台演员进出的后门。

少女熟门熟路地穿过走廊，遇到的人还是亲热地叫她，她给每个女人飞个吻，给每个男人扬扬手。从前台传来申曲的音乐和歌唱，走廊转过弯尽头，她推开一扇门，里面是筱月桂的贴身娘姨李玉。

李玉看着常荔荔的男人衣衫打扮，脱去皮夹克后，宽皮带把腰束得更细，腿显得更长，胸部更加突出。她恭敬地说："荔荔小姐，听说你从美国女校毕业回国了。"

"可不，这才自由了。"常荔荔拍拍李玉的脸，虽然李玉比她母亲年龄都大许多，"我妈呢？"

"在台上。"李玉说，"今天下午首演，来捧场的人很多。"

"我听说了，都是上海大阔佬。"荔荔做了一个怪相，"弄得我妈都没从家里接我过来。不过，我也不稀罕被女人接。"她坐到母亲的化妆桌边，看到镜子中的自己，十七岁的姑娘头发往上扎，像个男孩。房间里有母亲的许多剧照，她边看，边开始感兴趣。这个化装间很大，起码有三十平方米，有一张木榻靠窗，还有一个一人高的红木老式穿衣镜，镜子可在框子里移动。架顶斜扣着一顶黑呢男礼帽，木榻边有一盆开着花的柠檬树，靠墙放着三排架子，挂着各色衣服，一旁堆了些道具。

荔荔拿起报纸看起来，报上预告《空谷兰》是爱情悲剧，两个女人争一个男人。荔荔把报纸扔到一边去，觉得有趣，改天她也要看看。她拉开化妆桌的抽屉。

"荔荔小姐，"李玉急匆匆在收拾茶杯，她叮嘱了一句，"我要去照应一下，快落幕了。你母亲平时不许任何人进来，怕动了东西。"

"我知道，我知道。"荔荔说，"我妈还能对我不放心？"

"你妈只是怕到时找不到。"李玉已经走到门口，回头看了在摆弄那些化妆品的荔荔一眼，无可奈何地出去了。

荔荔起身翻看各种戏装、旗袍。她把皮裤脱下，试试这件衣服那件衣服，终于找到一件特别艳丽的高开衩高切肩无袖旗袍，她一穿，竟然正好。看看穿衣镜子，很得意，放下头发，拿着筱月桂的剧照比镜中的自己，然后坐下来，开始按剧照一点点化妆，把胭脂眉笔弄得桌上桌下都是。

李玉端着东西回来，荔荔转过身，站起来。李玉不经意地说："小姐。"又低头整理带回来的东西，突然想起来不对，仔细一看，张大嘴说："你，你——小月桂？"她惊得晕倒在地上，拖倒了一些道具乒乓直响。

筱月桂在走廊里，好几个有交情，可以到化装间来祝贺演出成功的人，她停下来与他们说着话，请他们多多指教捧场。一抬眼又看见几个记者朝这边走来，要采访。

"请等一下，我卸妆后细谈。"她微笑着说，就在这时化装间发出异常的响声，她赶快跑过来，推开了房间门。

她吓了一大跳：一个十年前的她坐在化妆桌前，正看着自己，筱月桂觉得是在做梦，但再睁开眼睛一看，的确是真的，她正朝自己笑。她马上明白了是怎么一回事，走上去，一把抱住那人："荔荔，我的好女儿回来了，你长成一个漂亮的大姑娘了。"

法租界极司菲尔路，有幢高矮起伏不一致的两层花园洋房，门前种着棵高大的玉兰树，墙上爬满常青藤。筱月桂搬到这儿已有十年。

黄佩玉遭到不测后，黄佩玉的大太太好几次曾带些家人来闹，要收回康脑脱路的房子。最厉害的一次，一群手下人在门外吵闹不休，门都打破了。这里如意班的男演员全体出动，去帮老板，双方已经开始大打出手。租界巡捕房赶来，筱月桂亮出房契，上面的确是她自己的名字，巡捕就说强入民宅是犯法，要抓人，大太太只得离开。

筱月桂嫌那房子旧记忆太多，决定卖掉另买。一对德国商人夫妇因战败而无生意可做，要回国去，在法租界有幢房子急于出手，一谈，价钱很合算，筱月桂便买下了。

世界大战弄得西方经济破败，远东却一枝独秀，上海房产几年涨了一倍。筱月桂一进一出，换了房，在力雄银行的股份没有动，却多了一笔资产。

这房子搬进来前经过整修，外面不是很醒目漂亮，但里面一切都崭新晃眼，房间宽敞，还有阁楼堆放杂物。后花园比前花园更大，树木参天。

楼梯顶端右侧里面两个房间是筱月桂的睡房和衣服间，左端第一个房间是荔荔的睡房，哪怕女儿一直不在，也空着。筱月桂的房间有一个沙发椅、一个香妃软榻，可坐可卧。一张床摆在屋中央，这就是当初她为余其扬买结婚礼物时，无意中撞上的那张雕花床，在店铺里看上去已经够大，放在家来，就显得更大，不过确实舒服。

说好了这个中午，如意演戏公司的董事都去卡尔登电影院。刘骥已经成为电影界名导演，答应今天来介绍有关情况。荔荔听见筱月桂开门的声音，就从楼上自己房间噔噔噔跑下来。她穿着蓝背带工装裤、半长皮靴，既像上海男工，也像美国西部电影里的牛仔女郎。

"荔荔，你怎么在家，我以为你早就荡马路去了。"筱月桂举着一把伞到车子前，回头说。

荔荔不理会，她站在门口，望望天，阴雨绵绵。筱月桂的车刚启动，荔荔就冲了过来，自己打开车门："妈，我跟你一起去。"

筱月桂笑了，说你看你，我请你去，你不去；我要走了，你又要去。今后我要你去就不许你去，不要你去就催你快去！

荔荔笑了，她坐上车后才回了母亲一句："妈太聪明，我这个女儿就得装笨一点。"

有十来人坐在座位上，大概都带了家属，场子里的人不少，相互握手点头后，全场就黑了，大家开始看《空谷兰》毛片。这里是趁下午场还没有开始之前借的场子。一个半钟头，电影结束，灯打开，刘骥收拾倒转片子。电影院里窗盖往上抽起，换空气，光线越来越亮。

刘骥穿着长衫，推推鼻梁上的眼镜，走上台，滔滔不绝地介绍起来。他说这片子，正在编辑："我在导演时，特别注意用特写镜头，拍女演员的眼睛，她的泪水，她仰起头来脸最美，正好适合这个忍辱负重的母亲形象。这种close-up效果戏场舞台没法做到。"

刘骥已经拍了三部电影，开始在明星公司，后来转到蓝影公司。刘骥说，他不想隐瞒，他的目的是劝如意演戏公司把蓝影公司买过来，蓝影公司刚拍完《空谷兰》毛片，但是负债累累，难以维持，想连片带公司一道卖出。原先就欠着如意演戏公司《空谷兰》剧本版权费，现在首先就想到筱月桂。

刘骥热心地拉这条线："这次唐磊泓老板全力投资《空谷兰》，原准备大赚十万。杨耐梅曾在《玉梨魂》中演过纯情小姑筠倩，这次翻过来演坏女人柔云，她的名声就能保证成功。"

常荔荔坐在座位上就呱呱说起来："这个杨耐梅也不过如此。"

刘骥说："杨耐梅家里正在闹，父亲深感有辱门风，引以为耻，父女决裂。"

荔荔对筱月桂说："假如我演电影，你会与我断绝母女关系吗？"

筱月桂一笑："恐怕你做了大明星，会不要妈了。"她对刘骥说，"电影上演了，谁还来看我演的申曲《空谷兰》呢？"

这时刘骥走下台子，到他们跟前，对筱月桂说，正好互相激发，互做广告，本来就是各有观众。这种戏观众就爱看几次才过瘾，两个不抢道。演戏成本小，稳赚，但赚得不多。电影投资大风险大，但会大赚。

荔荔又耐不住抢过话头："我就不相信会亏，只要让我来演！好莱坞女星我也能比，而且电影不说不唱，正巧我嗓子不好，老让妈瞧不起。"

"别胡闹，电影这种东西干脆是金子堆出来的，我没有那么多钱。"筱月桂板着脸说，她觉得荔荔的美国派头不含蓄，她一直在想让她到欧洲深造，做个优雅女士。

荔荔说："你有，你有，新沪大舞台，你就投资四万。"

"剧场那种事，靠你余叔掌持，才能不亏，不然被人敲竹杠都不够。"

荔荔高兴了，笑着说："这就行了。我就要他出面来掌持如意影片公司，他不敢说不！"

忽然背后传来一个男人的声音："荔荔小姐发话，当然没有人敢说不字！"

原来余其扬坐在背后位子上，不知什么时候进来的。几年不见，他留起了胡子，不过修剪得整齐，穿着长衫。样子是个成熟的男人：仪态稳重，知道自己的权势，他的几个保镖站在不远处。

荔荔冲了过去，还像以前孩子那样一下子吊在他的脖子上："余叔，你跑哪儿去了，这才回来，把人等死了！我就知道你会同意让我拍电影。"

"拍，拍，就拍电影。"余其扬好不容易挣脱了，惊奇地看看他已经不认识的常荔荔，半晌才转身，对筱月桂说，"抱歉，要事缠身，今天才回上海。几年不见，荔荔小姐真出落得成个人物了。"

他走到前面来，常荔荔跟上，手臂挂在他臂弯里。

筱月桂说："阿其，不要乱答应，荔荔已经不是孩子了。"

"咦——"荔荔说，"说出来的话，还敢赖。"她转过脸对余其扬说小时候最爱说的话："答应的事，你敢赖吗？"

余其扬笑着想拍拍她的头，转而觉得她已经不是孩子了，收住了手。他问刘骥："看来，你知道各家公司的底细。给我们说说明星公司为什么能兴旺发达，蓝影公司为什么会关门？"

"风险的确很大。这几年'一片公司'太多，拍片不易，成功更不易。蓝影公司失败的原因，主要是财力不足，其次才是剧本和演员。"刘骥说，"明星公司开张，剧本演员都不成问题。但资金只有四万，拍一个片子都难以维持到底，只好欠着演职员工资。做完《孤儿救祖记》，光卖到南洋就赚回了八千，拷贝卖到全国大赚数倍投资，都说'孤儿救了公司'。"

"今天不是往日，有多少电影公司竞争。"筱月桂一看这阵势，大家光往好里说，就插上嘴，"片子抢着上市，孤儿救公司，这种事成了轮盘赌押宝。你们都知道我从来不上赌台！"

但是常荔荔马上接上去："但是看电影的人也多起来了，你看一个好莱坞就把洛杉矶弄富了。"

大家都看着余其扬，都知道他是理财能手，上海第一个银行家兼洪门山主，只有他说了才能算数。

余其扬想想说："我看把蓝影公司接过来，有个现成的只欠加工的片子《空谷兰》，借此成立如意影片公司可行，我出面招股八万应该没有问题。但是有几个条件，一是必须你筱月桂亲手操办，别人我不放心；二是你刘骥给我从明星公司挖人才过来。"

常荔荔插上嘴："三是常荔荔出演主角。"

这次常荔荔逼得太紧，无法再当作半个玩笑敷衍。看到余其扬和筱月桂犹豫的脸色，刘骥打圆场说："明天我带荔荔去明星公司摄影棚，让郑大导演给她试试镜头，或许就是好材料，说不定。"

常荔荔高兴地跳起舞来："I am a star！ I am a star！"

筱月桂不高兴地说："我还演不演申曲？我们正要排新戏！我正要请人作曲，乐队里要加西洋乐器，把申曲弄成'东方歌剧'——一句话，我自己的艺术事业还要不要？"

余其扬劝解说，你的艺术计划继续做，就抽出一点时间，大家凑凑热闹。一时间，满场哄谈起来。

常荔荔正在与刘骥兴奋地交谈，筱月桂猛地站了起来，走到一边露台上去，谁也没有注意到她的神情。余其扬注意到了，跟了过去。筱月桂忧虑地对余其扬说，你知道我培养荔荔这么多年，送到美国读书，就是不愿意她跟我一样做戏子。我让她从美国回来，在家里待几天，就送到欧洲去读大学。她连见那个市长公子的面都不肯，真是让我操心透了。

余其扬拍拍她的背，说做淑女，做贵夫人，做才女，都得她自己挑。你女儿是你的心肝宝贝。她不肯见那个公子的面，那就是说，见了也没用，弄得不好还得罪人。

"不说了，这是她自己的路。"筱月桂叹了口气，"如果她命中该演电影，我也只能帮她一程。不过，难道我已经到了结束舞台生涯的时候？"

余其扬安慰她："长着呢，长着呢。但是每天要上台唱三个钟头也太辛苦，至少可以隔天上台，或者干脆只有礼拜六礼拜天上台，来个奇货可居。"

筱月桂笑笑说："那么钱怎么说？这种电影公司的事，花钱海了去。"

余其扬笑了："你早该问这事。这样，算是力雄银行发给你八万无息债券，三年结清，赚了全是你的。这样你该满意了吧？"

筱月桂这才笑："看来你为了荔荔真不惜花工本。什么时候你借给如意班这么一笔钱？"她靠在阳台的栏杆上，仔细寻思此事："说是钱来得容易，毕竟是要还的，弄砸了大家没法下台。这样，这个如意影片公司，我要你做董事长。上海江湖险恶。只有你能稳住局面。"

余其扬沉思地说，上海洪门的资产，早就从烟赌娼转到银行烟草船运。现在看来，也该在娱乐业插上一脚，上海人既然在玩字上花钱，整个中国也会跟上，在玩字上花钱。他又说他到南京、合肥、济南看了一圈，个个号称是"小上海"，跟得紧。电影这事，洪门能做！

筱月桂开始放心了："你把这个公司当作自己的事业，我就放心。我又不是洪门什么人，恐怕就说得远了。"

"只要上海还是上海，就还是要靠洪门这个牌子。"余其扬说着，转身看荔荔正在手舞足蹈，"你该高兴了，看女儿跟你当年一样漂亮，而且比你还活络会讨人喜欢。"

筱月桂没有看荔荔，倒是抬起脸来看他，他伸出手在她的肩上抚摸了一下，而她马上把他的手捉住，按在腰上，侧过身来朝他看。

在明亮的窗子背景上，两个人影贴得很紧，亲密无间。毕竟他们已经两个星期没有见面。看来他们的关系，早就不避人，别人也见怪不惊。

第二十三章

"你简直像一条鱼。"他对她说。

她在花园,喝着一杯牛奶,看金鱼在水里欢快地游来游去。想起他来。他喜欢守在浴缸边,喜欢跪在那儿给她洗身体的这个部位那个部位,到最后弄得自己一身湿,只好自己也脱掉。

今天天气很好,小阳春,气温上升,暖暖和和。她回到客厅,就打电话给余其扬。下午董事会四点投票决定如意影片公司的事,她要余其扬先来家里。

余其扬的车不久就到了,筱月桂穿着一身家常衣裙,样子很亲切,半躺在香妃软榻上。她听见余其扬在用钥匙开门,与李玉打招呼,不一会他的脚步声在楼梯上响起。筱月桂却没有起身,等到他的脚步声在走廊里响起,她站到房门后边。待他一到门口,她就上前一步,一把抱住他,倒着走,边走边脱他的西装外套,把他往大床上拖。

余其扬惊奇地说:"就等不到夜里?白昼宣淫?"

"就是要白昼，就是要光天化日之下干这等好事。"筱月桂松开他，脱自己的外衣。

"这次出去太长，让你等苦了，真是不应该。"

"所以今天抓住你还能放了？你是自己送到虎口边来的兔子。"筱月桂笑了，"唱完戏深更半夜，你呢，人都不知道在哪里，家里又有黄脸婆。"她拉上窗纱，掀开已经整理好的白被子，还未躺下，就被余其扬拦腰一抱扔到了床中心。他的脸被太阳晒黑了一些，赤裸的身体透出成熟男人的魅力，色眼迷蒙地瞧着她，猛地把她压在身下。

"你知道的，那是母亲指腹为婚，洪门讲孝为先。没办法，放在那里装样子。"

"离了她。"筱月桂本想这么说，可她还是未说出口，这桩事在她心里已经这么多年了，她反复想，想的过程已经折磨够她了，若是想清楚了，恐怕已无勇气面对了，她有这种预感。她去过余其扬家里一次，急得不得了的事，需要两人商量，正好他伤风发烧，无法出门。

他的老婆对筱月桂尊敬得过分，说是她的崇拜者、戏迷，一会儿倒茶来，一会儿端花生米来，一定要留她吃饭，却是绝对不离开他们俩半步。他们只能说公事，无法说一句想念对方的话。说完事，筱月桂起身告辞，那女人送客一直送到街口。

他问她在想什么？

筱月桂当未听见，去摸他，并抬起身来去看。

"我知道你喜欢什么。"他说，"别急，尺寸还未到。"

他们大笑着倒在床上，像以前一样激动。她任他脱她的裙子，解开系住的绳结，上身露出来，挂在腰上，回回她都被他边观看边抚摸她的乳房，弄得晕眩了，这次她索性闭上眼睛。恍惚之中，她记起他第一次在她的化装间的情景：他抚摸着她的乳房，先是轻轻地握住右边，再抚摸左边，摸到乳尖时，她呻吟了一声，想把他的手按在胸口，他的手却已经先一步滑向她的腰和大腿，她本能地想挣扎，身体却向他投降了。

她闭着眼，不看他一脸坏笑。正在这时，他急切地穿透进来，她用手拉他的手臂，他抚摸她的脸，烫烫的舌头裹住她尖硬起来的乳头，顿时她感到天旋地转。

"这样下去，要洗澡，还要化妆，怎么来得及？"她自言自语，松开手。

"今天到此为止吧，总得适可而止。"他坐了起来，她也坐了起来。但是看到相互一无遮掩的肉体，又心旌摇荡起来，抱在一起，狠命地亲吻，滚倒在床上。

过了好一阵，她问他，没有晕过去吧？

"你呢？"

"我晕过去了，好像瘫了。"她实在太享受这种快乐的幻觉。

"我也是跟瘫了一样。"他叹了一口气说。

她抬起头来，看看墙上的钟已经指向三点。她把衣服拿到余其扬面前，又去衣柜找自己的衣服。如意影片公司，他们俩是最大股东，投票决定的事也就是听他们的决定，但过场还是得走，那么多人等着。她找到一件蓝花旗袍。

他拦住她："不要穿，再看看。"

"看了这么多年，还没看够？"

他捧着她的脸，看着她的眼睛，说："没够，永远没够。"两人又镶嵌在一起，马上就开始感到那销魂蚀骨的战栗，在朝全身波及过来。

"起不起来？三点一刻了。"

他摇摇头："怎么还像第一次偷情那样，惊心动魄的。"

"偷情最好，惊心动魄最好！"她热情地吻他，"我还不能放你走。"

他们俩又抱在一起，但无奈地看看钟，不好意思地笑起来。十分钟后，他们在车子里。这次筱月桂开着车，她握着方向盘，望着道路，说："我们好了有十年吧？"

余其扬深情地看着筱月桂说："可不，真有十年了，1915年的事。"他注意到筱月桂拨盘大左转时的自信和矫健，由衷地说，"你三十出头了，却越来越漂亮迷人！腰身还那么细，奶子还那么挺，脸还那么细嫩，你比哪年的筱月桂都更加标致。"

筱月桂咯咯地笑起来："这是在车里，别说了，说得我又心旌摇荡起来。你比哪年的阿其都更会恭维女人。"她眼睛斜了一下他，马上看着道路。不过笑停了，她似乎还在思考，最后像自己回答自己："十年来你我还在一起，有这点就够了。"

第二十四章

风度翩翩的将军在舞厅里跳舞，他和最艳丽的舞女跳出一段美国最流行的花式狐步舞。

这是如意影片公司的第一部电影《飞行女侠》的开场。编剧导演都是刘骥，原明星公司的著名摄影师杨之仲掌机，起用李石康做剪辑，李石康曾在美国跟着格里菲斯等大导演做过特技设计。在中国默片时代的电影中，此片的剪辑技术确是迥出流辈，可以说相比当时的世界先进水平，毫不逊色。

女主角当然非常荔荔莫属。在拍这部电影前，刘骥就让她在几家电影公司客串小角色，现在她对摄影机已经相当熟悉。男星则是从明星公司挖过来的名角张慧，当时称"潘安加武松"，足以匹配常荔荔的艳丽加矫健。

影片未公演，小报就在报道，说如意影片公司捧出的常荔荔是中国申曲女王之女。也有小报打探得更仔细，道出新星是上海滩洪门山主常力雄的遗腹千金。本是无名之人的常荔荔一时成为人们的谈资。《游戏报》还抛出独家新闻：从美国留洋回来的常荔荔已受聘好莱坞，拍完《飞行女侠》便动身回美国。

穿着睡衣，筱月桂拿着报纸从楼上下来，对秀芳说："从现在开始，每天都买报纸。"

秀芳在用鸡毛掸子掸沙发清扫："好啊，我就去买一个本子，为荔荔做剪贴。"

筱月桂满意地笑起来，把壁炉台上有些歪的蜡烛摆正。她从壁炉上的大镜子里，看见厅里挂着一台金碧辉煌的西式吊灯。

摄影场上，常荔荔正在发脾气，把脸色摆给张慧看："动作真笨，遮住了我的脸。"筱月桂看了导演刘骥一眼，他只能叫停，上前解释："常荔荔说得对。这样，'开麦拉'拉近一点，调整角度，突出常荔荔含情脉脉的眼睛。"

镜头上出现了舞女的大眼睛，含情脉脉地看着男人，说了一句话。

她的话打在字幕上："你会娶我吗？"

将军舞曲未终就停住脚步，低着头表情悲伤，走向舞池边。舞女追上来问。将军拉住她的手，恳切地说：

"小姐原谅，革命领袖不能娶舞女。"

背景上，一对对男女继续在翩翩起舞，舞女孤单坐着，伤心地侧过身去，悄悄垂泪。

这是一段伤情剧。当时的电影观众最爱看这种断肠戏，观众看到千娇百媚的女影星，也一样受人间诸般苦，只能为她慷慨落泪。在电影公司放映场里看样片时，连筱月桂也拿着手帕擦眼睛，常荔荔坐在她身边，高兴地拥抱母亲，响亮夸张地亲她的脸颊："You see. You see. I did it. I did it！"

但是常荔荔凭此剧享大名，绝不是靠苦情，而是靠了所谓的武旦戏——不是古装片中的十三妹之类，她瞧不起那种旧式功夫。她力劝筱月桂投资拍这部片子，就是因为她在美国读书时学会的各种运动技巧。可以说，这部电影是专为常荔荔设计的，别的女演员都演不了。

战争开始了，副参谋官冲进舞厅来敬礼报告："军阀和帝国主义要来轰炸我们。"

人们尖叫着四散奔逃，将军和副官骑马急驰回指挥部。

将军在大声发命令："立即撤退！"

军队在奔跑。

而这时舞女也跳上一匹白马，却朝另一方向，驰过原野。她穿着一套黑色航空服，戴着护目镜和一条红丝巾，丝巾像火焰一样在黑白银幕上燃烧。

电影白天黑夜地加班赶拍，放映时，有几部特制的拷贝，特地加了颜色。那是李石康想出的花招。筱月桂大力支持，还专门招了几个小工。

剪辑室的角落里，小工们往每格胶片上添红色，要添几万格。开始这几个人觉得工作轻松，占了便宜，两天下来，手酸得自己捏摩，直抱怨："筱老板出的馊主意，害死我们了。"

但是筱月桂要亲自掌握这个"彩色片"的效果。她一有空就走进来，目光威严地往众人身上一扫，说："仔细添，别添出格，后天必须全部弄好！"她觉察到工人们脸上的不快之色，也不想安慰，"不做就说，让我另找人，两天内就要拷贝！做完就付钱。"

众人不敢作声，赶快拿起小毛笔，继续添红色。《飞行女侠》有一点尚算幸运，因为红巾女的围巾是飘飞的，不小心涂出格反而使飘飞感觉更好。

常荔荔特地开车去把新黛玉请来，她和小时候带自己的新婆婆感情一直很好。新黛玉不给筱月桂看戏的面子，也得给这个她最宠的孩子。

这部电影的战争场面来自想象的未来。看到飞机直冲上来，新黛玉大惊失色，闭上眼，摸着心口直叫："哎哟哎哟。"她差点吓出心脏病，想离开。筱月桂站起来遮住幕布，弯下身来，摸着她心口说："姆妈，别怕别怕，电影是假的，吓人的地方我给你捂着眼睛，但你不能不看荔荔下面演的戏！"

新黛玉这才不闹着要走。

电影里，红巾女从她的白马跃上敌人的直升机翅膀，再爬入驾驶舱里。她双手抢夺操纵杆，飞机开始东歪西倒地飞行，惊险地时而直上空中，时而侧身转弯，时而直下俯冲。那个可恶的帝国主义机师，脸长得很像日本人，吓得手足无措。红巾女双腿绞住敌人机师的脖子，用拳头打开日本人的手，猛拉操纵杆，飞机渐渐倾斜直到整个翻过来，在田野上空左右摆飞。红巾女抓住操纵杆，悬吊在空中，敌人机师已经跌出机舱，惊恐地死命抓住红巾女的腿，这两人在空中吊成一串。飞机倒悬着飞进一个大城市，明显是上海，从飞机上看到黄浦江与苏州河弯曲的河道，市民们满街奔走指点空中的奇景。

银幕上红巾女弹腿一脚，把敌人机师踢掉，敌人机师翻着筋斗，从空中栽落下来，落进上海市区的楼群石墙之中。

字幕是："尝尝中国功夫！"

电影院里放映这一段时，观众大喊大叫；母亲把手挡在惊呼的孩子眼前，自己却也止不住尖叫；很多人吓得闭上眼睛，还是出现不少吓得晕过去的例子；有恐高症的男人被电影中真切的高空效果惊得闭过气去，以至电影院不得不贴出警告："惊险十足，紧张万分，胆小吓死，自负责任。"

这只能让每个人都来试试胆量，票房更火。

红巾女扳正操纵杆，飞机渐渐翻了过来，她也顺势坐回到驾驶室。红巾女把飞机开到田野中敌人阵地上，丢下炸弹，银幕上爆炸连串，敌人在火光中四肢乱舞地炸得飞起来。

每次演到这一段，电影院里全场观众鼓掌欢呼，狂热地大声喊好，群情欢腾。反正当时是默片，不需要听声音。

上海的西方人一般只看西方进口的电影，听说了这部电影之精彩惊险，也纷纷来满足一番好奇心。

"这太不像话了！这不成了过激党煽动吗？"一个英国男人说。

男人身边的一个美国女人说："这个女人挺可爱的，叫作什么Lily Chang，我要去会会她。"

英国男人说："这是中国的玛丽·璧克馥。你在美国能约见玛丽·璧克馥这样的明星吗？"

"别找别扭话说！"女的气鼓鼓地说，"在中国，我就是能跟名人平起平坐！"

那个英国人的直觉很敏锐，如意影片公司出品的《飞行女侠》，在1925年的背景上，真成了过激煽动。五月下旬的上海，示威演说者往往拿这电影来给人们鼓劲。游行的示威人群，每次走过正在放映《飞行女侠》的电影院，必然欢呼雀跃。若正逢电影院散场，人们从电影院里出来，直接冲上大街，加入游行队伍，大大壮了爱国志气，高呼"打倒帝国主义"，口号震天。

在南京路虞洽卿路口，租界巡捕的高压水龙对着游行队伍狂扫，不少人被急水冲倒在地上，但也有全身衣服湿得粘在皮肤上的矫健少女，学着"飞行女侠"的本领爬上水龙车，跟巡捕房的水龙枪手搏斗。

这个夏日，是新女侠常荔荔大出风头的季节。刘骥在游行队伍中，看到这些敢打敢斗，敢为男人先的上海女人，被水淋得身体线条毕露，却毫不觉得有必要遮掩一下，不禁想起德拉克洛瓦的名画《自由领导人民》，守在巴黎街垒的男人们，看到自由女神的尖耸的乳房，勇气百倍地敢为时代而死。

几年后，他开始写小说，醉心于写出一系列有健美豪乳的革命女性。

现在筱月桂正坐在我对面，当年醉倒上海滩的身材依然，连我这个女子都看得脸红心跳。我问她驻颜用了什么神术？她只是笑笑，几乎有点腼腆。

常荔荔没有继承筱月桂亮丽糯柔的嗓子，却继承了筱月桂的身材，西洋式的三围，尤其是那对乳房，正在青春的身体上越长越挺拔。她不必像筱月桂当年，被迫裹胸。

中国春宫画中的女裸体，也就是中国男人的色情想象，几乎全是上下一笼统的肉筒子。美女无非比较纤细一点，乳房马马虎虎点两下，敷衍了事。中国写美人的无数诗文，什么都写，写身体却只有几个套语"酥胸""纤腰袅娜""香温玉软"，似乎从来没有往身材上看一眼。

自从筱月桂有这"中国式"的体态，此后这样的身材，就不断出现在国人艺术表现之中，也更多地出现在中国女人身上。

当年常力雄怎么会一下子看上小月桂，而且被迷得灵魂出窍？

我一直没有弄明白这一点，直到细读刘骥的早期小说，想到上海现代性形成，才恍然大悟。他的《红蔷薇》《狂流三部曲》和《江》，其中的女性主人公，尤其是女革命者，都有一副"魔鬼身材"，丰乳细腰。

刘骥成为中国的德拉克洛瓦！我用不着怀疑，他写那一批小说时，心里想的是筱月桂。

说来荒唐：乳房，成为时代精神的象征，新时代的新兴奋点。而且这观点是由中国人自己提出的。

那么，这个江湖好汉常力雄，在华洋混杂的上海滩，不自觉地拥抱了尚未完全显露形态的新时代精神。如果允许我妙笔惊人，常力雄真是先天下之爱而爱。1925年爱上《飞行女侠》中常荔荔健美体态的上海市民，比常力雄看女人的眼光晚了十八年。刘骥的小说，上海《良友》画报的广告，都要到二十年代末，三围才开始夸张起来，比常力雄的眼光晚了二十多年。

飞机在指挥部上空俯冲下来，差点擦到人头上，突然又猛地拔高，从飞机上看地面，一会儿小，一会儿大。将军手搭凉棚在观看。

他问："飞将军是谁？"

飞机终于降落了，红巾女从机舱跳上机翼，又矫健地跳下来。将军带了随从走上去，带头向英雄敬礼。红巾女脱掉帽子和护目镜，将军呆住了。

"原来是你！"

红巾女做妩媚女子态，把手伸给将军。

"你娶我吗？"

将军像西方人那样单腿跪地，吻她的手：

"请小姐同意嫁给我。"

电影最后的镜头，是一个穿西装的男人，揽着披一袭白婚纱的美貌女子，两人对视，情意绵绵，头越靠越近，在嘴唇亲吻互相接上的那一刹之前，片子切断，打出了"终"字。

全体站起，长时间的鼓掌，男人欢叫，女人擦眼泪。看到此情景，电影院的包厢里，筱月桂余其扬和常荔荔三个人兴奋地拥抱在一起。

电影院正在散场，观众中有人看见了包厢里的人，尖叫起来："筱月桂，申曲女王！""看呀，那是常荔荔！"其他观众也都冲到走廊，拦在门口，尤其是女人，个个要挤上来摸一下常荔荔和筱月桂。余其扬赶紧指挥手下人保护这母女俩，他们挤进汽车，人群包围着汽车，汽车慢慢朝外驶。

电影院门口，上面整堵墙画着常荔荔，脸像个舞女那么妩媚，但身穿皮航空服，英姿飒悍，跟当时的纯情女电影明星很不一样，一时"荔荔服"——夹克式军装——成为青年女性勇敢的象征。

天还没暗，彩色霓虹灯广告却打亮了：

如意影片公司空前巨制

常荔荔主演

飞行女侠

在汽车里筱月桂搂着常荔荔说："你比我当年还红！乖荔荔，你真让妈妈高兴！"

余其扬在前面回过头来说："如意公司这下子大赚了！"

常荔荔还像小时候那样拍拍余其扬的头："你就想着钱！我要跟好莱坞合拍大片！我的英语，我的美貌，还有我第一流的演技，整个上海无人可敌！Absolutely no one！"

"别急，别急。"筱月桂兴奋地说，"我们一直拍下去。让你红透天，让我们赚够钱！就是我可怜的如意申曲团，已经好久没有去照应了。"

第二十五章

这天李玉看到筱月桂安静地坐在客厅沙发上，这倒是这段时间很难得的事，就端上茶水，新到的碧螺春。筱月桂正在出神地想什么事，看看李玉，又继续想自己的心事。忽然她问李玉："你是不是有什么话要说？"

李玉吓了一跳："没有，没有哇。"

筱月桂看看她，回过头去看窗外的紫槐花，开得艳美，颜色粉嫩，好像多看几眼就会凋落。李玉又送上一盘筱月桂喜欢的葵花籽。筱月桂看看李玉说："你既然有话要说，吞吞吐吐，含个汤圆在嘴里做什么？"

李玉窘迫地站定了："小姐真是厉害，怎么知道我有事？"

"我是孙猴子投胎，看得见你肚肠里的曲曲弯弯。来来，坐下说，话藏在肚里不生利息。"

李玉满腹心思，坐到筱月桂对面的沙发上："小姐如果有几分钟，听不听一个街坊闲话？"

筱月桂乐了："这儿街坊会有闲话？我看隔壁人死了都没人知道。"

"不是这里，据说是旧城里的故事。"

"李玉讲故事，必是好听。"

"据说是真事。"李玉认真地说。她看着筱月桂，讲了起来。

有个挑馄饨摊儿的小贩，每天夜里走那几条道，卖半夜点心，刮风下雨都准定到，所以生意不错。有一家每天必买，是一对夫妇，住在一家烟纸铺的楼上。楼下是店铺，走后门不方便，所以妻子总是听到叫卖声，便打开窗子，吊一个篮子下来，里面放两个碗、两角钱。小贩将热馄饨装好再吊上去。看得见女的在缝衣挑针，男的在读书写字。两个人亲亲热热吃完夜宵，就拉上窗帘安枕。

筱月桂的手本来放在沙发边上，衬着自己的脸颊，听李玉往下讲："这么每夜两碗馄饨，吃了十多年。每天有这笔小生意，馄饨贩子心里高兴，这天白日走过烟纸铺，顺便问一声，楼上的夫妻做什么的？烟纸铺的人说，哪来的夫妻？男的五年前就得病死了，只有女的寡居楼上。"

"哦——"筱月桂说，"这个女子想念丈夫，非买两碗不可！你看我是专演故事的，都让你说得掉泪了。"

李玉说："这个小贩却受不了，从此不走这条路。"

"何必呢？"筱月桂说，"他不敢卖馄饨，我们怎么敢唱惨情戏？"

"所以我看小姐的戏时老是掉泪，我是戏呆子。"

筱月桂仔细来回想想这故事："其实卖馄饨的人不应当觉得这是惨事，这个妇人还是幸福的：夫妻生前恩爱，身后还是那么恩爱。不过你如果想说的就是这么一个故事，支支吾吾干什么？"

李玉脸色有点绯红："我想结婚了。"

筱月桂差一点从沙发上跳起来："我说呢！原来是你自己想吃双碗馄饨。你的老相好，恐怕快五十了吧？结了婚，你的工钱给他当赌钱还不够。"

"就因为老了，我们才想到要结婚。总算是一辈子相好一场，到临头，也算是个正果。"

"这个开场白故事不值得！什么时候办大喜事，我要送一件好礼物。"筱月桂说，"不过，你可不能离开我。"

李玉为难地说，老头子，死老头子要我好好建一个家，正巧小姐最近不太上戏院，我就可以得空。

"你咒我永远不会唱戏了？"

"当然不是。我是想，过不了多久，老头子的赌瘾又会发作，还得让我来赚小姐的工钱。"

筱月桂很不情愿地说："算你请假去度蜜月。至于你的男人，"筱月桂冷笑一声，"我来邀他打麻将，叫他输个惨，输得把你卖给我。"

"好办法。"李玉放心地大笑起来，"他哪是小姐的对手？"

李玉走开后，筱月桂望着这个跟了自己多少年的仆妇，心里突然有一种莫名的惆怅。那个两碗小馄饨的故事，像一首伤心的曲子，纠缠在她心口，使她坐立不安。她中了邪魔，怎么也定不下神来。

余其扬从外地回来，筱月桂叫人开车去火车站接他，但是余其扬先得去银行，办完事然后再来看她。说不管怎么忙，今晚肯定到极司非尔路。荔荔跟如意影片公司的班子到山东去拍外景，她很喜欢正在拍的新片子《脂粉英雄》，这是刘骥专门为她写的剧本，西部片式的左右双枪女侠，一边跑马一边开枪，公司到黄河冲沙的海口区，当作沙漠戈壁外景。

筱月桂泡了一壶茶自己喝着，她知道余其扬说来肯定会来，不管是多晚。他不会先回自己家，他说过，那个家不是家，至多是个客栈而已。

她亲自下厨为他做好几样他最喜欢的菜，等着他。她穿了白衣黑裙，头发挽得高高的，没有戴首饰，神情安详而娴静。这晚清风明月，街上的法国梧桐沙沙作响，月光被擦成碎片落在街面上。

余其扬的汽车开了过来，秀芳去打开门，车进到院子里停好，熄了前灯。余其扬一人走下车来，一身白西服，打着领带。筱月桂站在窗前，看见他熟悉的身影进屋，她飞快地擦了一下粉，拉拉端正衣服，在镜子里端详一下自己。三十五岁了，女儿都已经十八岁，在从前乡下镇上，该准备做婆婆了。但是镜中的少妇，瞧上去实在是只有二十五六岁。

余其扬的脚步声上楼梯。

筱月桂站在楼梯上端，注视他走上来，给他接过外衣挂好，又端来热茶。余其扬觉得奇怪，他的眼光在安静的屋子里搜寻。

筱月桂说，她让李玉秀芳早点休息，她要陪他下楼去吃点东西。

"不用，刚应酬过。"他坐在软榻上，拉过筱月桂的手。他们是职业夜游神，已经很少有两人静静坐一下的时间。

她站在他面前，亲热地说，阿其，我第一次看到你，是个最没出息的小龟，下三烂，一文不值的服侍妓女的角色。

余其扬笑了起来："可不。我第一次看见你是没资格上床被客人骑的丫头，都说你连街上拉客野鸡都做不成。"

他双手环绕过来，两人抱在一起，抚摸着对方，轻轻接吻，身体移向床。

"但是现在全上海是你的地盘！"

"但是现在全中国都仰慕你的艳色，流传你的各种消息。"

"我们认识十九年了。"她说。

"一晃快二十年了。"

她退到床一侧，吻他两腿之间，他抚摸着她的脸，呻吟起来。天阴下来，窗外的绿树随风荡漾。

余其扬坐在床边，他面对墙上的一面镜子，换过了，从椭圆形换到方形，再换到长方形，现在是菱形。他看见自己的脸，镜里可看见床架子部分，还看得见她起身坐在床上，她露在衣服外面的半个背，那文了朵桂花的肩膀，他闭上眼睛。她面对那面永远也未改过的镜子，朝镜子里的那重新睁开眼的男人一笑，窗外的绿树，在有规律地飘来拂去晃动。左边一直在变的镜子里是他们俩，右边不变的镜子里也是他们俩。

她正要站起来，他往前扑倒在床上，顺手就脱掉了她的内衣。

他们已经抱在一起，她习惯抱着他将床上的枕头和垫子全部扔在地板上，在床吱嘎响的伴奏下，这时，她看见那永远在变化的镜子里的女子，脸红润，眼睛漆黑。

不错，她还是十多年前那个少女，甚至比那个少女更有女人味。她的身体饥饿地摆动，一头黑发波浪起伏，她的乳房还是惊慌失措地挺起，甚至能感觉到一串一串的火苗滑过皮肤，层层叠叠涌过小腹，光聚集在下身的一个点上，膨胀得痛。他俯下来，吻她那儿。她扭头去看自己这边的镜子，几乎转瞬之间，她完全不认得自己，挣扎着想翻过身，却觉得床帐的纱布像网丝一样压下脸和胸口来，呼吸不了，心跳几乎停止了，她猛抓他的背："我要死了，你不可惜我吗？"

他捧住她的脸，看着她说："我也活不成了。"

"快进来，阿其。"她的双脚激动地踢他。"好，进来。"他一把将她的身体翻过来，从后面进入她。她看见镜子里的他脸上沁出汗珠，手想扳过她的脸来亲吻，她感觉下面撞击得她整个身体都在一片片收紧，向下身变紧的部位紧缩。

他的双手环绕过来，紧紧抓住她的乳房，突然加一个刺激点使得她喊叫起来。她感觉他的速度跟上她的高度为准，两人像火山喷发一样，呼的一下腾起在九重天之上。

"快到了！"他在喊叫。

"已经到了！"她也在呼叫。

她一身光洁，融入耀眼的光束之中。他们一起到达快乐之巅，浑身是汗。"我也到了！"他叫道，"到了，到了！"

两人的喘气渐渐平息下来，慢慢地回到现实世界里。她上气不接下气地说："我不想你这么快出来！"

他说："我知道。"

房子里什么声音也没有，连镜子上都蒙了一层他们身上散发的热气。不知隔了多久，仿佛起死回生，筱月桂在床上动了动。她觉得奇怪，这么多年了，她的反应越来越强烈，快乐时幻觉到的情景越来越暴烈，之后虚脱一般的享受也越来越频繁。本来随着年龄，应当对人生更随和，把一切看得平淡一些，可是不，她享受快乐的欲望反而更强烈，每天夜里都想和余其扬在一起。

这种依赖感，让她害怕起来：她实在怕失去这个男人。她伸过手去端床头柜上的杯子，喝了一口水，递给他："阿其，再过二十年我会变成一个丑老太婆，你会不要我。"

余其扬喝完了水，把杯子放在地板上。他摸着她散落在肩上的长发说，不会的，你越来越漂亮，我心里只有你一个人。我们的一切全部套在一起，资金也套在一起，事业也套在一起。没有如意公司的大成功，力雄银行不可能最后站稳脚跟。没有力雄银行呢，如意公司难以发展。公司离不开银行，银行离不开公司，没有办法分家嘛，当然人也永远套在一起。

筱月桂没有作声，只看着余其扬的眼睛："你心里真的只有我一个人？"

"当然，我心里一直就是这么想。我从来没有瞒你，我是江湖上跑的男人，也难免遇上逢场作戏的花花事。不过每一桩你都知道，从来只当作我们调笑的故事。我没一桩是认真的，你也从来不当作一回事。"

虽然是烟草公司的牌子美女，但筱月桂为了保护嗓子，不沾烟酒，只有在台上演戏，角色不得不抽烟时，才做个样子吹烟。这香烟是给余其扬准备的，这时想起他大概需要，就从床头柜上的烟盒里抽出一支，点上火，递给他。

他接了过来，继续说："而且那些女人没一个敢吃你的醋。"

她倚着枕头半坐起来，大笑。笑够了，她说："既然我们俩不会分开，我们在床上也越来越恩爱，越来越痛快，互相没一点厌倦，你就娶我吧，我们结婚，好吗？"

余其扬完全没有想到她会说出这样的话来，一愣。

"你不愿意？"筱月桂迟迟疑疑地说，"不会吧？"

余其扬的反应，出乎她的意料，她原以为他可能不会马上同意，毕竟牵连的事情太多，或许他会开几句玩笑，腾挪一下，暂时避开，从长计议。他一向有急智，善于应对。

但是这次她错了。余其扬没有这精神准备，好像脑子停转了，被她的话震麻木了，让她很窘迫。或许他有意不愿在这个题目上说含糊话，做虚姿态，就是想给她个干脆。

筱月桂只能用最大的诚恳，说出真意："其实我这些年一直在等着你对我说，你不说，那我说出来。"

余其扬坐到床边，猛抽烟。没一会儿他裸着身子走向床的另一侧，去拿烟灰缸。筱月桂看着他，也坐了起来，温柔地说："看来你是不同意，能告诉我一个理由吗？"

"我家里有个黄脸婆，你是知道的。"

"这不是理由。当今中国哪个大英雄不是把黄脸婆离了，另娶一个漂亮能干的呢？孙中山？蒋介石？"她看到余其扬没吱声，就说，"行啊，你不离也行。洪门老大哪个没有三妻四妾的？我做偏房，这总可以了吧？"

余其扬按灭了烟头，默默地穿衣服。他系领带，沉默着。筱月桂的脸色越来越难看，她觉得心口闷得慌，忍不住说她也依然不会妨碍他逢场作戏，拈花惹柳，或是再娶小妾。她的眼泪都快涌出来了。

余其扬不忍心看见，偏过头去说："小月桂，我们说的不是这么一回事，我们之间婚姻不适合，唉，不是这么一回事。"

"那是怎么一回事呢？你心中另有人？"

"你明白，你是我两个老板最喜欢的女人，两次做我的师娘，又是我少年时一见倾心的女子，是帮我得天下、患难与共的女人。哪一样感情，我都终生离不开你！我没有遇到一个人能让我真正动心的，只有你永远让我动心。"

筱月桂听了他这番话，从床上跳下来，抱着他狂吻，一边说："那么，让你一辈子动心，不好吗？"

"好，好，我就要你这个话，心就满足了。但是这和结婚是两码事。说白了，做我这种生意的，家中不能有……"他停住了，说不下去。

"不能有什么？"筱月桂几乎喊了起来，"你说呀！"

余其扬找不到词，他知道这个词不应当说，对筱月桂不公平，他也不是这个意思，但是他就是找不到别的词，这是一个社会公认的类型，不由他挑选。

"不能有悍妻。"余其扬终于说了出来。他准备好了解释："你作为女人太厉害，本领太大。我当头的是个要杀人动刀枪的帮派，虽然现在很少做到这种事，但手下的都非良善君子。家里有个我服的人，我在外就无法威服别人。"

筱月桂泪水一下子就流了出来："你，你真没良心，为了你，我承受了一切风险，舍得出钱财，舍得出性命，舍得出我的魂，你对得起我吗？"她看起来有点神志混乱，话说得歇斯底里。

余其扬抱住她，她一口咬着余其扬的肩膀，大声哭起来："你不娶我，我也能杀了你，黄佩玉没有娶我，我照样把他杀了。"他把她放在床上，按住她，让她镇定下来。

"杀就杀吧，"余其扬动情地说，他俯下身，吻着她脸上的泪水。

"怎么？"筱月桂坐了起来，"你以为我不敢再杀一次？"

暗杀黄佩玉，是筱月桂一生所行最大的险事。其中的种种安排，一环环的圈套，其中的层层秘密，连他们自己现在都说不清楚。

盯在黄佩玉身边监视他一举一动的，当然是余其扬。余其扬的若干死党，也只是叫做什么就做什么，没有一个了解全局，只是执行筱月桂交代的具体任务。

他们当时的境况，已经不允许犹豫：黄佩玉不会永远养着筱月桂这个情妇，但是更不会允许他的手下人偷他的女人。记得余其扬婚礼那晚，黄佩玉没看见筱月桂出现，问了余其扬一句："哟，筱月桂怎么没来？"就这一句话，他的背心都汗湿了。

哪怕黄佩玉一直没有怀疑，他们也已明白：当差永远是当差，情妇永远是情妇，没出息永远也没出息。

那时他们还没有执掌上海洪门的野心，也明白：一旦这个人消失，上海洪门换新山主，许多事情就有开出新路的可能。不过所有的算计加起来，都不足以让余其扬冒这个大风险。他很犹豫：他看到过洪门处理内奸杀一儆百的残忍，他不愿意两人落到这样的处境，哪怕逃过法律，也难逃脱洪门的掌心。

筱月桂却逼住他：黄佩玉是洪门第一大内奸，你们如果能把他凌迟处死，我就放弃这个计划。

余其扬无言以对。

她说这事没有胜算，可能她与黄佩玉两人都会死，但那样也给常爷报了仇。余其扬最后被感动了：这个小女子，比他更敢作敢为。他不知道折磨着筱月桂内心的巨大苦恼：是她当初的糊涂，让常爷落入黄佩玉的陷阱。如果她不能让黄佩玉死得更惨，她的内心会永远不得安宁。

最后东昌镇的炸药，是筱月桂的设计，没有别的办法肯定能杀死善于防范的黄佩玉。虽然带绊绳的炸药地雷是余其扬向溃败时卢永祥部的军需官购买，但他认为这太危险，迟迟不愿同意。

筱月桂事先看好了那个树桩可以掩护她自己，但是炸药爆炸的一刹那，无人能算准可以全身而归，那距离之近，足以证明绑匪是想同时灭掉两人。

等到炸药震波过后，原本是虚戴着眼罩的筱月桂，才在烟雾中迅速给自己扣上预先准备好的脚镣，再把手铐背扣戴上。这很难，但是她从小手脚灵敏，事先又苦练了好多天。现场的一切情况证明，她实在是一无所知。哪怕树桩救了她一命，也需要眼明身快，连久历战场的职业军人都难以做到，不用说一个双手被铐在背后脚被系住，完全无法动弹的女人。她的逃生纯出于偶然，千分之一的可能。工部局那些福尔摩斯的徒弟，即使有人怀疑，也找不到任何证据。黄佩玉的几个死党，也一直找不到报血仇的人。

这样可怕的秘密，永远不会有人知道，连我都无从猜测。

我又如何想象那一切呢，根据是什么？是筱月桂自己在这里对余其扬说的话："我把黄佩玉杀了。"

还有比这更坦白的话吗？

这下子被我抓住了把柄，筱月桂这才不得不对我承认了，但是依然语焉不详，怕牵连更多的人，毕竟不是一两个人能做下来的事。如果有人想查清这件上海洪门史上有名的凶案，或是黄佩玉的曾孙想报仇雪恨，我先声明：我这本书写的话做不得证据。他们还是应当请专业侦探，找到经得起法院审查的证据。

毕竟，筱月桂是戏子，哪怕绑架杀人，她也能演得活龙活现，让黄佩玉都上当。

这件事上筱月桂的狠劲，不能说没有给余其扬留下一点儿畏惧，尤其是要把这个女人娶回家。余其扬直觉不错，家是躲也无法躲的地方。或许，他也敏感到了这个天下无双的女人有扫帚星命？

在那个她一生都不肯多想一下的晚上，她一把推开他，把头埋在枕头里。他耐心温柔地摸着她的肩膀，过了一阵子，她却抬起头来，平静地说："是我太不像话，你没有错，我太过分了。"

余其扬长叹一口气，站起来，说我们都好好想想，很多事情，要静下心才知道自己应当怎么做。

他穿上西服，去浴室里洗了个脸。这么晚了，平时，他是绝对不会再离开筱月桂"回家"去，今天他那老婆根本不知道他已在上海，更不必回去。但是他觉得不能在这儿留下去。

他从浴室出来，走到床前，对筱月桂说："那么，我走了，你好好休息。"

筱月桂没有挽留，只是趿上拖鞋，抓了件睡衣披在身上，陪他一起走到走廊上，两人一起沉默地下楼梯。走到房门口时，她才说：

"你拆乱了我心里的线头，但我不相信有情人就不能终成眷属！"

余其扬没有回答她这番好像是戏里说的话，只是看着她，伸出双手，似乎有歉意地紧紧地拥抱她、亲吻她后，一转身拉开门便出去了。她站在原地没动，木偶一般看见汽车发动亮着灯开走。

她站着，懊悔自己做急了，失态了。只要余其扬还爱她，她完全不必着急，慢慢地一步步来。他们之间的千山万水，她能越过，他不能让他离弃她，现在她要花好多倍的心思，来弥补这个错误了。

但是她非做到不可，她相信自己能做到——能冒杀一个洪门山主或爱一个洪门山主的全部风险。如同十二年前，对他的感情危险万分，可就是那种危险的感觉，她反而明白了自己的心。

孤身面对一片路灯半照的黑暗，泪水盈满眼睛，她强忍着不让泪水涌出。她演惯了别人失恋的苦情，现在轮到她自己，才知道那苦，完全无法扮演。

第二十六章

筱月桂在后台卸妆。这些日子她难得有机会上台，唱戏成了票友客串似的。戏园在她预定要演出的日子大做广告，一些老戏迷，就爱听"筱腔"，觉得那种深沉低回，特别过瘾，听多少遍，还要再听。也有人就爱看她的扮相，觉得她扮演的少妇，甜姐儿的笑脸，看不到就难受。

这天她在戏园收到一个奇怪的电话，照例是李玉代接的，那人坚持一定要筱月桂听电话，说是有极端机密的要事。筱月桂没好气地拿过话筒。话筒里是一个中年男人的声音："你做的丑事，我们全知道了。"

"了不得！"筱月桂讽刺地说。她接到过很多奇奇怪怪的电话，从来不当一回事。

"你当过野鸡！"

"我当过你的祖宗！"筱月桂把电话一扔。

过了半分钟，那个人又打过来了。筱月桂不接，不过她心知还是那人，倒要看看他有什么话要说，便让李玉听下去。李玉边听边传话给她：

"叫筱月桂拿出两万元，不然把确凿证据公布于众。"

筱月桂说："你告诉他，叫他先拿二万元雇保镖，不然还没有来得及公布，头就找不到了。"

在回家的车子里，她们还拿这个事情逗笑。但是筱月桂隐约觉得这个人不像是在虚声恫吓，他开价过高了。

后来这个人又来要过几次钱，价钱倒是越讲越低，最后低到三百元。但是筱月桂知道如何对付这样的勒索，坚决不予理睬：这种事，你只要给了一次钱，他肯定会再来啰唆。

秀芳每天早晨一成不变的差事，就是购买各种报纸，剪取有关筱月桂的戏评和新闻。现在又要剪常荔荔的报道，让筱月桂有空翻一下。秀芳本来认字读报挺艰涩的，现在有空就看报，津津有味。

筱月桂要她不管好坏都得留下，十一二年来，这些报道积了几大本，筱月桂甚至能读得出报社某些名笔写的文字。

在这些记者采访时，她能背得出对方写的得意字句，弄得记者兴奋异常，受宠若惊：他们写的字句，竟然能如李杜诗一样传诵！这个女闻人既然看重他们，他们也就更乐意写她，还为她编出各种各样的名号，称她是"上海三百年第一奇女子"，或是"上海艺坛女祭酒"。

但是这天的《游戏报》有一篇文章，把秀芳看得脸红心跳。

上海滩俏闻人竟是野鸡，演艺界女光棍本自贱业

下文里说：艺术本寓教于乐，诲人以善。目前国内演剧界，良莠不齐，亟待整顿。近查申曲领军坤角，竟为幺二妓女出身，从不思悔改，经常上演淫戏，竭尽媚声浪语，败坏风俗。

文章的署名"连城"，明显是笔名。

秀芳把这报纸藏起来。筱月桂却问："今天的《游戏报》呢？"

秀芳没抬头，告诉她今天没有出报。

"少瞎讲，我就等着看这报。"

秀芳惊讶地说："你早知道啦？"

"我想今天应该出洞了。"筱月桂接过秀芳递上的报纸，仔细读了，对秀芳说，"原来如此。说得个翻天崩雷，就这么一点事！你给我收好。"

她打了个电话给刘骥，她说《游戏报》刊登如此文字，必是明星公司的主意：这家报纸本来就是明星公司的一批文人弄的小报。被如意公司挖走了几个强将，留在那里的几个女星，乐丹丹、欧阳凤什么的，荔荔突然出名，把她们气得不行。电影业界用如此手段，互相对付，不太好。

刘骥答应去找出内幕，趁他们尚未点名，把场面圆下来。筱月桂表示，如果到此为止，她只当没看见。

这家娱乐小报，每周出版两次，这个星期六版竟然刊登一封"读者来信"：

连城先生文章，一箭中的。吾国艺术界之腐化堕落，有识之士早已深恶痛绝。筱月桂之流表率人物，出身下流贱业，淫邪成癖，不知自爱，以绯闻为乐。不揭露不足以改良艺术，不清除不足以正艺风。

筱月桂拿着报纸，沉思良久。只要不点名她可以不问，哪怕写得人人猜得出来，她也不管，是是非非任人评说。现在这家报纸是逼她说话，真的要说几句，就得考虑如何说法。

正在这时，余其扬给她打来电话，他比她还着急，早就请教了力雄银行的法律顾问。顾问建议诉诸法律：公共租界法庭，用的是英国法。英国法规定，在诽谤官司审讯中，诽谤者必须证明确有其事，而不是受诽谤者证明实无其事。任何事情，要提出有或无的，确证总是不易，所以英国法有利于受诽谤的原告。

第二天《申报》刊载了筱月桂的声明："《游戏报》连日文字，诬蔑本人出身贱业，此纯属捏造，已构成诽谤罪，特在公共租界法庭起诉，索赔名誉损失三万元。"

《游戏报》已有准备，马上刊登声明，说："筱月桂下流妓女出身，并非空穴来风，自有证据，将延请大律师对簿公堂。"

这一来一往，成为新闻界大消息。一时报纸上尽是不三不四的标题：

上海滩女闻人艳帜大张!

神女生涯烟消云散风流犹存!

　　余其扬非常生气,担心筱月桂一时难以见人。筱月桂最大的忧虑,是怕伤害常荔荔。但是常荔荔把报纸一扔,不当一件事。对常荔荔来说,不是上海几家英文报纸上登的新闻,都不算新闻。她觉得有趣,饭前茶后竟然大笑了几次,筱月桂也就坦然处之了。

　　出乎她意料的是,上海的文艺界人士,以及妇女界团体,纷纷发表言论,指责《游戏报》鄙视艺术家,不去指责总督出身强盗、总长出身流氓,却把女演员视为艳闻流言的凭据,用黄色新闻侮辱人格。

　　筱月桂过去一直以为艺术界同行妒忌她,妇女界的道德人士瞧不起她,尤其反感她做哈德门牌香烟广告,那件露得太多贴得太紧的洋裙,那挑逗的广告词"吸来吸去还是他好",多年来流言蜚语从未断过,与这次报上登出的话几乎完全一样,可能更阴毒。现在事情一旦公开闹起来,大家却与她同仇敌忾,至少在公开传媒上如此,她也就宽了心怀。

　　这期间收到观众来信,绝大部分只能寄到戏院,每天有一大堆。她只好带回家,让秀芳先看一遍,好多男人写的侮辱信下流至极,秀芳每天烧一盆。筱月桂有时晃到一眼,觉得男人真是泥做的,性幻想无论写出来画出来,都千篇一律,令人实在作呕。女戏迷们的来信特别有趣,大部分怕她想不开寻短见,用各种方法劝慰她。这也怪不得她的观众:她在戏里自杀次数太多,让观众不得不疑心她自己会走上这条路。

　　她叫秀芳花点时间,一封封代回这些安慰的信,秀芳的字现在写得比她好。

余其扬几次来陪她，见她都谈笑风生，他觉得自己过虑了。他们两人合计一下，对方无法出示任何证据。估计当年认识幺二荷珠的人，后来有许多会认出筱月桂，但是这不能当作确证。唯一能说出名堂的是新黛玉，新黛玉已经来见过筱月桂，说有人到她那里出巨款收买她，被她骂走，她愿意到法庭上再次臭骂那些混账王八蛋。

有一天，一个女人打电话来，说自己是律师顾瑜音，从英国学成归来后，在上海开业。筱月桂觉得听说过这个名字，是一个赫赫有名的大律师。顾瑜音很为筱月桂抱不平，愿意为筱月桂出庭辩护。她们约了在东康饭店见面。在饭店里，筱月桂看见向自己走来的一位戴眼镜的中年女子似曾相识，那个女人也说她们一定见过。

两人坐下来，没有说正题，却都在绞尽脑汁苦想，到底在什么地方两人见过？

最后，两人几乎同时想起来，顾瑜音就是筱月桂当年在张园见到的男女平权演说者，筱月桂就是那个提出奇怪问题的青年女子。两人高兴地笑起来。

筱月桂说："不好意思，那个问题问得太唐突。"

"不不，"顾瑜音说，"那个问题点到了关键，多少年来我也没能忘掉。但是在中国社会，这样的问题，要谈，社会还不敢听，在西方也只能在学术界讨论。估计，再过一百年在中国公开讨论这事也难！"

顾瑜音接着说，她之所以为筱月桂辩护，是因为要为全中国妇女做辩护。她根本不想问筱月桂是否做过妓女，报上这种文章本身，是对所有的妇女泼污水：男人三妻四妾加嫖妓都不是丑闻，凭什么女人在社会上奋斗要受到查问？她不收筱月桂的律师费，就是要为妇女讨回平等。

顾瑜音越说越激动，筱月桂觉得她的理想色彩太浓，可能不适合对付那些流氓。但是顾瑜音的热情，使她盛情难却。顾瑜音从大处着眼，倒是与她的想法合拍。

民国十五年，即1926年，9月24日，上海公共租界法庭审理这场官司。此事已经在报纸上哄闹了差不多一个月，吸引了上至官员下至平民百姓的注意。那天九江路法庭门口挤满了记者，筱月桂的女性支持者们，以及围观的路人，几乎有上千人，挤得九江路水泄不通。警察不好拉妇女示威者，只能指挥车流绕道。

待顾瑜音律师和筱月桂一同来到时，支持者们大喊："筱姐必胜！筱姐必胜！"

顾律师一身职业律师打扮，筱月桂旗袍是素蓝色，去尽铅华珠宝，文静秀雅，样子像一个上海女工，一个弱女子。她从人群中穿过，和人们握手时，好多支持者抓住她的手哭了起来。

《游戏报》方面的人看到这阵势，明白他们穿过人群，肯定会挨这些女人的拳打脚踢，只能绕到汉口路的后门进法庭。

根据英国法律，庭审闭门进行，不让采访与旁听。法庭外面围着的人，耐心地等了三个小时，一个打着"筱案后援会"旗帜的组织送来了茶水和馒头。

最后法庭门打开了，筱月桂坦然地走出来，她让顾瑜音向新闻界和公众宣布结果：法庭宣布《游戏报》犯有诽谤罪，而且"情节异常恶劣"，原告要求名誉赔偿三万元完全合理。其他报纸数十家，报道此案时对内容不加审定，点了筱月桂的名，并且用了"幺二""妓女"字样，犯有传播诽谤罪，将由原告决定是否追诉。

等在门外的支持者们，高呼："胜利！胜利！"她们把筱月桂抬起来，她像凯旋的英雄。

第二天报上就刊登了顾瑜音大律师的长篇辩护词，那简直是一篇慷慨激昂的男女平权宣言书。

筱月桂生平的所有研究者，都把此案作为重要事件。但是他们局限于报纸的报道。我研究此案，觉得报纸上的报道似乎疏漏过多。最后我花了大力气求朋友的朋友，才看到上海档案馆内库，那里有保存完备的全套上海租界"会审公廨"法庭记录。在成架成箱的资料中翻了几天，我终于找到此案的堂议辩论笔录。

原来审理过程，与顾大律师的辩护词没有多少关系。在庭上，被告盯住追问筱月桂，究竟有没有当过妓女这事实问题。

顾律师要求法庭裁决，个人经历属于隐私，此问题与本案无关，不必回答。但是筱月桂表示愿意回答这个问题，她说："从来没有。"

对方律师追问她在一品楼的经历。

原一品楼老板新黛玉出场做证，筱月桂当时名小月桂，是一品楼的佣女。一品楼待客的妓女，必须是小脚，必须是苏州口音，必须会唱评弹，筱月桂三样全无，不可能在一品楼做妓女。

对方律师追问筱月桂在一品楼之后的经历，筱月桂和新黛玉都一口咬定：回乡种田去了。

对方律师要求传见证人，一个姓曹的女人，自称是荟玉坊鸨母。那个女人说，十八年前，1908年秋天，一品楼的老板新黛玉，把一个叫荷珠的女人，卖给荟玉坊。荷珠在她手下当接客妓女，前后有四年之久，最后因生病回乡。她至今认得出，眼前这个叫筱月桂的女人，就是当年的荷珠。

筱月桂和新黛玉都一口否认曾经见到过这个女人，更不用说认识她。

在这时候，对方律师拿出了他所谓的铁证，是新黛玉、荷珠和这个姓曹的女人都按了手印的卖身契，由一品楼将这个叫荷珠的女人卖给荟玉坊。对方律师要求法庭将此文书作为证据列入，并且由专家检验手印之真实。

筱月桂完全没有想到，十八年前竟然会留下这么一份文书，一下子不知如何作答。新黛玉却站起来，矢口否认她曾经按过手印在这样的卖身契上，她说一品楼从来不做绑猪崽贩卖人口的犯法事。

新黛玉的话突然提醒了顾大律师，她提出法庭绝对不能承认这份文书为合法证据。如果此件证据可信，有关的人口买卖双方就触犯了租界刑律。荟玉坊在公共租界内，法庭有责任立即予以逮捕，进行公诉，本案就将成为刑事案件。

此言一出，对方语塞，他们没有想到此文书无法被租界法律认可。

法官在总结此案时，指出卖身文书非法，不能作为有效证据。但事过十八年，追诉期限已过，所以也不作刑事立案。既然《游戏报》没能提出任何有效证据，来证明原告筱月桂曾经做过妓女，判决只能为：《游戏报》连续两篇文章犯有损害名誉权罪。鉴于此案情节恶劣，罚款从严。

这位也是留学归来的法官，头戴英国皇家法院的假发，穿着黑袍，神色庄严地在中国按英国法主持正义。他当然知道门口哄闹的人群想听什么，舆论想听什么。

法官的判决是否受到"现代意识"、舆论民情的压力？他的心理是什么？我无法知晓，但猜得到一点，文书非法，给了这个法官一个顺从舆论的好理由。

筱月桂大获全胜，走出庭就宣布把所赢三万元赔偿，赠给以提高劳工妇女地位为宗旨的上海培文女子夜校。《游戏报》因为无法赔出此款，申请破产，全部资产拍卖，力雄银行以一万五千元收购，重新出版《新游戏报》。

这整个庭审过程，成为1926年9月上海乃至全国市民津津乐道的大新闻。

在法庭胜利的那个晚上，筱月桂和余其扬在王宝和酒家，吃专从阳澄湖选来的蟹，喝店家自酿的陈年黄酒。余其扬说："你知道'筱案后援会'是谁组织的？"

筱月桂说："这点事情，还能瞒得过我？我早就想到了，我只是看你会不会想到。"

两个人高兴之余，酒后狂言。筱月桂说，她听到有人从漠北戈壁来，跟她说，那里的蒙古牧民都知道上海有个女人，唱得好歌，当了司令。他们很想邀请这个女司令到草原赛歌会上一试身手。

余其扬说，他知道的情况更有趣：也算洪门支脉的陕甘袍哥，派人到上海询问，上海洪门立幼童为山主，由其母筱月桂垂帘听政，是否有其事？

筱月桂听了这故事，脸上依然笑开颜，心却沉了下来，什么事情都不可能永远是好事。

那些在报道中用词不慎煽风点火的报纸，一个个来向筱月桂道歉，希望她不会追诉。筱月桂只是说："你们从此好好报道我，我就不提此事。"

她知道她的个人历史，多刷白漆不会更白，恐怕现在大部分上海人，心里都认为她确实做过婊子，只是为她打一仗的勇气喝彩，看热闹而已。

有一点好，现在的城里人像小孩，马上会忘记这件事，心思又转到别的新鲜事上去。只要报纸用新的筱月桂覆盖旧的筱月桂，那么旧的筱月桂就会消失到历史的迷雾中去。

我对筱月桂说："我写传记必须实事求是，不能只说你喜欢听的。"

但筱月桂行事作风一如当年："不成，我说不行就是不行。许多事都是身不由己，想来都心疼！"

从窗帘漏出的一些缝隙看见，远处霓虹灯洋字连篇，光怪陆离。每次我跟筱月桂争论，总好像自己跟自己闹别扭，我便说："好好，我让步，我放弃。我们只谈吃喝。"

过了几天，她却问我："写得如何，进展顺利吗？"

我心里没说的话是，她做的坏事，对我吸引力更大，我的读者想必也想读到她的"劣迹"。

她叹了口气，无可奈何地说："那你就写吧。"

光看她将房事上的兴奋和快乐那样眉飞色舞地告诉我——不然我怎么会知道——就太不像一个正派女人。

不过我感觉到这个女人早就猜中了这个世界的一些肮脏秘密。她曾借某个舞台角色之口，唱出过一首打油诗：

说我俏，

说我丑，

说我就是加我寿。

讲我好，

讲我坏，

讲我就是添我财。

常荔荔听了哈哈大笑，随口把它翻译成英文：

Good publicity,

Bad publicity,

Any publicity

Is good publicity.

后来阮玲玉因为报纸刊登她的婚内外男女关系纠葛，在上海愤而自杀，震骇全国。筱月桂也去送了葬，献了花圈。不过她却对我说："这个女人，生错了年代，大概自以为是尤三姐！'人言可畏'就自杀？从乞丐不如的地位打出来的人，才知道，无人言才可畏，沉默才能杀人！"

在与我长聊时，她说得更绝妙："哪个记者骂我是婊子，我肯定给他一个耳光，而且一定要打出红印，让他可以有证有据去大喊：我被婊子打了耳光！"

我听了这话，大吃一惊，我甚至怀疑自己是否也会是这么一个傻瓜记者，被筱月桂利用了。但我已经成为筱月桂的好朋友，当然往好里想这话。既然我们双方都同意一切事实照录，毫不掩饰，那我就再讲一件事，也是发生在1926年。

那一年发生太多的事，待我慢慢说来。

第二十七章

秋分后，太阳滑入楼群后就有了点寒气。好几个夜里刮风下阵雨，第二天天气变得凉爽。这天上午秀芳拉开一楼的窗帘，房前的玉兰树光灿灿的，那辆漂亮的雪佛莱汽车也擦得明晃晃的。

她瞅见一对乡下夫妇，穿戴整整齐齐，带了一个十四岁的少年，忐忑不安地推开铁栅栏，走近房前，左看右看后，好奇地回头瞧汽车。树还挂着水珠，地上还是湿湿的。他们手里拿着斗笠，怯生生地敲大门。看来他们不懂如何用电铃，只是听说过，娘舅试着按了一下，里面刺棱一声，吓了他们一跳。

秀芳开门出来，看见这三个人，她问："找谁？"

"我们找筱月桂小姐。我是他娘舅，"男人壮着胆说，"亲娘舅。"

秀芳一听，就说，那就请进来，屋里坐，不过大小姐演戏半夜才上床休息，要到中午才能起来，你们来早了一些。

娘舅迟疑了，说那么我们先去上海街上走走，下午回头再来，现在先不麻烦她。

舅妈却还记得把大包小包的礼物，花生菱角等，一一从背上的包袱里取下来，交给秀芳，说是不嫌弃的话，请她收下，小姐爱干净，不好意思只送上这些乡下泥巴里的东西。

这对夫妇似乎有点谦卑过度了，手脚都无处放的样子，秀芳觉得有点别扭，嘴上却说："鲜货清口得很，难得。"说着她送走了他们。

秀芳把布袋放在厨房，这才走上楼，听见筱月桂在洗脸。待她敲门进去，筱月桂已经在对镜梳头，秀芳走过去帮她，一边说："小姐，原来你已经起来了。你的娘舅，带着老婆孩子来看你。我让他们下午来。"

筱月桂一脸惊奇："有这种事？"

"他们带来一些乡下特产，我搁在厨房了。长得完全是乡下人样子，川沙口音，鼻子有点钩，老婆眉毛有点倒垂。男孩，怕有十四岁了，还算清秀。一家人蛮老实的。"

筱月桂说："那就是他们，上次我们回乡，你该是见过他们。"

"忘了，时间过去得快。"秀芳用自己做的玫瑰露水给筱月桂梳顺一头长发后，把梳子递还给筱月桂。她打开窗子。这间浴室宽大，一开窗，院子里的鸟叫声更响了。

筱月桂心神不定，她手里的梳子竟然折断了，梳齿扎破了手指，出了血。秀芳慌忙说："你怎么啦？"

筱月桂用嘴吮流血的手指："没什么，好多年不见了。下午我要管如意影片公司的事，有两个人要来买放映权，没法见他们，你代我好好招待，让他们先住下。他们会觉得家里不方便，干脆安排他们到客栈去住，找家干净点的。你顺便给他们些零花的钱，告诉他们，我一有空就去见他们。"

秀芳说："那好办，只要你不生气。"

筱月桂笑着说："生什么气啊，我七岁时父母双亡，还亏得这娘舅家让新黛玉把我拾了去，不然，我哪能在上海滩唱戏做事。这些乡下亲戚很少走动，你让他们先住几天，好好玩玩。"

新沪大舞台的化装间里。化好装准备上台的筱月桂在闭目养神，等着开场。这时余其扬推门进来，说是《患难鸳鸯》新剧开张，他来看戏，先进来看看她。他西服笔挺，停在门口，顺手揭掉头上的礼帽，拿在手里。他关心地问："外面场面好像挺大，来捧场的人不少嘛？"

"各报记者都来了，弄上电影之后，我已经好长时间没有排新戏。正好，我也有事与你商量。"筱月桂一本正经地说，"等会儿记者缠着，不好说话。"

待他坐下，筱月桂把他的帽子取过来，放在桌上。她说："阿其，还记得你说过的一句话？"

"我说过的话太多。"余其扬说，他感觉到筱月桂说这话，带着一股狠劲，有点不安，便笑了笑，"你不会像荔荔那样不准我赖吧？"

"就这句话不准赖。"筱月桂说，"你说过今后杀人流血的事，不让我女流插手。"

"噢，"余其扬说，"是那种弄炸药之类的事，那是与地府冥王打架，你的确不能动手。"

"不过，现在这件事我真不能动手，你得帮我。"

余其扬一听，严肃起来："什么事？"

"我娘舅一家到上海来找我，一家三口。"

"好办，不见就是。"

"他们给安排在客栈，也巧，李玉安排他们住在兴隆客栈，我刚搭班子唱滩簧时住的地方。"筱月桂转过身，看着镜子里的余其扬说，"不用说，乡下杂货店肯定倒闭了，只好到我这里来要钱。已经三天了，我没见他们，他们也不提走。"

"给几文钱打发了。"他看到筱月桂的脸色，补上一句，"不给也行，乡下亲戚总是烦得很。"

"不是钱的事。"筱月桂说，"我想起小时候受虐待多少年，挨过多少打，干了多少苦活，最后还逼我把自己卖到妓院里。我从小就下了狠心，以后一定得消这个口气。"

余其扬有点惊奇，站了起来："你是干大事的，何必与乡巴佬一般见识？臭骂一顿，叫他们滚回去就是。"

"不，这口气，我得出。"

"有必要吗？"余其扬不耐烦了，想走。

"我父母是被他们害死的。两人差不多相差不到一周，舅舅对我说是突然得怪病死了，七窍出血，样子很惨。"筱月桂不情愿地说。

"那就不一样了。"余其扬不得不留下来听个明白,"你有证据吗?"

筱月桂摇摇头,她说:"他们十多年不到上海来,不肯认我,现在山穷水尽没有办法才来找我,就是心里有鬼。这就是证据。"

见余其扬不说话,她说:"你是法官?你还要什么证据?"

余其扬问她想做什么?

筱月桂脸一沉:"你帮我处置这夫妻两个,至少砍掉他们的右手!小孩与我无冤,可以放过。"

余其扬垮下脸,不愿意说话,他拿起礼帽,朝门口走去。

这时门外有人叫:"筱小姐,还有十分钟上台了。"

筱月桂当没听见一样,她朝余其扬走了两步,看到他难看的脸色,停下了步子。一时房间里气氛紧张,筱月桂问:"你到底帮不帮我?"

余其扬不作声。

"砍掉大拇指,总可以吧?!"

余其扬还是一言不发。

筱月桂朝窗边走过去:"你不肯,我就从此不演戏了。"说着她把已经穿上的戏服一脱。

"那么多观众记者怎么办?别胡闹!"

"我什么时候胡闹过?戏演砸了也是我的戏,你没有损失,看我出丑就是!"她拿起桌上的棉球就擦脸和眼圈,马上脸上就黑黑红红不成样子。

余其扬惊叫起来,帽子落地,一把抓住她的手,说:"行行,我答应你就是。"

筱月桂妩媚地一笑，但是笑得很凄然。

余其扬说："你马上就上台了，我到下面去看，不过你该明白，上海洪门现在不再是杀人帮派，是生意人的俱乐部。"

"你真的不想动刀枪，永远不？"她看着他问，然后拾起地上的帽子，递给余其扬，叫李玉进来，让她去通知后台，因故推迟一刻钟开场。

"除非没有余地、非动兵器不能解决的纠纷。"

"此事就是非动刀子不能解决，没有余地！你认为是小事，我认为是大事。我能忍下这口气就不叫筱月桂了。你不帮我，我也会让他们在上海消失掉。"

"你布置吧，你认为到时候了，就告诉我，我找人做就是了。"余其扬头也不回地拉开门出去了。

他感到脚步沉重，筱月桂这个最能干的女人，怎么和所有的女人一样，也如此短视情绪化，如此不讲理呢？他弄不明白，决定不理睬这事，一直等到她冷静下来，再好好谈谈。他是实业家银行家，不愿意缠到完全不值得做的血腥中去。

没有男人不畏惧不讲理的女人。就在不久前，她还在与他讨论结婚的事，明知他在为他们之间的大事犹豫，那又为何弄出这样一场争吵，似乎有意毁灭一切？可能他的犹疑，让她失望至极，伤透了心，便冲动到底，破罐子破摔，让他感觉到她痛时的痛，这样才公平。不管哪一种道理，都只是黄府六姨太的水平。愚蠢！人命关天的事也能胡来？

不过从这次不欢而散后，筱月桂再也未向他提娘舅夫妇的事，两人为各种事通了无数电话，却一辈子从来不谈此事，像从未提起过一样。

　　两人都忘了，这样最好。

　　两个月后，余其扬在报上读到一则消息，兴隆客栈夜半起火，这个旧城区边上的木建筑，马上就像纸板匣，烧得谁都走不近。救火车开来，好不容易灭了火，发现房内的人——店老板及客人共八口，无一人逃得性命。

　　余其扬当然明白这起火灾不会是偶然的，多半是筱月桂找人去做的。但是她的意图不会是烧死八个人。难道她不知道放火这种事，只能在杀人之后泼上汽油点火，火烧旺起来后要大喊，这样既可以焚尸灭迹，也放其他人一条生路？

　　或许她找了几个没有经验的生手？事情做砸了，砸得一塌糊涂。他把报纸扔了。他不想问她，只庆幸自己没有参与这件脏事。

　　要说筱月桂心坏，这桩事应当说最坏。不过，如果工部局巡捕没有能查出一个名堂，甚至连余其扬都没有找出线索，那么谁能查出个究竟来？

　　但是我有个比余其扬还要有本事的地方：我能找筱月桂直接问。我问她：为什么自认为巾帼英雄，脂粉豪侠，竟然不能容忍乡下穷亲戚，赶尽杀绝，甚至不惜殃及无辜？八条人命，良心何安？

　　筱月桂一听，板起了脸，不愿意说下去。

我说，你不可能不说了，传记就是历史的审判。我是在查事实真相，不是在写小说。你如果做了这事，何不趁此机会向我说清，解除良心上的负担？

我逼问得如此之紧，她真的生气了。

如果我问余其扬，他一定要说这是他一生中第一次对筱月桂阳奉阴违，他根本没有叫任何人过问此事，这件事完全是她的责任。我把这想法告诉筱月桂了。

筱月桂脸色大变，惨如死灰，完全不像经过大风大浪、什么事情都能忍受的人。筱月桂说，她一直以为这是他派人做的事，做砸了，所以，她提都不敢提。

他一直也不提这事。两人都避而不谈，两人就渐渐疏远，这是后来一连串事情的开端。多少年了，她突然明白这是个误会：这事与她和阿其任何一人都没有关系。

她开始浑身战栗："阿其一定认为我下手太狠，我这个女人碰不得！你知道我从未真正想他们死，我也不在意是否真要报仇。阿其已够让我烦恼的了，我是生他的气，把气出在他身上，说了不该说的话，故意给他制造难题，看他如何表示。你理解吗？我不愿意再有血沾我的手。"

她似乎想哭，但是把头埋在双手里。她在这一刹那看清了自己真是克男人命，不仅是常爷、黄佩玉，甚至余其扬，她也因此吃尽苦头。余其扬逃脱这一劫，可能由于她娘舅一家三口顶了此灾。她与他可能生到世上就不是来做夫妻的，所以才被这件惨事破坏了十几年的情爱。

而且，她直到今天才明白，竟然是她自己拆散了这场姻缘。

天命突然显露，迅即如雷，就像那年，她突然明白是她自己把常爷推上死路。

当年，此事发生后，相当长一段时间，余其扬尽可能不与她单独见面，免得装聋作哑尴尬。她也不约他，免得让他觉得她知道他所有的秘密。他们俩的关系开始变得公事公办。

有天夜里余其扬望着天花板，突然想到：如果是我自己的父母被人害死了，我会如何办？这个问题一钻出来，他就没法面对此事。他从未这么想过，父亲是谁都不知道，母亲的印象也淡淡的。他觉得他应当原谅她。

但即使有过机会，他们也没有重续旧好的可能：一条裂痕在细瓷上生长，若视而不见，裂痕渐渐长粗壮，摸上去就刮手指了。再下去就会碎，磨破皮肤出血。那兴隆客栈失火可能真是另有原因，碰巧遇上火灾，可能真是一场偶然事故，筱月桂的娘舅一家冤死其中，其实跟他们两个人都无关。

可更冤的是筱月桂和余其扬，都为此受到惩罚，给本来就不顺的命运添了一些波折。何苦来着呢？

第二十八章

张慧在不该出现的时候出现，他从汽车上下来。看过电影《飞行女侠》的人，都记得他就是那位高大英俊的将军。他是从明星公司跳槽的。自从拍了这部著名的电影，他就永远留起了电影里修剪得细细的将军胡子。

张慧离开汽车，走了相当远的路，又朝路人询问，最后才走进马斯南路一条弄堂，在一所石库门房子前，仔细核对了门牌号，然后轻轻叩门环。扣的方式有一定的节奏3—1—2，如此重复三次，就停下静等回音。

过了相当长一段时间，里面有人问："啥人？"

他回答："八爷的客人。"

大门打开，有人引张慧进门。这房子里面挺大，院墙特别高，没有邻居能偷窥里面。院墙边的迎春花梨花都开了。他下了决心，1927年这个春天应该属于他了。

张慧被引着转过两道弯，到了一间宽敞的房间，布置得像个堂屋，里面坐着的是已经年迈的洪门师爷，白发苍苍，不过身子骨还不错。师爷旁边是不太显老的三爷，两个人回过头来看着他，一声不响，背后站了一些人，整个屋子里也没有任何声音，全都虎视眈眈地瞪着他端详。

张慧没有料到这个局面，看到的都是中式黑衣短衫打扮的陌生人，不知道怎么办好，他模仿戏文里的样子，握拳作了个揖，说："诸位大爷，小子张慧在此有礼了。"那两个男人还是一声不吭一动不动，只是瞪着眼看他。

张慧把一个裹好的红布小包举手献上："一点见面礼，不成敬意。"他走上前去，想放在师爷和三爷之间的桌子上，旁边一个人走上来，要他止步，拿过他的红包递了上去，在桌面上层层摊开，是一根金条。

三爷看了一眼，也不去验真假，只是凶狠狠地扔下话来："我们不收不明不白的礼。"

张慧说："这位大爷请息怒——"

师爷抬起眼来，慢吞吞地说："这么说，你要我们给你做事？我们向来不做杀人越货之事，不要弄错。"师爷马上要赶人。

张慧赶快说："我给二位献计为民除害来了。"

三爷扬声哈哈大笑，震得张慧耳鼓轰鸣："我们要你献计？我们满脑袋都是计，而且天天在为民除害。"他突然上前，眼放凶光，逼到张慧跟前。张慧个子比他大，但也被逼得往后缩。三爷说："不就是常荔荔甩了你，你要报复她？"

张慧满脸通红，心思被说穿，就干脆愤愤不平地说开了："她还当众羞辱我，士可杀不可辱。我请师爷给我做主，什么条件都可谈。"

三爷要说话，师爷挡住他，站了起来，在房间里走了两步："你胆子也太大，你可知她是常力雄之女?！"

张慧连忙说："我知道，但我不是对着常荔荔来的，是她的母亲。所以，我来请大爷，请开条件。"

师爷松了一口气，说："男子汉宁折不弯，好！我们就是专给有血性的男子报奇耻大辱。你要我们怎么做?"

"抓这个荔荔小姐，她太美了，千万不要弄伤她，只是杀杀她的傲气！要她妈筱月桂出来谈判，然后把筱月桂杀了，光有一个余其扬，荔荔就神气不起来了。事成另有重谢，三条金够了吧?"

"嗨，"师爷这才感兴趣地问，"你对上海洪门内情还知道什么?"

"都知道筱月桂是上海第一女强人。"张慧肯定地说，"没有筱月桂，余其扬就不足挂齿！没有余其扬出钱，荔荔就不再是大明星，你们放心，她电影中的武艺，是剪刀胶水弄出来的，假的！"

三爷和师爷互相看了一下，仰面大笑。师爷挥挥手，说："行，我们肯定为民除害，铲除骗人的假明星！你先回去，到时候，我们告诉你，要多少钱到什么地方，带什么武器。"

"我不会杀人。"张慧一哆嗦。

"杀人的事，我们会处理。"三爷一声大吼，"洪门三十二刑具，四十八杀法，哪一种我们都用过无数次。"

张慧壮着胆说:"那我就放心了。"

"三根金条得先付,这是你的仇人,与我们无关。"

张慧还想讲理:"什么事都是事成全付。"

三爷跳了起来:"什么时候算事成?把筱月桂头砍下送到你手中才算?你以为我们是胡乱答应的骗子?"他把桌上沉甸甸的金条拿在手里一掂,哈哈一笑,"三根条子买上海第一美人的命,这样的生意还不便宜死你!"

"行行,我这就去拿来,我相信你们。"张慧马上说。

"哪听说过洪门好汉说话翻悔的?你自己不后悔就行了!"

张慧出去后,他们倒没有哄堂大笑。待手下人各忙各的去了,只有他们两人时,师爷说:"老三哪,你真想报这仇?"

三爷坐下,捶了一下桌子,恨恨地说:"当年黄佩玉黄爷死后,应当由我坐上海洪门第一把交椅,竟然被阿其夺去。阿其全靠这个女人在背后撑腰,竟然拉上租界的洋人来一起抬,让他坐了工部局华董这个位置。"

"老三,我劝你消消气。十年前黄爷去后,洪门债务纠缠,眼看无法脱身。当时约定有理财办法的人,为龙头老大。这个阿其和筱月桂敢豁出身家性命办银行,是铤而走险之举。黄爷留下的一屁股乱债弄清之后,倒是我顶着不办,没有给阿其行扶香主登山之礼。人家也没有逼我们行大礼,正式开堂收门徒。"

三爷站了起来,说不管你有没有给阿其开山堂,别人都说阿其是上海滩第一闻人洪门山主！这可不行。这对狗男女，借我们的名义行其私利。这是偷梁换柱冒充！

师爷叹口气，说我们至今还在烟赌娼旧行业里收保护费，几十年也没多少变，没有多大出息。洪门已经不像梁山有什么第几把交椅，人家凭本事做银行、交易所、航运、电影公司，这些本来就不是洪门的地盘。

三爷愤怒地说："师爷，我看你也老了，血气也少了。人家当上海第一闻人，我们只落得一点残汤剩菜。你受得了，我们洪门老兄弟受不了！我们至少得杀杀这对狗男女的威风。我对你说过，我很怀疑黄佩玉是这个女人耍计炸死的。"

"当初我们不也怀疑常力雄是黄佩玉设圈套打死的？黄佩玉把洪门的钱全用去贿买权力，对我们有什么好处？"师爷摇头叹气，"你要明白：现在的上海滩，要有钱才有权。谁最有钱，谁就是真正的老大。哪怕杀了筱月桂和余其扬，没有钱一样没用！那时人人都看清洪门是空门，怎么办？"

三爷说："难道我们就干受气不成？至少我们不准他打上海洪门的牌子！"

师爷冷笑了一声："我倒从来不曾听见他打这个牌子，只是别人说他是洪门老大，他不否认。这可拿他没办法。有人说你是上海洪门老大，你怕也不会否认。"看到三爷依然气不平的样子，他说："好吧，我们就借刀杀人一次，跟这对狗男女来个讨价还价。好好想想，要做到哪一步，达到什么目的。"

他在天井里背着手踱步，一边自言自语："这个上海，也就是怪，江湖义气一到此地，就成了阴谋诡计，洪门兄弟，也能反目成仇。"

当天夜里，差不多午夜时分了，满街的法国梧桐树在路灯的照耀下，看不出那白天的嫩黄。常荔荔车停在路边，跳下车来，高跟皮鞋踩着树叶，套着白银狐皮大衣，里面却是很单薄的短长裙，她推开空心花纹的大铁门。

她奔进玉兰树含苞欲放的前花园，用钥匙开了大门，径直跑上楼来，直奔筱月桂的房间。推开门，见筱月桂垂着头坐在香妃躺椅上，旁边一盏壁灯，光线暗暗的。常荔荔亲热地喊："妈！"

筱月桂抬起头，朝女儿笑笑："荔荔怎么啦？这么晚才回妈妈这里来，漂亮的摩登公寓也不肯住了？"

"哎呀，这些臭男人真是烦死了。"荔荔朝床上一坐，弹了几下，"那个家伙真以为电影里我跟他亲了个嘴，电影后我就得跟他上床。我哪瞧得起这种小白脸男人！我至少要嫁给卓别林这样的大演员。"

"这心气儿倒是不错。"筱月桂嘲弄地说。

"我每次上舞厅都被这一大群男人团团围住，还打架，最后总是不欢而散。再过几天就要到黄山拍外景，你说我不能痛快玩几天，这上海算什么上海呀？"

筱月桂有点心烦："你要我做什么呢？"

"把这些人灭了！"常荔荔跺着脚说。

"怎么灭？"

"全杀了！"常荔荔一脸凶相地说，突然笑了起来，"唉，叫他们滚开去，让我能好好跳舞就行了。"

"只是吓唬他们，虚张声势啊！"筱月桂笑了，她指指在暗黑中沙发上静静坐着的一个人说，"这种事，这人最在行。"

常荔荔惊讶地回过头来，果然看见一个人，是余其扬坐在那里抽烟。她扑上去乱打："嗨呀，你坏死了，坏死了，你看着我出洋相！"

余其扬站了起来，说荔荔别调皮了，让你妈妈给开个家庭舞会，安全，大方，气派，给你请上海有头有面的人来。

筱月桂不高兴地说："我早说过这事了，她不肯。她就是要上舞厅，才觉得风头足。"

荔荔叫道："你看，还是我妈知道我的心。我就喜欢天天上百乐门舞厅！"她欢呼起来，"Paramount！你看，既然是妈妈让你去吓唬他们，你就一定要来！"没有等余其扬回答，她就又说："晚上七点半，一言为定！"

连一直板着脸的筱月桂和余其扬，都被她的兴奋表演逗得大笑。荔荔一路跳着唱着一路拿着皮包，想跳出门去。

筱月桂说："恐怕真不能让你到处乱跑了。唉，荔荔，你什么时候会同意到欧洲去读书？"

"我知道你想让我周身上下都是欧洲式典雅教养，可是我在中国名声正如日中天，做淑女多无聊。"

"你到英国，学莎士比亚，回来改造申曲。"

"哎呀，电影才是时代的艺术，戏剧注定没落了。"常荔荔说，

310

"我们争了多少次，不说了，一说就烦死人了。"

百乐门舞厅，中西士女混杂，双双起舞的中国人多于西方人，也有中国人与西方人配对跳，手牵得很高，动作夸张。

常荔荔进门，一身红衣裙，顺手把披着的狐皮大衣扔给门房，看来她在这里熟门熟路。她在一曲之中，穿过舞池时，仿佛将这个春天所有的活力都集于一身了。满场窃窃私语，好多跳舞的人把眼光转过来，舞池里的步子都有些乱了。只有乐队还忠于职守，节拍一丝不乱地奏着华尔兹。

常荔荔在一个桌边坐下，马上有侍者跑来，她刚要点酒水，就有男人上来关照侍者到他那里结账。她拿起桌上的烟，插上自己的长烟嘴，就有男人来点火。正好舞曲终了，桌子周围围拢的男人更多，都是没话找话地要吸引她的注意。

这时余其扬戴着礼帽走进舞厅。在漂亮洋装男人中，余其扬的黑色西装古铜色领带加黑背心，显得古板守旧。他的长相在这里也并不出众，对一个三十八岁的男子来说，他显老，脸色太冷，而周围绝大多数都是翩翩风流少年。听到有人说："是余老板！"整个舞厅的人都回过头来，切切嘈嘈的声音，像风掀起树叶一样吹遍整个树林："真的是余老板！是他！"

余其扬笑笑，慢步朝常荔荔坐的桌子走过来，拥挤的人们恭敬地为他让开路。余其扬没有搭理任何人，实际上敢于跟他打招呼的人几乎一个也没有。他坐在常荔荔的桌子边。他把帽子放在桌上，掏出烟来抽上，没几分钟，男人都从这桌子周围走散了，相反，许多女人，包括一些外国女人，却朝这桌探头探脑。

舞曲重新响起，没有任何人到他们这边来，请这两个人中的任何一个跳舞。常荔荔伸手给余其扬，余其扬笑笑，接过她的手。

余其扬的舞步比较稳重，步子小，马马虎虎跟上荔荔花哨的步法。荔荔一边跳一边在他耳朵边说："瞧这些贼痞子，看见你一个个都躲开了。"

余其扬也笑笑："谁不怕死？"

荔荔几乎咬住了他的耳朵："你真是威风凛凛大丈夫一个！"她把脸贴在他鬓边。

余其扬有点窘，说："哪能？飞行女侠才真是威风凛凛。"他努力将荔荔的身体架远一些，但荔荔索性把双手吊在他的脖子上，含情脉脉地看着余其扬。余其扬把脸偏开，避开荔荔的眼光。满场人都看着常荔荔与上海滩著名的余老板抱在一起跳舞，忍不住低声交谈，讲内情传流言。常荔荔在众人兴奋的猜测中感到陶醉。

好不容易一曲终了，他们礼貌地朝乐队拍拍手掌坐回桌边。有个小跟班却过来跟余其扬悄悄说话，余其扬示意他出去说。他起身关照荔荔不要乱走："等我回来。我马上就回来。"

等余其扬回到舞厅，已经过了几个曲子，荔荔也已经跳了几回。这次显然没有男人敢放肆地争风吃醋。她的身边又围满了中西各式男人，看到余其扬，他们又散开，有几个人不好意思地搭讪说："余老板今天好兴致。"

余其扬笑笑，仍是不搭理任何人。乐曲开始时，他主动一把拉起荔荔跳舞。这次却让荔荔勾紧，并在她的耳边说一些什么话，荔荔嘴张大了，眼瞪着圆圆的，但不久就恢复了镇静。两人继续亲热地跳着舞。

舞曲结束后，余其扬牵着荔荔回到桌边，他拿起自己的帽子，看来是要走，叫侍者来，把账付了，还多给了一大笔小费，笑着说："老了，玩不动了，先走一步。你们玩。"

过了一阵子，常荔荔说她跳累了，对那些今晚较规矩的殷勤男子，一个个道谢。侍者送来她的外衣。她走到楼下舞厅门口，她的汽车已在门口停着了。

她拉开车门坐进去，一踩油门，车吱的一声就猛蹿了出去。但马路对面一辆车也立即开动了，不久她就看出了后面的车的确在紧紧跟踪。

她开车进闹市，后面的车紧盯着。

她紧张起来，一开快，后面的车也快起来。车子从外滩飞驰而过，沿西摩路朝西急驶。突然，她一个急转拐进一条小街。跟踪的车没想到这一手，速度过快，冲到前面去了，急刹住车之后，不得不在车流和抗议的喇叭声中后退，然后冲进这条幽暗的小街。

刚开进去一小段，前头路面上忽然扔出两块砖头，把前窗打得粉碎，而且砖块还在接连飞来。车子急刹车停下。小街两边的路灯突然全部熄灭，旁边黑暗中有四个人冲出来，前面两人提着匕首，后面两人提手枪。他们没有动手杀人，只是拉开车门拖人出来。

尚未被拖出去的人赶紧拔出武器，但是车内早有人下命令："退！

不开枪！"趁一个正在被拖出来的人乱踢乱嚷，司机猛地倒驶出去，不顾车门还开着。

那车门在路边电线杆上打脱飞掉，碎玻璃乱飞，车边擦着墙打出许多火花，但是车夫技术不错，总算强行退出了小街，轮胎吱呀地尖叫了一下，汽车飞速驶出，转眼没了影。只剩下那个被抓出的人倒在地上呻吟。

此时有人拿出手电筒，一照，发现拉出来的人是那个扮将军的演员张慧。"嗨，倒霉！"是常荔荔的声音，"惊险了半夜，抓了这么一个王八蠢货！"

有人把张慧从地上拎起来，说："小姐你退开，到弄堂里去！"常荔荔还不明白情况，就被人拉开，拉到更暗的侧巷里。等到常荔荔离开一段距离，电筒一灭，就是狠命的一拳击在肋骨上，张慧发出惨叫倒地，又被一脚踢在肋骨上，张慧乱叫，脸上又挨一脚。有人发狠话："不准叫，再叫，你今天就死定了！"

又一脚落在肋间，这回张慧果然只捂住胸口呻吟，不敢叫出来。

听得见脚步声，又听见有人警告说："小姐你不要上来。"电筒再次打亮时，一张被打得青肿的脸鲜血淋淋。一个声音在低低地逼问张慧："刚才那辆汽车里是谁？"常荔荔止不住好奇地探头探脑，瞥到一眼，吓得脸发白，嘴唇发青，忙转过脸去不看。

"我不认识。"张慧呻吟着，从淌着血的牙缝里支支吾吾回答。

"不认识怎么在车上？"

"舞场出来的朋友叫我搭顺风车。"

"还不老实！"又是一脚，这一脚痛得张慧几乎昏死过去。但是打人者注意不打最要害处。"到底是谁？不说就割了你鼻子。"金属的刀刃冰冷地架在脸上，把张慧吓得直哆嗦。

"别，别动刀子。"张慧终于招了，"一个叫老三的。"

这就够了，没有再继续问话，电筒又灭了。这次动了刀子，刀影一闪，张慧脸上被划了一刀，他当即晕倒在地上。打手扔下最后的话："如果报告巡捕房，你第一个进牢房，你是设计害人的绑匪。"

常荔荔的汽车迅速从小街里开了出来，是余其扬在开车。后面又跟了一辆，这是原来就埋伏在这里的汽车，现在保护他们，怕在路上遭到伏击。常荔荔朝后看看躺在地上的人，惊恐地说："他死了吗？"

余其扬没作声，后座两个男人中的一个回答："不会死，脸上那一刀，保证小白脸一辈子成小歪脸。"说话的人冷笑了一声："将军是演不成了，演流氓恶棍吧！"

常荔荔抱住双臂，吓得浑身发抖，突然号啕大哭了起来："我怕，我怕。他肯定不会饶了我！我怎么办呀？"

余其扬说："不会，他这辈子永远不敢靠近你。"

常荔荔好像没听到，还在控制不住地凄厉叫唤："杀人好可怕，So horrible！"

"这事跟你没有关系，你不用怕，这是冲着我来的，我负全部责任。"

常荔荔还是止不住抽泣："太可怕，太血腥！So horrible！"她撕自己的红裙边，撕不动，便用双手遮住整张脸。

余其扬看看她，就对身后的手下人说："好吧，给后面信号，我们先到三号去喝杯热茶，给她压一下惊。"

公共租界嘉纳蒙路三号，这是一幢石库门房子，带天井的两层三厢，是余其扬一派的一个秘密地址。余其扬想这次幸亏消息很灵，一开头就打掉了对方的计划。他对手下人说："你们辛苦了，除了原住在这里的人，其余各自回家去休息，明天犒赏你们。"

他带着常荔荔走进一楼厅里，伸手按亮灯。窗前有一大一小的两株滴水观音，长得葱绿透亮。常荔荔还是紧抱双臂颤抖不已。余其扬让她坐下，去给她倒来一杯茶，笑着说："女侠敢在半空中打斗，就是见不得血。你妈当年在枪林弹雨中站出来保护你爸，自己中了枪，满身是血，也纹丝不动！"

常荔荔根本没有听进去，坐在沙发上，脸色苍白，还卡在震惊之中。余其扬把茶杯送到她的嘴边。

常荔荔接过茶杯，放到茶几上，顺手一把紧紧抱住余其扬："我怕，怕极了。"

"怕什么呢？有我保护你。"

"Sure。Sure。"常荔荔越抱越紧，"我就是要你这样的男子汉保护着我，我才不怕。"

余其扬摸着她的头："放心，余叔永远是你的叔。"

"我要你永远在我的身边。"常荔荔抬起头看着他说。

"当然当然，永远。"余其扬笑着说，"还能不永远保护你？"

"不是这意思，"常荔荔把他抱得越发紧了，嘴唇贴了上去，"我要你天天睡在我的身边。"

余其扬赶紧把她推开："荔荔，别乱来，我是你叔叔，看着你长大的。"

但是常荔荔紧抓住余其扬不放，被他推开了又抱上去，一边急急忙忙地说："我心目中只有你一人，我就是要爱你，我瞧不上所有别的男人！"

余其扬好不容易挣脱出来，把常荔荔两臂按在沙发上。他掏出一支烟来："荔荔，你今夜太激动，开车引他们时心情太紧张，又没见过这打斗阵势。静一静就好了。"

常荔荔明白过来，她喝了点茶，静了一会儿，抱歉地笑笑，看见余其扬脸色温柔地看着她，这才移近沙发扶手，对他说："余叔，我已经平静了，我现在是心平气和地跟你说话。你别以为我在犯歇斯底里的女人毛病，我才不会呢！我从小就只爱你一个叔叔，我现在也只爱你一个男人，这是我心里最明白不过的事。不是心血来潮，而是好多年里再三仔细想过的。我已经满十八岁了，不，今年十九，成人了，再也不是小孩子脾气！"

"荔荔，这不好。"

"年龄相差比我们大的，有的是！"她又站起，对着余其扬一字字确定无疑地说，"我想爱一个男人，我就是要爱！谁也阻拦不了我！"

余其扬避开她火辣辣的眼光，窘迫地笑笑。

"你笑什么？"常荔荔离他只一步，停住了。她的脸因红晕而变得异常美艳，房内的灯光正好照在她的身上，她说得激动起来。余其扬说："另一个女人也说过这个话。"

"哪个女人？"

"你母亲！"余其扬说。

常荔荔斜着眼看他，说："你以为我是小傻瓜，看不出你和我妈之间的关系？但是你们一直不结婚，就证明我妈妈没有真正赢得你的心。她逼我快点到欧洲去读书，简直是要赶我走。为什么？就是不让我和你在一起！她想切断我们的感情！"

余其扬想抽一支烟，发现烟已经没了，他转过身。天井不大，月光爽快地铺了一地。他知道，荔荔还没有回上海时，筱月桂就说要把女儿送到欧洲去，这个场面是他弄出来的，是他让荔荔在上海做电影明星，他觉得对不住筱月桂。他想说清楚，却觉得这整个事情太愚蠢，一时不知如何解释才好。他想说，只有筱月桂才是他最心爱的女人，他还想指责荔荔怀疑母亲别有用心是过于任性。但还没能想好词，就被荔荔的双臂围住了脖子。

"我妈妈是女人，我就不是女人？我不比她漂亮？我从小就被你抱，你现在为什么不抱我？"

"别胡闹了！"余其扬有点恼怒了，他干脆说了出来，"你母亲要我跟她结婚！"

常荔荔脸唰的一下发白，她松开双手，一跺脚，"你同意了？"她哭了起来，"你在骗我，对不对？"

余其扬严肃地说，"我在考虑。荔荔，别再胡闹，我现在就送你回家。"他就其所能严肃地说，"我现在的确在郑重考虑与你母亲的婚事，你不要再胡闹了！"

已经后半夜了，极司菲尔路筱月桂的寓所依然亮着灯。

常荔荔噔噔噔地跑上楼，脸色苍白。筱月桂从卧室里走了出来，穿着睡衣，但明显一直没有睡。她问女儿这是怎么一回事？

常荔荔一声不吭地冲进走廊另一侧自己的房间里，门哐当一声关上。

宽敞的楼梯下站着余其扬，阴沉着脸。

筱月桂走下楼梯，问他："阿其，出什么事了？"

"他们今天晚上真的动手了，要绑架荔荔。但是五号先送了信来，结果这些人中了我们的埋伏，我们抓了一个小帮凶，是那个男演员，他说师爷和老三定下的计，想抓荔荔，然后把你引出来算账。"

筱月桂点点头，"看来一切正如我们料想的那样。谢谢你保护了荔荔。"她下楼梯，"老三伤了？"

"没有开枪，他的汽车撞坏了，可能有点碎玻璃小伤。我们只是教训了一顿那个张慧，料他不敢报警。"

筱月桂说："那就好，没有结下梁子。"她走到余其扬身边，拉住他的手，"阿其，师爷和老三辈分都比你高，你得大度示恩，让洪门兄弟们服气。有利可以让一些给他们。既然当老大，总得吃一点亏。对荔荔这件事确实太阴险，最好息事宁人。"

余其扬没有吱声，筱月桂明显是在教训他了。他不服气地说："他们恨的是你，这次明显是冲着你来的。"

"那就好。"筱月桂说，"看来他们不是糊涂人。"

余其扬一甩手，气得往外走。走了几步，再想想，觉得不便发作。筱月桂一向与他这样说话，口不择言已经十多年了，只有到最近半年他才觉得这个女人太厉害，有点受不了。但是他一向有这个雅量，不与她争论，现在也不如顺水推舟。

他说："那么解铃还须系铃人。"

筱月桂也走下去几步。她站在他的对面，看到他的表情，温柔地说："洪门老兄弟之间的事，我去谈可能还好一些。你亲自出面，谈不好，崩了，就没有余地了。"

第二天上午，霞光照着上次张慧来的那条弄堂。汽车停下，筱月桂一个人下来，顺着弄堂找到了那个石库门房子。她知道敲门的暗号，3－1－2，三遍，然后就静静等着。

有人在门洞口察看，看到筱月桂是一个人，没有其他保镖或随从跟着。脚步声急促离去，像是去报告，不一会儿脚步声响起，门开了。筱月桂进去，看到庭院里，一直到门厅里有不少人，都提刀拔枪在手，剑拔弩张，满脸铁青。

筱月桂走到厅堂门前，向大家打揖，不恭不卑，朗声说："我一个女流之辈，本上不得厅堂，现在就在台阶下给各位大爷问好了。当年一个锅里吃饭的，不过最近几年向各位大爷请教的机会少了些，这是我筱月桂的不是，现在给各位大爷行礼，还望多包涵。"

师爷和三爷坐在厅堂里面，三爷额头贴着纱布。筱月桂说："误伤了兄弟们，我筱月桂在这里道歉。"

三爷说："阿其安排埋伏，指挥打人，还动了刀子，竟敢朝我动手，洪门兄弟之情何在？"

筱月桂："昨夜的事情我知道，真伤了一个人，不是洪门之人，是挑唆兄弟相争的小人。其余均是误会，我筱月桂再次认罪。不干阿其的事，是我安排人给女儿做保镖，他们做出来的事。我负全部责任。"

师爷咳嗽一声，清清喉咙，才说："谅阿其也不敢！"

筱月桂说："当然，阿其对各位长辈师兄非常敬重，他让我来代说一句，愿意让出复兴岛鱼市请老三出面主持，一点小礼物，不成敬意，略表兄弟之情而已。"

三爷瞪起眼珠："什么？让我卖鱼？"

师爷赶快阻止他："好说，好说。"

"整个东海渔业，全上海三百多万人吃鱼，"筱月桂说，"复兴岛鱼市每天进账……"

师爷推了三爷一把，接口说："不谈钱，弟兄之间谈什么钱。还是筱小姐仗义，顾全洪门大局。今后洪门弟兄还是应当多多互相提携。"他一摆手，有人给筱月桂端上一把椅子。师爷口气缓和了，对她说："筱小姐，常爷在时，你便是我们洪门的银凤老七，一家人好说。"

"多谢师爷！"筱月桂说，"我们还是不要坏了洪门的规矩，男坐女站。我只是请兄长们原谅小女，今后保证她的安全。"

"嗨——"三爷叫起来了，"这个骚妖精整日招摇过市，她的安全，谁能保证！"

其他大小头目也附和道："这可不敢保证。"

筱月桂笑笑，说其实洪门想保证某个人在上海的安全，还是能做到的，这点你我大家都知道。我女儿在国内时间不会太长，她要出国留学，要出嫁，说是保证安全，不过是几个月内的事。

三爷就是不服："莫说几个月，就是几天也无法保证。我们不会动她一根毫毛，别的人要打她的主意，怎么办？"他话中带话地说，"天知道，这个上海滩，想打她主意的人，恐怕还真不少！"

筱月桂好像早就准备着听到这样不好对付的话。她头一低，从拎包里拿出一件东西，走近师爷和三爷的桌子："有件东西请二位过目：这是荔荔去年生日，十八岁成年礼时拍的照片。"

她递上去的是一张照片。师爷接了过来：好像在一个教堂里，那是一位仪态万方的女子与常荔荔的合影，常荔荔打扮成童话里的公主一样。这女子手赠她一件礼物，背后站着的是身着西式衣裙的筱月桂。还有一个牧师手执《圣经》。

师爷和三爷看着照片发愣，疑惑地抬起头看筱月桂，她说："这位贵人是宋美龄小姐。"

"什么意思？"三爷不解地说。

师爷想起来："宋家老父宋耀如，早年是洪门中人，与常爷称兄道弟。"

筱月桂说："师爷对洪门的事本本账一清二楚！"

师爷不笨，他知道北伐总司令蒋中正，正要娶这位宋家三小姐，订婚消息刚透露出来。今天筱月桂忍痛让出复兴岛鱼市这一块大肥肉给兄弟们，他得给她面子，也值得给她一个面子。师爷忽地站起来，向筱月桂作揖，说："原来宋家都念常爷骨肉之旧。这是洪门之福啊！今后我们全体兄弟当听候筱月桂老板差遣。"他招呼全体打手："兄弟们，全部过来，给筱老板道歉！"

哗的一下，满院子里的人齐整整全部朝筱月桂一起欠身作揖。三爷对筱月桂举手抱拳说："我是粗人，说话无礼，筱老板高抬贵手！"

筱月桂双手摊开，说各位兄长，免礼，免礼！我们大家都是常爷门下出来的人，说实话，天知道宋家将来又如何，有一句话倒是可以说准：如果洪门自己不能有福同享，有难共当，弄出内讧让人耻笑，上海滩洪门就自家败了。不要忘了，青帮与我们有世仇，现在他们在法租界，势力就比我们大得多！她又说，我一个女流讲不出道理，兄长们看得肯定比我清楚，对吗？

众人点头称是，个个上来对筱月桂说好话，本来是一场鸿门宴，就此烟消云散，一片祥和。筱月桂忽然觉得有一种失落：这些洪门"白相人"，现在也未免太容易制服。洪门已少英雄之气，甚至少恶棍之性。而余其扬这个新山主，在黑道世界中，性情也未免太温和了一些。假定时代真是需要余其扬这样的生意人做江湖领袖，那么世道必须太平。万一时世就是要心狠手辣的恶棍，上海洪门恐怕就要淡出江湖。

她的感觉是对的。一两个月之后，上海青帮在"四一二"清党政变中大显身手。

筱月桂看到我扛到她面前近年出版的上百本黑帮头子黄金荣、杜月笙、张啸林的各式传记，舌头在嘴里打结：这几个青帮小瘪三！只不过做坏事胆子大而已，我一直都瞧不上眼，历史何必给那么多面子？

她刚要发问，自己好笑起来：我是戏子，我怎么忘了——上台的，不是大忠大义，就是大奸大恶。

她敏悟尖利，思路很快，省了我许多解释。

我只说，那种是供小市民酒后闲谈的书，我想写出真正的上海会门。

你不用安慰我。筱月桂朗声一笑，我没有下贱到那种地步，算是侥幸。

第二十九章

余其扬焦急地赶到极司菲尔路，未坐下，他就问："小姐回来了吗？"

秀芳摇摇头。

"跟去的人回来了吗？"

秀芳说没有看到车子回来，准备的中饭也都凉了，刚取回厨房，准备人回来了才热。她要去给他端一杯茶，余其扬拦住了，说但愿别出事。万一出事，会有人赶到此地报告。既然没有人来，想必一切顺利。

秀芳忧心忡忡地说："但愿小姐没出事。"

余其扬说："你耐心一些。"说完，他倒有点笑话自己不够沉着。

余其扬坐下来。秀芳马上端来茶，他接过茶杯。这时楼上的常荔荔叫了："余叔，我妈不在，我可在呀。说两句话，不误你的事。"

余其扬没办法，只能走上楼梯。常荔荔穿着丝绸睡袍，半倚在她的房间门上等余其扬。见余其扬站在走廊上，止步不前，她一脸天真地说："你不会从此不理我吧？"

余其扬说："怎么会呢？你是我的亲侄女儿。我是做你爹的年龄，看着你长大的！"

"侄女儿也要长大成人，我妈妈爱上我爸爸时，年龄相差三十四岁！当年她敢爱，为什么我不敢？"常荔荔靠了过来，"想不到叔叔也会有胆小如鼠的时候。"

余其扬笑笑："干吗要胆小？"

"我就要你这句话！"常荔荔咬着牙说，趁他没有提防，一把抓住了余其扬的胳膊，把他拉进房。她的睡袍带子早就解开，此时滑了下来，里面什么都没穿："我的身体漂亮吗？"

"不行，千万不行，尤其不能在这里！"余其扬着了慌，他没想到这个荔荔会弄出如此举动来，尤其在这个地方这个时候。

"你怕我妈回来？"她身上各个部分都散发着青春的光泽，她抓过余其扬的手，放在她粉红色的饱满的乳尖上，"你已经动了心，你看你的心跳得这么厉害。余叔，我想你要我，你要了我吧，像个男子汉一样要了我吧，我天生就是你的人，想爱就爱！"

正在余其扬慌得不知怎么办才好时，常荔荔把余其扬拖倒在床上，她翻到他身上："我就是要爱你爱得天不怕地不怕！"

余其扬怕碰着她赤裸的身体，不推她就无法摆脱，可是越推就越被荔荔抓住手往她的要害处按。他不知如何对付她的强行亲吻和摆弄。

常荔荔狠狠地说："我就要让筱老板明白，她权力很大，什么都能管，也有管不了的事！"

这话倒说到余其扬心里最解痒的地方了。但不管怎么说，这是他的侄女，他不能做。他小心翼翼避免碰她的身体，想办法溜出她的纠缠，又不想弄出声响让楼下人听见。

筱月桂是带着满面喜色回到极司菲尔路的，秀芳给她打开门时那份紧张，使她有点惊异，不过她太兴冲冲，根本不往心里去，进来就坐到电话机旁的椅子上。"小姐。"秀芳怯生生地说。

筱月桂头也不抬。秀芳又叫了一声。她说，什么事呀？等我给阿其打完电话再说。

秀芳俯下身来，在筱月桂的耳边轻声说着，并指着楼上。筱月桂闻言惊奇得嘴合不拢，她站起来，摇头不相信。

秀芳着急了，轻声说："就是，就是！"

筱月桂脸色都变了，不知道面临这样一个局面，应当如何处理才合适。她满脸通红，僵在那里很久，她一生果敢决断，敢于拿定主意，竟然没有想到要面对这样一个局面。

最后她终于恢复了自持。

忽然她放大声音，一清二楚地喊："秀芳，我回来了，给我沏个茶，好吗？"

秀芳听见筱月桂拿出舞台上才用的响亮声音说话，吓得脸苍白。但是筱月桂站了起来，继续说，声音更响，完全是上舞台的声音："对，碧螺春，给我送到楼上！对，送到楼上。"

楼上几间房都没有任何动静。筱月桂故意脚步很响地慢慢走上楼梯，一咯噔一咯噔，她要让上面的人明白他们不必慌，可以走出来迎接她，大家给一个面子下台。但是上面没有人出来。

筱月桂咬紧牙，生怕自己会说出堵在喉咙里的什么话来，这两个人难道那么愚蠢，就是不明白她在给他们下台的机会？

她在楼梯中端站住，更加大声地说："噢，阿其已经来了？！"

上面还是没有动静。

"荔荔在家，对吗？"

还是没有人出来。或许，他们是被她的大胆说话声吓傻了，或许，他们以为她筱月桂在有意威胁他们，要给他们颜色看看？

"原来阿其在荔荔房间里！"她绝望得喊起来，"荔荔，阿其，我上来了。"她每上一步楼梯，都有万箭穿心般的疼痛。她的腿都软了，不敢往上走。她终于走到楼梯上的走廊，她没有敢跨出到荔荔房门口的最后几步。

就在这时候，荔荔的房间被推开，没有人出来，却从里面传来很响的两人交欢的声音，荔荔几乎是有意夸张叫床的声音："I love you.I love you。我就是要爱你！"

听到这声音，她愣在原处，进也不是退也不是，不知所措，神色如死人般惨白。突然，她吐出一口鲜血，晕倒在地，在地板上发出重重的一声闷响。

现在写到筱月桂一生最惨境地了，连我都未免双手发抖。但是替她担心，还不如先为我自己担忧。弄不好，我的窘境比她更糟。

我一旦写到他们做事不十分光彩，何人一生做事能件件光彩？他们的后代万一听说，就不依，我就有可能被告到中国法院里去，犯了"诽谤先人名誉罪"。

例如，这个常荔荔，此刻做的事就相当不光彩：她几乎是在强奸她一直当作叔叔、现在正要做她后父的人。这种事，只能是捂得紧紧的隐私。到了法庭上，我作为被告，如何证其确有？原告却容易证其无。

不说三年五年官司，最后判个被禁一百年，还有大数额赔款，光律师费就得让我免费瘦身。吃了官司，还要被人骂为"炒作"。读者你既然已经读到这倒数第二章，想必清楚我此刻进不得退不得的窘态。

不少人建议，在首页上加一个常见的声明：

　　本书纯属虚构，所有的人和事，均为想象产物，请勿对号入座。

我请一个律师朋友看了，他说这种"此地无银三百两"的话，没有法律效力。如果法院判你侵犯了先人名誉，你的声明只是欲盖弥彰。

我思来想去，进退维谷，真是生了气，决定另写一条"此地有银三百两"。如果读者漏过第一页，没有注意我那条世界上唯一独特的声明，我在此再重复一遍：

　　本书完全属实，人物情节，均有实据。有意对号入座者，已代订座位。

我没有再给律师看。是福跑不了，是祸躲不开。我为何胆怯心虚？而且不敢写，最大的损失是使这本书失实。

　　倒是筱月桂对我说，你不过就是个叙述者，你不过是记录整理我说的事，要负责，也是我筱月桂负责，何必在意不相干的人的神经质？你还说不怕，竟然怕到在我晕倒在楼梯口的紧要关头，扔下叙述不管？

　　她的话提醒了我，我相信上帝同情有话直说的作者。写筱月桂，使我也成了一个血性女子。我有责任，坦然照实写。这刻得先说她是怎么度过那撕心裂肺的日子的。

　　那是教会办的同济医院一间特殊病房。病房里堆满了花，连走廊两边都放着花，各行业的人送来的，大部分都是戏迷。浓郁的花香，连医院固有的消毒药水味都感觉不到了。

　　医院门外有婆婆孙女两人跪在地上，焚香祈佛，已经跪了半天了，劝都劝不走。他们是筱月桂的戏迷，祈求观音菩萨让她们代筱月桂生病。医院没有办法，只有请警局来，将她们强行劝走。

　　一个年纪大的护士进来说："筱月桂小姐，花实在太多了，还有刚送来的，怎么办？"

　　"丢了吧，都丢了。"筱月桂躺在床上说，她的脸色很疲惫，嗓音沙哑，"花不能当药，治不了病。"她的语调很丧气。

　　"医生说你只是劳累虚脱，暂时性的血压过低。"护士慈祥地说，"肯定很快会好的。你是上海滩第一金嗓子，不好意思，我从小就是你的崇拜者，能在这里照顾你，真是幸运。"

即使做幺二时，她也没这样完全被击垮过，更没有当场晕倒憋过气险些丢性命这种事。她只想睡，一睡着，就连续做噩梦。十二三岁就在田里插秧，累得腰都要断了。娘舅夏忙时，少雇一个人做田，收工时浑身是泥水，她就干脆躺在稻田的泥水里。小腿上爬有蚂蟥，她害怕地拉，蚂蟥越拉越长，往肉里钻，她记起应该拍腿，蚂蟥还是不肯掉下来。她求助地抬起头来，希望有人来帮她，可是没人会看一眼这个种田的小姑娘，蚂蟥贴着她的肉，吸着她的血。

住院的第三天晚上，她精神没有好转，每天昏昏欲睡，半睡半醒时却老是在做噩梦，梦见的事情都差不多，她好像在对一个人说话，好多的话，无头无绪，有句话是他说："谁叫她是我们的女儿呢？"

她醒了，觉得那个男人是常力雄。真是，好久都梦不到他了。事情总是这样，一旦她生病或厄运临近，处于厄运之中，她便梦见他。

泪水湿透了她的脸颊，可是她并不想哭，常爷不喜欢她流泪。

"你从此不能来看荔荔！"新黛玉严厉地对她说，要她发誓，弄得她好几年也没敢看荔荔一眼。她只是不时将用身体换来的辛苦钱交到新黛玉手里，连荔荔进了学堂也不能见！真可怕！她现在可以自由得像个魂一样，可以去看荔荔了，谁能管得住她的魂呢？她是不是应该去推开那扇紧闭着的大铁门？

门终于被推开，这声音太响。她醒过来，嘴里满是苦味，翻了一个身。

"筱小姐，门口有个姑娘要见你。"护士长说，"我问她名字，她不说。又是一个戏迷，前两天也来过，今天已经等了很久，叫她走，她走了，可一会儿又来了，要求见你。"

筱月桂心里一怔，问长得什么样？

"长得像最近大红大紫的那个电影明星，那个叫什么的——"

筱月桂长叹一口气，说让她进来吧。

"你不是已经几天不让任何人进来吗？连记者也不见。"护士长有点奇怪。

"电影明星能不见吗？"筱月桂苦笑，"就是长得像电影明星的人，也不得不见。"

不一会儿，常荔荔从走廊里直奔进来，还没有到门口就大声喊妈妈。奔到筱月桂床前，却突然刹住步子，手里拿着花不知怎么办才好，担心地看着母亲的表情。

她脸上毫无表情地看着荔荔，荔荔心里害怕。当她脸上艰难地现出一个勉强的笑容，荔荔还是不知道怎么办才好，站着有点发抖。

这时筱月桂伸出手来，轻声地叫道："荔荔。"

常荔荔把花扔到空中，一下扑到母亲身上，止不住大哭起来。筱月桂抱着她，抚摸着她的肩膀，心里堵塞得难忍，但没有流泪。常荔荔说："妈，我，我对不住你！"

"别说，"筱月桂抱紧她的肩膀，别过脸去，声音尽量平稳地说，"别说，妈妈什么都不想知道。"

常荔荔哭泣得更激动："妈，你要原谅我！"

她想，梦见了常爷，就能找回女儿，果真如此。

护士长急急忙忙走进来，明显她已知此年轻姑娘是常荔荔了，说是有车子在医院门口等，要把常荔荔接回摄影组里——荔荔走了大半天，得赶快回去，来人已经催护士长两次。护士长没法，只得进来通知。常荔荔不理会："妈，我不去拍什么鬼电影，我就要在这里陪你。"

筱月桂把女儿的手握在胸前，说："去吧，听妈妈的话，你的事业要紧。"荔荔没法，这才一步一回头地离开了。

已经到了晚上，筱月桂疲倦地躺着。护士长进来，搭了一下脉，看了一下血压计，轻轻地对她说："你说你想喝米汤，你家娘姨已经端来了，趁热喝吧。"

筱月桂费力地坐起来，护士长马上说："你别动，我来喂你。"

"米汤真好喝！"筱月桂喃喃地说。她一生中唯一一次濒临死亡时，向客栈的小二讨来一碗米汤。命贱之人，米汤就是救命汤。她看着护士长拿着大瓷杯，关上门出去了。几天都靠打针药水维持，未进一点食物。但是她头痛得厉害。这病房很隔音，走廊里的声音一点也听不到。她觉得时间过去了很久。

门响了，护士长走进来，很神秘地对她说，有个男人等了很长时间，叫他走他不走，非要见你不可，说几分钟就行了。问他叫什么名字，他不肯说。

筱月桂说，"怎么又来了一个不肯报名字的人？"

"长了些胡子，身材挺高，穿着长衫，样子有点像——"

"像什么？"

"像跑码头的商人。"

"唉。"筱月桂的头痛突然轻多了。她把头转向窗外，那儿梧桐树如人的手臂，形状怪得让人心里发麻。她盯着树叶，淡淡地说："电影明星得见，商人也得见。"

护士长不明白这话，说："你不是不见任何人吗？"

"就一个，只见一下这个商人吧，跑码头来上海，相当辛苦啊！"筱月桂转过脸来，对护士长说。

余其扬进来，脸色有点憔悴，手里没有捧花，而是带了一包莲子。他走进来，脸上没有明显的表情，只是说，家乡送来的，去年晒干的莲子，熬鸡汤最补身子。

筱月桂呆呆地看着他，他也呆呆地看着她，忽然一把抓住她的手，马上想松开，可是她握住了他，握得紧紧的，她说："阿其，我真怕你会不来看我。"

他有点窘。她想坐起来，他连忙扶起她，并帮她拉过枕头垫在背后。他说："怎么会呢？是我把你送进医院的，不巧因急事被师爷叫走了。这不，刚回来。"他看着筱月桂，把手放在她的手上面，"师爷要我去了一次长江各码头，这算是正式向他们宣布我是上海洪门山主，长江沿岸龙头老大。"他笑了笑，"十二年没做的事，现在补起来，其实我明白他们想要沾点好处，用大头衔套我而已。"

筱月桂笑着说："那就祝贺你了，终于成了洪门山主。"

余其扬说："谁都明白，上海洪门的第一把交椅，是你筱月桂，只有你才能把洪门里的各种纠纷争斗摆平。师爷一路上直说，说你有胆有识，一眼就看到大局症结所在，对你心服口服，说他们那批人保证今后一切听你调遣。"他突然停住，不说下去，"小月桂——"

筱月桂摇摇头："你陪我坐一会儿就行了，别说不相干的别人的事，我不想知道了。"

"你是对的，不说别人的事。"余其扬期期艾艾地说，"说我们的事。"他把双手放在她的肩上，脸有点红地说："我仔细想了一下，我不能没有你。我以前的担心，只是担心自己的面子，怕被人说。但是没有你，就像一个被子，没有里子，面子也没有了。"他似乎把这些话在心里准备了很久，却是很真诚的。

她听着，拼命控制住自己，不让泪水往眼睛里来。他说了一连串的话，最后说："因此——结婚的事，我想说，有小月桂做我的妻子——"

她伸手捂住他的嘴："我没有说过这话，别提这个事。"

"听我说。"他掏出一个精美的蓝天鹅绒匣子，打开来，里衬同色缎子，一枚金戒指亮闪闪。

"阿其。"泪水终于冲进了眼眶，但是她还是忍住了，没有让泪水流出来。她竭力露出笑容，把匣子拿在手里，不接这个话题，却说，她有个愿望，想请他亲自出马做一桩事，不知他肯不肯？

"请讲。"他拿起她的手，把脸放在上面。

她边抽回自己的手，边说："荔荔明天就到黄山拍外景。目前孙传芳与南军大战，皖南离战场不远，败兵转眼变强盗，兵荒马乱，容易被人乘乱偷袭，我不放心。你既然做了长江各码头山主，我求你再走一趟，保护她一次，好吗？"

"我可以派最可靠的人做保镖。"余其扬说。

"不，不，我有点心悸。上次有人只是半心半意来诈我们，已经差点弄出人命。三爷说得对：打荔荔主意的人太多。出了上海，局面就更不知道了。这次你一定护她一程，答应我。"

他不知说什么好，叹了一口气，才说："你应当明白，这不是很方便的事，荔荔这个小丫头，不是听话的年龄，我怕——"的确，他现在看见荔荔比谁都害怕。

"我根本不相信那个事，一疑心就犹豫。像黄佩玉那样事到临头，还怕此头为难，那头得罪，结果死无葬身之地。你们两个人，"筱月桂决断地说，"我不愿意失去任何一个。其中任何一个不在了，我也就不在了。"

她心里只有这两个人，只有这两个人能让她流泪，不顾一切，甘意承受一切牺牲。她说："荔荔电影拍腻了，会去欧洲留学，那时就不用天天提心吊胆了。在这之前，你千万帮一把。"

他脸色有点尴尬："我想我还是离荔荔远一点为好，这个孩子控制不住自己。"

她索性把问题说明白了："你放心，我筱月桂从来最明白男女之事，你我都是过来人，还有什么想不通的？如果你真的觉得荔荔很可爱，你无法拒绝她，那么我筱月桂夹在中间又何必呢？"

当年新黛玉没有拦常爷和十六岁的她，难道她连当年的新黛玉都不如？她清晰地回忆起来，的确，常爷爱上她时，已过五十，四十岁的新黛玉已经与他相好了二十年。想想，当时新黛玉的心里是如何难受！她以前不知，现在轮到她知了，老天爷就是如此作弄人。

当余其扬的背影消失在门口，她伏在枕头上，泪水哗哗地流了出来。她那副心碎的样子，护士长都不忍心看，就默默地守在门前垂泪不已。筱月桂抽搐着身体，手抓紧枕头，任泪水源源不断地淌入枕头里，仿佛枕头就是一个专吸泪水的容器。她知道这一生再也不会嫁给任何人，一辈子将一个人度过。她哭自己的命，那个人几分钟前还在这床边，握着她的手，是她硬把他的手给推到她再也够不着的地方。他一走出这房间，她便开始想念他了，她明白她对自己那么残忍，等于强迫自己离开他，永远失去他。

她记得她说过的每一句话："电影再赚，也赚不回一个女儿。我准备把电影公司卖掉。荔荔暴得大名，没有好处。"

"我知道你想念舞台，你不喜欢做生意。"他又重新变成以前那个他，体贴地说。

太晚了，太迟了，她已经下了决心。"那倒不一定。"她说，"我从小穷怕了，如果投资实业……"

他想都不想就说："那就好，我们一起做。"

"不，你上次说得对，我不能做你的副手，当然我也不能当你的老板。我自己当自己的老板总可以吧！为什么我不能当中国第一个女投资家？"

他说她当然能，他简直要为她喝彩，认识她二十年，还是对她估计不足。就在这时，筱月桂把手里的蓝天鹅绒匣子放还到他手中，"就为了这个原因，我们不能结婚。"

这么说，能给她和他一个下台阶的更好的托词。她记得在那一瞬间，他的脸色变得苍白，好像有一层白霜盖满。她就当没看见，又说了一句："我们不能结婚。"

她说完这话，感觉有一个人，举着黑伞，脚步踢起雨水走过她和他的身边。她定了定神，再去看时，房间里没有打伞之人，只是窗外下起了大雨，打得窗玻璃哗哗响。

那个举着黑伞的人就是我。我从筱月桂窗前走开，什么都听见了。我等了三天三夜，想进病房去看她，没能进得去。但最后，我还是看到了想看的东西。

我看到余其扬走出来，大雨直灌进他的衣领里，但是他拒绝上汽车，叫车夫开回去，一个人在雨里走。

他走到苏州河上的四川路桥，走到桥中间，停住了脚步，从衣袋里掏出筱月桂推让不接的那个蓝天鹅绒匣子。他打开来，右手拿出金戒指，看了看，然后一挥手，就扔进了污浊的苏州河水里。蓝天鹅绒匣子从他左手中跌到地上，他走开去，顺脚一踩就把匣子踩碎了。

我能理解他的举止：他不能把筱月桂像六姨太那样扔进江里，但至少他可以把这份还在半牵半挂的心情，下决心抛开。倒不一定是恼怒，可能是他觉得自己还不如一个女流，在感情上有决断，觉得羞愧而已。

而我，注视着他消失在桥那头的大雨中，觉得应当为我自己羞愧。

第
三
十
章

　　一个礼拜后，李玉来接筱月桂出院。她对筱月桂说，都是她不对，让秀芳一个人处理无法对付的局面。

　　筱月桂倒过来安慰她："这不是秀芳的错，是命躲不过。"

　　极司菲尔路家里收拾得井井有条，李玉和秀芳要扶筱月桂上楼。筱月桂笑了："没事，我能走，等我不能走了，你们再抬我吧！"

　　她打开衣柜，准备换件更舒服的衣服，看见余其扬的衣服，内衣有一叠，西服有黑白各一套，领带有三根。突然她从白西服上衣袋里摸到一件硬东西，掏出来一看，是一个怀表。这不是当年她在南京路的亨达利给他买的吗？她打开一看，表仍然走着，走得一如以往。

　　走廊里飘浮着夜来香的香味，她走进卧室，靠着枕头倚靠在床上休息，望着镶铜圆镜，问："家里有什么事吗？"

　　秀芳说，没有什么太急的事，大部分我们都已经处理了，你休息过来了，再一桩桩说给你听。

李玉端来人参鸡汤，看着筱月桂喝完了躺下，才告诉她，今天上午去看了一下新黛玉，没想到新黛玉竟然回到老西门一品楼那幢房子里去了。

秀芳插话："唉，那幢房子不是十年前就被姆妈改做客栈了？"

筱月桂点点头，她知道新黛玉做的这件事。

"姆妈留了一间给自己。"李玉转了个身，把一双绣花拖鞋放在床边，这才说，"她现在搬进那间房子长住。"

"她这么念旧？也难，一品楼当年是她一生最兴头的日子。"

"她说日子快到尽头了，她整个搬了回去，想在那里等。"

"她真快死了？才六十多吧。"筱月桂吃了一惊，扳着指头算算。她记得新黛玉把她从乡下带到一品楼时，正好四十，现在二十个年头过去了，她应当只是六十过了，最多六十二，怎么会想到去等死？

"我看她气色败了，真的快到头了。"李玉说。

筱月桂双手一撑，从床上坐了起来："真的？"李玉以前告诉过她，做过这一行的女人，大都活不长。新黛玉也难逃这命，竟然也要在她身上兑现了？

李玉神色挺严肃："我怕她随时会咽最后一口气。"筱月桂知道李玉在这种事情上头脑清楚，不会夸大其词，毕竟她年龄大，见得多。

"那赶快给我准备一下，我去看看她。"筱月桂说，"希望她不会不见我就走。"

李玉没想到，筱月桂会如此着急："这不会是一天两天的事。"

"你刚才说她随时会咽气，万一她不等我自己去了呢？"筱月桂说，"毕竟，二十年了，许多事多亏了她。"

　　傍晚时分，一品楼完全失去了往昔书寓的任何一丁点热闹和艳冶气氛，清寂凄切。房子年久失修，木柱上只剩下剥落的油漆，墙板间的缝磋裂着，天井石缝里长了青苔和野草。说是客栈，看起来客人不多，也许都是小商人，忙碌去了，厨房里好像有烟气，门槛全是脏黑污迹。

　　筱月桂顺着吱嘎响的楼梯走上二层，顺过道直接走向里面，停住了：她和常爷的那间房不存在了，被隔成两个小间，另开了门。

　　她慢慢走过去，穿过回廊，从走廊墙上裂开的一条缝隙往外看，后院里的桃树已经被砍掉了，金鱼池成了洗衣槽。

　　曾经她在这里，谛听悠扬的江南丝竹，看一个个着鲜衣的美丽的女人，细弹琴弦低唱，羡慕她们说不尽的优雅。管事高声叫喊局票，叫女人们出局的声音真是悦耳！"你的眼睛像猫，瞧上去温顺，骨子里却不知女孩子的羞涩。"新黛玉在这走廊上，对十六岁的她这么说。

　　现在一切都不再存在，可能不久，只剩下旧房骨架的这块老西门地皮，也会被水泥大楼吞没。她心酸酸地侧过身来，对直朝新黛玉以前的房间走去，她记得那间堂皇的凤求凰厅。

　　外厅所有的家具都没有了，空荡荡的，连那些字画吊灯都不见了。里屋的门虚掩着，她轻轻推开，走了进去。新黛玉一个人躺在床上，半垂着旧旧的帐纱。房间里很幽暗，筱月桂走近，撩起帐纱，挂在钩上，这才站立在新黛玉面前，静静地看着她。

　　满头白发的新黛玉费力地睁开眼睛，淡淡地微笑说："我怎么总觉得一品楼里少一点东西，原来不就是少个小月桂吗?!"

新黛玉拉住筱月桂的手，叫筱月桂把房间里的窗帘拉开。窗帘拉开，一束斜阳照进来，反而加重了屋子里的清淡和凄凉。"点灯，点上灯。"新黛玉喘着气说。

李玉和秀芳这才从走廊进屋子来，去找台灯开关。筱月桂走回床边，坐了下来。新黛玉让筱月桂的脸转到光亮处，左右端详了很久："小月桂真是个越长越漂亮，永远不现年龄的女人!"新黛玉摸摸筱月桂的脸，"还是那么白白嫩嫩的，都三十六了吧!"

"我要老的。"筱月桂说，"姆妈，你告诉我，你要坦白告诉我：女人老了，应当怎么办?"

新黛玉说："你小月桂是天下第一明白人，我就直说。女人开始老了，就自己往后退，免得让别人嫌，逼着后退。不过你还远远不到这时候。你不仅是驻颜有术，你是服过仙丹，青春永在。"

"什么时候一个女人就开始老了呢?"筱月桂几乎是自言自语道，"我不是说外貌，外貌说不清楚。我是说，什么时候一个女人应当认老了?"

新黛玉好像知道筱月桂心里在想什么，她拉住她的手，慢吞吞地说："到她开始可怜自己的时候。"

筱月桂听了，沉默良久，最后说："谢谢你，姆妈。你说得非常对。"她走过去，从梳妆桌上取过一把断掉一颗齿的木梳，对新黛玉说，"姆妈，我想给你梳一梳头。"这才把新黛玉扶了起来，让她靠在自己的身上。

新黛玉费力地坐起来，她对李玉说："把镜子端来。"那梳妆台上的镜子太重，秀芳赶忙给李玉搭一把手，她俩一人扶一边，端着镜子，让新黛玉照自己。

筱月桂将新黛玉散乱的头发合拢在左手里，右手轻轻地梳着，给她梳一个髻。那脖颈叠着皱纹，筱月桂的手贴着，看见镜子里的新黛玉在默默地流泪，忙把自己的手绢递过去。

"我是高兴落泪！"新黛玉喃喃地说。

"我知道，姆妈。"筱月桂轻轻地回答。

"荔荔她好吗？"新黛玉突然侧了身子，看着筱月桂，说，"我好想见她一面。唉，我知道，我知道她在外地拍戏，她来不了。"

筱月桂把新黛玉的手臂握紧，她鼻子一酸，却忍住泪水："荔荔会来看你的，她对你比我还亲，有时我都嫉妒你。"

"小月桂呀，"新黛玉声音很弱，也很郑重，"有一件事，我——我想——请求你原谅。"她说得很急，喘起气来。

"姆妈，你慢慢说。来，靠着我，这样舒服一些。"

"我曾夺去了你做母亲的快乐，荔荔给了我这快乐，本来应该是属于你的。你能原谅我吗？"

筱月桂再也控制不住，泪水哗哗涌出。新黛玉把手绢递给她："小月桂，你原谅我吗？"

"别说了，姆妈，也多亏你照顾荔荔那些年，我该谢你才是。"

她们陪了新黛玉一天一夜，李玉和筱月桂回到极司菲尔路家里，秀芳留下来照顾她。第二天一早筱月桂又到一品楼来，她叫了新黛玉几声，都没有回应，赶紧摸她的鼻孔，已经没有气了。看来新黛玉是在天尚未全亮之时悄悄走掉了。

筱月桂用棉花蘸上香树的汁，擦洗新黛玉的尸身，换上崭新的白衣白鞋。这是个残忍的春天。筱月桂觉得心闷得慌，去开窗，发现天边真有闪电。"要下雨了！"她自言自语。筱月桂问秀芳，昨夜新黛玉说什么话没有？

秀芳想了想，说姆妈与她交代过，若一口气不来，希望能葬到老家松江。

筱月桂穿着丧服，头巾上边加了一条细细的麻线。她抚摸着面前的棺木，泪水就是流不下来。新黛玉的心愿一定是想葬在常力雄坟旁，不直接这么说，是明白这一点不容易做到。

姆妈，难道你以为我会说不吗？她面朝棺木蹲了下来，轻轻地说。

几个手下人把丧事办得条理不乱，请来的祭师往新黛玉口里右侧放米，喊"一千石"，又往她口里左侧放米，喊"两千石"，最后往她口里中间放米，喊"三千石"。

师爷和三爷闻讯也来了。他们坐下来，说到新黛玉葬在何处时，师爷立即反对，说常力雄老家祠堂绝对不允许，只要是常家祖坟之地，就绝不允许沾边。他连连说："这成何体统？不过是一个妓女！"

筱月桂的脸色顿时变得苍白如纸，半晌才说："那么把姆妈埋在常爷坟对面的山丘上，还是可以的吧？"

她的话软中带硬，三爷看看她，不再作声。师爷却说："阴宅比阳宅更要讲究。常爷冥寿丁未，是震卦，如果壬相方向遇淫娟，大凶。这会坏了洪门风水——挡住鸿运，青帮会更得势。"

"坟地已经买下了，"筱月桂站起来说。"那山丘上坟很多，还能算出每个人的二十四吉凶？你肯定里面没有妓女？"

"新黛玉不同。"师爷坚持说。

"什么不同？"筱月桂语气开始咄咄逼人，"你说，什么不同？"

一品楼门外有人坐在车里，等得不耐烦，大声地按喇叭。三爷不高兴地朝外吼了一句："催什么，催命呀？"

不过师爷站了起来，往外走去，他无可奈何地摇摇头。

只能在常爷坟的对面，遥遥望着——连这都不允许，就因为跟常爷相好过一场。

筱月桂眼泪终于掉下来了，要不要在新黛玉的坟边再买一块地，做她自己的坟地呢？不然到时候，谁会像她今天那么尽心？说不定她比不上新黛玉，连遥望的资格都没有。

新都饭店位于三马路上，是一幢高耸入云的塔式摩天楼建筑，是在上海市中心雨后春笋般出现的摩天楼中，完全由中方资本控制的最早几幢之一。虽然还是请的德国建筑师，承包的建筑商却是上海有名的荣记营造公司。

新都饭店是旅馆娱乐与办公室多用的楼房，筱月桂的公司有好几间办公室，但是她特地在可以俯视整个上海的顶楼，给自己保留了一套房。

开张仪式极为隆重，商政学各界中外人士纷纷前往祝贺，贵宾几百人。

饭店经理对着满堂的宾客大声宣布："恭请中国第一女实业家，联合财团董事长，筱月桂女士，剪彩。"

正厅堂跨三层，上上下下人都在看，闪光灯哗哗照着，刺得人眼睛痛。筱月桂穿着贴身手绣丝缎旗袍，颈子上钻石项链闪闪发光，神采奕奕。满堂客人在评论筱月桂：

"真是国色天香啊！"

"又会唱戏又会做生意，不简单。"

"都说上海黑社会的粗坯子就只服她一个女人！"

"此等人物，恐怕也只能出在上海！"

她剪开红彩绸，满堂都在鼓掌。红绸并不对着大门，而是在一层二层之间的一个怪怪的钢铁怪物之前。

饭店经理高声说："这台自动楼梯，叫作'平步青云'，特地从德国定制，全世界还没有几架。"他按了一下电钮，"轰隆"的一声，钢铁怪物开始卷动，所有的人都吓得往后一缩。他请客人步上自动楼梯，客人都犹豫不敢。这东西样子太可怕，要把人卷进机器里去似的。

筱月桂优雅地一点头，说："那么我先上，该我的头彩。"

饭店经理大声喊好："筱月桂，筱老板，中国'平步青云'第一人！"

筱月桂努力控制自己，脸上不露出任何胆怯之色，脚踩高跟皮鞋，稳稳地踏了上去，在机器恐怖的轧轧声中，冉冉上升。周围发出一片惊叹，而她越升越高。

乐队奏响音乐，酒会开始。不少人在自动楼梯前排起长队，跃跃欲试，有出洋相左歪右斜的，有尖叫的，有跌倒的，更多的人最后一步不敢踏出，需要有人拉一把才不至于出事故。饭店经理和饭店人员都忙着照应。

大家的注意力全被这新鲜玩意儿吸引住的时候，筱月桂悄悄走到一边，搭电梯一直升到最高层。她推开走廊的侧门，走到屋顶上。

整个上海一览无余，这已经不再是洋场十里，而是三百多万人的远东第一国际大都市，高楼大厦，像一层层山峦重重叠叠，中国这块国土上从来没有过这奇景。

而另一边隔着浩浩渺渺的黄浦江，可以看到江对面浦东那一带，除了河边的仓库船厂，依然是田家阡陌。同样的阳光，照着完全不同时代的两个国度，两个国度都铺展得无边无垠，一直延伸到天边，不见尽头。

景色壮观，似乎丝毫没有使她动心，筱月桂如同在自言自语地说："偌大一个上海，三四百万人，我怎么就没有一个亲人？"她不禁悲从中来。

她发现自己睡觉时手握得紧紧的，握着一个冰凉的怀表。经常是枕头滑到身边，如一个人陪伴她，一种非外人能知的落寞蚀空了她的内心，听见里面狂风在呼啸。就在她离开医院的第二天，清晨电话把她弄醒，是余其扬，他已把荔荔护送到黄山。一听到他的声音，她整个身体都绷紧了。

"我们再好好商量一次，好吗？"他说。

她努力镇定自己，不让自己心软。她再次拒绝，当电话那边死寂一般的安静回应在她耳边，她才感觉那不过是做了一个梦而已，余其扬是不会再回到她的身边了，她和他之间彼此永久地失去了对方。

地平线移远，她的目光退了回来，看楼下近处的层层屋顶，低矮的黑瓦民居，夹在西式的平顶之中。她的眼光越移越近，走到栏杆边上，看下面笔直千仞的谷底，是车水马龙的街道和行人。这个活人的世界，永不疲倦地运动的人和车，东去西往不知忙碌着什么。她看得着了迷，脱了鞋子袜子，一条腿跨过栏杆，骑在上海身上再次往下看。

楼下的马路开始往更深处沉下去，猛地往下落。她开始出现幻觉，觉得深渊底下是另一个世界，那里不再有她心头的沉重和苦恼，那是她最早见到的上海，一个十五岁的少女，在川沙乡下用力地抬着滑竿朝这儿赶来，在陆家嘴渡口，隔着黄浦江，无限神往地望着这儿。那些灰黑的瓦楞下，是她最早认识的欢乐，就是常爷与她在床上时那种飞出肉体的生命欢乐。荔荔，她最最亲爱的女儿，她仿佛又听见她来到这个世界时一声声清脆的啼哭，她紧紧地抱着还未清洗干净的荔荔，面颊淌着泪水。我的孩子，你和我永远都不会分开。但是尚在褓褓里的小荔荔被新黛玉抱走，不许她再见到，她被卖到幺二堂子。那时她不就死了吗？她想女儿，想得头发直掉，嘴唇生泡，夜不能眠，生不如死。她跑到一品楼，只是为了隔着大门听听女儿的声音，当然新黛玉不会把荔荔放在这儿养。从她知道女儿在教会学校的那天起，她的脚就止不住地朝那儿走，明知道见不到女儿，还是往那儿走，似乎靠近那个学校的地气，就觉得有了安慰和生机。她的生命怎么可能没有荔荔呢？荔荔，妈妈想你，非常非常想你。

她索性把另一条腿也跨过来，都伸在栏杆外。

现在她看到她自己的光脚，一双秀丽的脚，踩在整个上海之上。下面正在进行舞宴、酒会，音乐仿佛响在耳边，她站了起来，轻轻地踩着音乐的节拍，在石沿的边上走了几步。深渊的诱惑使她的舞步分外轻盈，她觉得心境很久没有这样愉快了，天宽地阔，可得个大解脱。

突然，她紧紧抓住栏杆，害怕地问自己："大脚丫头，没出息的，你在可怜自己吗？"

有人从顶楼的楼梯间看见筱月桂在栏杆外面行走，慌张地奔回楼里，叫起来："筱老板跳楼！"

一群人气喘吁吁奔了上来，饭店经理跑在头里，他慌张地四顾栏杆外，已经空无一人，他立即扑到栏杆上，看千仞直壁之下的上海马路，下面人头攒动，好像是出事了。鲜红的夕阳正从楼与楼的空隙，落进整座城市，光影灿灿，这群人看糊涂了。

再仔细一看，是人们拥在新都饭店门口，想往里进，看新鲜。

饭店经理觉得奇怪，问刚才呼救的人是怎么一回事？那人也说不出个名堂。经理赶快指挥手下人满处寻找："看看顶楼筱老板自己的套房！"

她的房间里没有人。

他们心急火燎地寻找，终于在楼下舞厅找到了筱月桂，她已经换了一件镶满闪闪银片的白旗袍，乳尖高耸，腰肢细软，正在朝宴会厅走。

在大厅里，许多人围着她，有中国人也有西方人，穿西服打领结的侍者送来了酒水。她手握一杯香槟，脸上红扑扑的，神采飞扬，与十多年前走进礼查饭店让全堂惊艳的筱小姐一样，脸上怡然自得的神情如昔。那时候她一无所有，除了借钱做的一身旗袍，那时她一路受阻受苦，活得精彩；现在这整个上海都认识她，把她当作神话里的人物，有钱有势，才貌双全。但其实她是一个没有人能够来爱的人，包括她心爱的女儿，心空空旷旷，再没有火焰腾起，更没有热气消停后的归宿。

在那个隆重的剪彩宴会上，那些人轮流着与她敬酒，或干杯。不断有人恭敬地朝她跪下来，抱拳行礼。她手下的一群跟班、保镖，包括三爷八爷等人，远远地在宴会厅一角忠心地站立着。侍者端着托盘，里面是小巧玲珑的点心，乐队的音乐突然从舒缓变得热烈起来。

我知道，我当然知道，我亲爱的读者，你已经不耐烦了。你想知道为什么我能够采访到筱月桂本人，又是怎么会变成她的亲密朋友，让她和我做如此详谈。

上海依然在，甚至那些建筑依然在，到处可以遇到筱月桂那样的女子！但是物是人非，萧条异代不同时！人本身是最脆弱的，最容易消失的。

我几次看到筱月桂的影子：有一次在福州路上，行走如燕，轻盈得令人羡慕，她是那种永远不会变老的女人；有一次在南京路上，她闲散而逍遥，看着橱窗，思考一番，然后掉头而去。可不是：现在店里好东西真是不多，噱头不少，筱月桂那样的女子最笑话噱头，她是讲究“实惠”的上海人，不喜欢虚火张致。至于“时尚”？她是创造时尚的人，她从不跟时尚走，自降身份。

又有一天，一直下着浓浓的春雨，整个上海罩在花香之中。她黑黑的眼睫毛整齐地垂着，注视着我手里的她自己的手。她当然明白为何我看完后，哑然无语。那手纹写得清清楚楚，她这一生里命运线上分歧途，虽然手纹会随着岁月变化，但留不下来的，终是留不下来。

好了，我现在要终结这本书了，这些人物在1927年春天以后的命运：筱月桂办成了多少实业？余其扬究竟会不会跟她相伴终身，哪怕不须正式结婚？常荔荔有没有去欧洲，成为一个莎学专家？母女是否团聚？这些事，每个上海人都知道，这些事，已经成为上海历史的一部分，成为“上海”这个词内涵的一部分，不需要我来告诉你。

不过，你依然想要知道我的职业秘密。

或许你会说：明白了，女诗人本色而已。

我在上海上大学时的确写过诗，在校园外的咖啡馆，有人看到过我买了一杯咖啡，坐了两个小时，涂了四页大胆的胡扯。

柏拉图三千年前就认定了诗人是最会撒谎的人，上海虽然离“理想国”还差一小步路，但是诗人几乎一个不剩全部被放逐。

我想我可以用一些虚构手法。可传记的信实是我的第一原则，这样写或许不够花哨，但我必须忠于我自己，忠于历史。

我知道在结束这本书之前，我必须告诉你，我怎么会见到筱月桂，怎么会知道了她那么多隐私，那么多隐秘而不可告人的想法？

好吧，我可以告诉你，就是在那个时刻，我见到了她。就是在那个时刻——那个我在前面有意跳过没有写的时刻：

她走在一条冷清清的街上，她不明白往日夜里喧哗无比的街，怎么变得就她一人似的。店铺门外依然挂着旗幌，悬着彩灯，写着一些女子好听的名字，居然没有人光顾。只有那两扇红门里热闹异常，欢声笑语，好像常爷，甚至余其扬也在里面。她听见了新黛玉的声音："小月桂呀，快进来，碍手碍脚待在门口干什么？"

常爷是死了，新黛玉也死了，里面那些人都是不在人世的人。可余其扬呢，当然，他还活着，不过她在心里已经为他举行过葬礼了。她一直心里都有他，从看见他的第一眼，就未能抹去他的影子，她从来没有像现在这么爱一个人，她牺牲掉自己也爱他。

她站在门口，不愿意去推开门。她背对着门，静了静心，这才转身朝里看去。

她看见自己大着肚子，新黛玉让她回到这儿来，好有个照应。果然她回来不久就临产了。那个惨白的黄昏，接生婆往这儿赶来，焦急地跨进门。她已经在挣扎，身上汗和泪混合。接生婆在说："使劲！用力！"

她痛极了，大喊救命！李玉秀芳都在身边帮她。新黛玉在凤求凰厅里坐卧不安。突然她听到一声响亮的哭声："是个千金，恭喜。"

新黛玉闻声赶来："呀，常爷的女儿！"

筱月桂晕了过去，她感觉自己的灵魂离开榻床，朝回廊走去，下楼梯，推开一道大门。她像现在这么站在这儿，觉得夜从未如此墨蓝，最后一轮打更声之后，这个城市的街上出现了行人和小贩，还有女人们，做各种营生的女人们，一个两个，更多的人，各种职业女人，甚至有像我这样写字的女人。

她摸摸自己的脸，还是那么嫩滑，那么生动。她知道，她必须启程了。她走出来，加入到我们之中，她知道我在等她。

章外章：我怎么会写这本传记

几年前，我刚丢掉了一家报社的工作。从学校毕业，我就在那里当记者，做得相当尽职，但就是这份敬业精神让我惹上了麻烦。具体经过我懒得说了。回想起来，像我这样的性格的女人，恐怕早晚得卷铺盖。应当说，我没有早被开除，还要感谢报社领导的容忍大度。

不过被婉辞当日，我几乎像被雷击了，我个人的生活也陷入了绝境：一下子成为社会弃儿，无工作，无工资，无宿舍，无朋友。付不起房租，马上就会无家可归。

我不去整理自己简单的行李，躺倒在床上，灭了灯，离开了争闹的世界，索性仰头大睡。我没有想到，那夜，在我的生命中标出了一个转折。

大汗淋淋醒来天已亮，摸摸临窗的小书桌，有点潮，晨雾露气染的。不过照镜子，我的脸色红润。看相人都说我八字大，不必避邪，不过邪也不避我。

"绕不过去的!"梦中的这女子,神情奇怪地朝我眨了眨眼睛,"不如四周看看,找到了就抓住。"

我打开窗。早晨和夜一样寂静。窗外是墙,但伸出头就可看到一个拐角,后面是一幢洋房,墙上爬满深红色的玫瑰,奇香诱人。我从来没有注意,自己住的地方周围是什么。现在一看,好像还有点名堂。

我站在路边,看墙内的空荡荡的操场。向看门老头打听这地方,说这是一所职业学校,暑假就空了。我问这地方以前是不是一所戏剧学校?看门老头很惊奇地看着我,说真是的,很少有人记得,七十年前,有个剧界名伶买下来,建了上海第一个戏剧学校。每天一早这阵子,那些漂亮男孩女孩就在这儿练唱练舞,一口气翻十个筋斗。

我追问下去:"一个女伶哪来这么大笔钱?"

看门老头摸摸后脑勺说,他也弄不清楚。他突然对我说:"你要运气好,你遇上刘骥先生,这儿的什么事他都一清二楚。他就住在附近,有时走过来散步。"

"真的?!"我眼睛一亮,中国人当然知道剧作家刘骥,如同西方人知道莎士比亚一样。

于是,我不得不振作起来。每天晨跑晚跑,有事无事,都上这个操场来一圈,这天终于看见操场上有一个男人,一头银发飘洒,他穿着质地很好的中式褂子,布鞋。虽然拄着手杖,却依然风度翩翩,消瘦但不衰弱。

我向他走过去，他这样的大名人，我当然认得出。刘骥先生日后提起过这一天，说我跑到他跟前的第一句话就把他吓了一跳："刘骥先生，我看到你每次在这里散步，就想起谁。"

"谁——？"

"她——！"

"你怎么知道？"

"她告诉我的。"

其实当时我说的"她"，是梦中见到的女人。

刘骥先生笑了，他伸出手说："小姑娘——"其实我早就不是小姑娘，但对满头白发的人而言，充充小姑娘也不错，"小姑娘，我们有缘。"

他住在不远的富民路，早就不上班了，像他这样等级的大师，少有的国宝，没有退休一说。我有幸结识这么一个半神式人物，自认为是莫大的缘分。

我这才下决心，住定下来，找个工作。有家流行杂志，编辑部正好在沪西，同意雇用我一年，年终看"业绩"，决定合同续不续签。这家杂志只管赚钱，生存起来单纯一些。我从网上找到就近一幢老房子的亭子间，租金便宜，就搬过去了。

我第二次见刘骥先生是在他家里。相处熟了，才发现刘骥先生完全不像老人，虽然行走不便，却是耳聪目明，谈笑风生。他旁边有个看上去比我大不了多少的女人陪着，表情冷漠地听我们说话。我以为是他的孙女，结果是他红颜永驻的夫人。她眼睛始终没有正眼看我，我和她只有几句客套的寒暄。

开始时，我怀疑刘骥先生有意收下我这个文学女弟子，只是风流脾性不改，我心里恼多于喜。日子一长，我也被这个老人开化了，觉得人生难得真性情。

很少听到他谈学问，尽听他谈文坛往事，流言蜚语，而且男女关系上的传闻还特别多。如果我把当时每天回家记的笔记整理出一部分发表，定能让现代文学史教授吓一跳：他们崇仰的那些革命文学大人物，原来做过比今日文学青年更荒唐的事。

《新良友》周刊编辑部是一幢旧洋房，走廊和办公室挂满了二三十年代上海刊物的封面复制品。这家满是图片的仕女杂志虽然对不上我的口味，但也知道全国报摊都把它放在打头。要迫使我自己不会认真起来，在这里混饭吃是最好的。

那天主编走进编辑室，说《新良友》最大的遗憾，是一直未能采访到上海小资女作家第一块牌子丹仪，问谁有办法。编辑室当时只有三个人，都朝我看，因为那两个人已经吃过闭门羹，只有我去撞撞大运。

我勉强说："我只能试试看。"

主编表示，若能采访成，稿酬从优。

主编走后，几个同事说，他们碰钉子绝非偶然，下面是一大套女人经：

"我看丹仪脸上全部是做过的！"

"总应当有五十了吧。据说她母亲是老《良友》的作者，与张爱玲共过事。"

"这个女人自命张爱玲转世，怎么会向你露真面目？"

实际上我心里暗喜，丹仪就是我师母，刘骥的夫人，即便她不给我面子，她也会给自己一个机会。凭着一种敏感，我几乎能断定她会与我大谈一番。

果然，丹仪约我到外面谈。

她穿了件新式旗袍，妆化得浓艳，但是皮肤很好。指甲涂了最新的多色荧光。据她说，外祖母是什么解放前一家银行经理的少奶奶，在法租界有一大幢三层楼的蓝房子。

我们坐在瑞金路一家咖啡馆里。她津津乐道身上的衣饰是在哪个欧洲城市买的，什么季节用什么巴黎香水，如数家珍地说了一串去过的欧洲国家的感受，这点倒符合我上司给我的采访要求。我真不明白我的同事们出了什么错。

我知道，在七十年代末，刘骥先生忽然变成稀有的"出土文物"，外国竞相邀请。二十年中走遍全世界，永远有丹仪陪伴在侧，一直到他最近实在走不动为止。但我明智地不提刘骥。

"上海小资女人第一块牌子。"我开门见山问她这个外号的来历。

她一笑，"当然我不会做这样的自我标榜。"她淡淡地说，"不过这称号没什么丢脸的，就是被当今那些'小妹妹'们弄得太俗气了。"侍者过来，我点了啤酒，她点了一杯冰咖啡，接着说："难，趣味这东西最难，三代富贵方知饮食。美国人富了一百年依然粗俗！如今上海小资女人学时髦是靠看美国肥皂剧，靠研究贵刊——真是俗不可耐。"

我一手端着啤酒，一手忙着记她的话。突然她警觉地问我："你呢，不像上海女子！"

我点点头。我的确不像。就在这时，她用简单的欧洲星相，判断了我的性格。

她话题一转，问起我的生日。

原来我是处女座出生的。

这样的人，对神秘、悬疑、危险、甚至暴力，有着难以言喻的好奇心，好奇心可引导出创造性，但可能过于执着而走火入魔，不可收拾。如果弄起艺术，则追求完美，几乎成病态。

丹仪对我这么说。我完全明白她指的是什么，应当承认，她说的很准。我不能不叹服：我这个扬子江水手的女儿，一辈子不入时流。

"至少你不生在上海。"丹仪不容反驳地说。

这话说到了要害上。隔一条江，水土就不一样，哪怕是跨过一条江过来的，就生来不是做上海女人的料子。

丹仪那天还说，她诧异我这样的人，竟然对小资女人这题目感兴趣。我心里一紧：莫非这个女人打听到了什么消息？在本地小资像寄生虫一般长出来之前，上海的天下，属于大开大合的女人，那就是我心目中的上海女人。不过我的书还没有开始写，她怎么知道？

刘骥先生进了医院，让一个护士投信，叫我去见他。那是个阴沉沉的下午。他本来脸就瘦，现在脸更瘦，而且眼圈灰黑。我突然明白，他的日子长不了。看到我来了，他似乎等待已久，竟然拉掉鼻子上的氧气管，坐起来。我急忙阻止他，他不理会，一个手势拦住了我。

人之将死，其言才真。他的话没头没尾。可能他知道我了解他的上下文，开场白就省了。他说我们这种知识分子，走进现代，是假的，浮面的，赶时髦而已。老百姓活出来的现代，例如抽水马桶浴缸之类，才切切实实，什么革命运动政治清洗都改不掉的。

他张开嘴想大笑，可怜这个时候，他已是有笑之心无笑之力了。

上海就是物质的，现代上海，就是物质的集合。坐在上海的抽水马桶上，思维还能抽象？我只能代刘骧先生大笑。

他看来一直在等着我落进他的话语圈套，便叫我从他的床底一个帆布包里，找出一个牛皮信封，让我当面打开。里面有相当多发黄发脆的剪报，内容却一样，都是关于一个我没听说过的沪剧女演员，叫筱月桂。

看到我很惊奇，他眯起眼睛，缓慢地说："你能写点像样的文字，我也知道你写的东西不痛不痒，其实无啥意思。如果以后真想写出一点有意思的东西，就写筱月桂，这是我一生见过的最了不起的女人。"他说完话，靠回枕头上，话多了脸色疲惫。护士赶了过来，给他重新插上氧气管，先生的女儿用眼色示意我退走。

我意识到他以前多次提到过的小月桂，就是这个女演员。

那个下午是我和他最后一次见面。不久后，先生去世。

但是他临终托付给我的事，却苦了我。我查了上海戏剧史、文化史、经济史，甚至上网"Google""百度"一通，也找不到"筱月桂"这个名字。请教了一些老上海文化人，倒是听说过这名字，是个"坏女人""女流氓""白相人嫂嫂"，还有人称之为"黑社会淫妇"，而具体材料却无人提供。

所以，刘骧先生交代的这事，我觉得有点蹊跷，没有上心。直到我又一次陷入颓唐，成天提不起精神，上班混工资，写时髦男女如何消遣，下班后泡酒吧寻碟片上网，觉得天下万事，都能狂眼横扫，一痞了之。一直到前些日子，我为了不值得的小事与《新良友》主编大人吵了起来。他倒没有说解聘，但我觉得如此只求生存，太没有意思。

这时，我想起刘骧先生的嘱托。我干脆请了病假，放弃几天工资，坐到图书馆去仔细翻找民初旧报。一个女人社会名声能坏到如此地步，所作所为，必是当时社会不能容忍，今日也未必乐见。

功夫不负有心人，我天天钻纸片堆，弄得蓬头垢面，果然读到不少材料。她的事像磁铁，我一靠近这一大堆材料，就无法走开。

刘骧先生年轻时在爱情生活上弄出很多故事，在三十年代文坛，几乎有登徒子之名，但始终是在新文艺界人物中周旋。

后来刘骧成为中国文化史上的大名人，左翼戏剧的一面旗帜。他从未当高官，却比那些光会打棍子的人物聪明得多，善于保护自己，从未在政治运动中吃比别人多的苦。新中国成立后他不再写任何作品，可哪个电影戏剧的委员会都少不了他，哪届政协都落不下他，不少人恭称他为"中国现代戏剧之父"。

名声显赫、德高望重之后，他早期与如意班合作，没有人提起，他自己也语焉不详。

刘骥这个人，不方便提的，他就不提；而绝口不提的，自然有绝不方便之处。

我敢肯定，刘骥在心底里，是暗恋过筱月桂的，只不过没有表白的胆量。证据就是，他在医院里嘱托我写筱月桂时，除了说"这是我遇见过的最能干的女人"，还添了一句"这是我遇见过的最美的女人"，虽然声音轻了下去，好像是怕得罪什么人似的。

或许他认为这话不应当让妻子丹仪听到，其实她那时不在病房里。

最让我对筱月桂这个故事动心的，就是他这句半吞半吐的话。也许，是我心里一点暗暗的嫉妒吧。刘骥一生和多少女明星有过交往，筱月桂的确漂亮，或许比她们都漂亮，但毕竟还没有被公众评为二十世纪上海第一美人。刘骥这句赞美，明显带着个人感情。

我们相处一年多，直到他仙逝。一年中，唯一谈到的学问，就是他吹嘘他如何巧译Modern一词。当时什么概念都得自找翻译。他译成"摩登"，顿时风行。其实他当时想到的是《楞严经》中那个淫荡女摩登伽，把佛的弟子阿难拖上床，几乎坏了他的德性。

现代，就是坏人德性的尤物，像当时某些时髦女子。他说当时灵机一动，妙手偶得，现在看，还真有大学问可做。

言毕他哈哈大笑。我当时真怕他笑得背不过气来。

我现在有百分之百的把握，他想到的摩登伽女就是筱月桂。

我假期结束上班的第一天，就把筱月桂的故事送到主编那儿。我们杂志的风格是白领小资，有人物栏目，介绍昔日明星名媛的传奇色彩故事。我认为我写的传记，文字功夫不说，传主绝对有意思。

从办公室出来，我有意顺着刘骥先生住的方向走回住处。心里十分怅然，感觉他依然活着，他只不过是在等着我写筱月桂，只不过是让我单独去认识一个人而已。他的那间书房对着外花园。看着那窗纱在风中拂动，我想告诉他，经过千辛万苦的周折，我终于找到筱月桂，也是我运气好，是她亲自接的电话，似乎心情不错。于是我在电话里与她聊起来。

刘骥先生的魂魄知道了，一定会高兴。但是我也知道，如今是丹仪一人住在这儿，我没必要去打扰她，便从门口走了过去。

主编板着脸叫我到他的办公室去。待我走到过道上，编辑部其他同事就幸灾乐祸地低语开了。

为写昔日上海申曲星后筱月桂的传记，我整日神魂不安，但翻资料那副狠劲儿，不好好梳妆打扮，来去匆忙的样子，不可能全瞒着这些隐私虫。当我交上稿，希望刊物连载，恐怕都传遍了。

主编关上门，一点不绕弯子地说："写得不错，但《新良友》不能刊登。妓女、黑社会、暗杀，这些忌讳摆到一起了，这个筱月桂很难做人生楷模。"

我的天，我倒抽一口凉气，不知该如何反驳，我问："上海昔日明星，不是每个人都是一部接一部传记？阮玲玉已经多少部传记，还有电影！"

主编想缓和气氛，给我倒了一杯茶。他说，《新良友》的定位是小资时髦，读者是城市白领银领女性，筱月桂会吓倒她们，况且，如果女人都像此人，不就翻了天？还是安定重要。

"你是说，吓坏白领，就会影响安定？"

主编一笑："你这话不中听，倒是点中要害。"

我想说，恐怕你是怕影响赚钱。这话说了没意思，我也是靠这刊物过日子，装不得清高。我低头拿了稿子往外走，但是主编叫住我："看来你会投别的杂志，我应当告诉你详细一些。"

我惊奇地转过身来，以为自己又回到开除我的那个报社，又惹上麻烦了。这个老板是所谓的"青年才俊"，不管那种劳什子。他当老板，只管钱。《新良友》赚钱之多，使他成为同行中的明星，他继续说：

"吓倒的第一个白领是丹仪，她的话我就不重复了。不过我想她会向任何敢登的刊物抗议。"

我竟然笨到没想到这个可能性，一下来了气："她能抗议什么？"

"我刚才的话，只是重复她的话。投稿是你的私事，我当然不管。虽然刘骥先生过世了，但她在文坛关系很多，还是有势力的。我是为你好。"

每个主编都是好心，报社那个思想警察主编，也是挺体贴地请我开路。

最多不过如此。筱月桂不准备退路，我也烧毁了渡船。

我倒不觉得小资女人会有那么多闲气要生，她们顶多不喜欢，筱月桂倒是会得罪一大半男读者，可能会气得把这本书扔进火里。我并不期望人人有刘骥先生那样的胸襟。

　　果真没有刊物敢于发表，也没有出版社愿意出版。我一气之下，上了博客，每天一节，每星期连载一章。所以我每星期找一次筱月桂，交出成稿之前，再对证一番。

　　遇到一个英国学生强尼，他竟然读博客，而且为了筱月桂，找到了我。他的汉语说得不错，人又聪明绝顶，在剑桥大学国王学院做博士生。他只要不对"中国问题"发表意见时，和气随意，有时腼腆得像个女孩。

　　他正在做"上海现代化中的俄狄浦斯情结"论文，说是学问马虎不得，一定要跟我来。他假装邻座，实为偷看。这儿很清静，就我们三人，强尼上网，我和她叫了咖啡。

　　后来，他向我感慨：东方女人看起来永远那么年轻。他说那年他祖父到上海，日记上记着在饭店见过一个艳丽的中国女人，一生都未忘记她的美貌。这是他当初学中文的初衷，等到漂洋过海来上海，一下子就被上海迷住了。他问我，中国女人有多少像筱月桂那么美？

　　这话当然侮辱了我，明显把我排除在外：他见我多次，从来没有这样的感叹。不过我当然没有理由跟他生气。男人不分中外，大多无可理喻。

　　我清楚地明白自己爱上了筱月桂，这是违反写此书前与历史签的合同的。但是我实在是忍不住。我觉得女人的美，不只是给男人看的——

筱月桂从来就是女戏迷最多，我为什么要例外？

我接到同事的一个电话，《新良友》这期第一页上有一个"丹仪女士声明"，语意不清，说话绕圈子，无非是说我在博客网上连载至今的筱月桂传记，暗示刘骥先生与筱月桂有私情。我国现代戏剧的创始人之一，左翼电影旗手，怎么可能与一个黑社会白相女人有染？

丹仪声明原文中说："这是对我国革命文艺传统的极大污蔑。"

我放下电话，脸色苍白。现在还只是在网上发表，还没有平面出版，正如主编大人预言过的，我没能找到愿意刊登本传记的刊物，但是每次我贴一章在网上，都很紧张，论坛上骂筱月桂的比赞扬的多出一半，骂我之词更刁更野蛮。

我知道丹仪在等着什么：她等着这本书正式出版后，把我和出版社一起告上法院。告网络，效果适得其反，而且名誉损失的赔偿，钱不好算。

在中国，三代后人有权到法院告"诽谤死者名誉"。看来我这辈子不得安宁了！

的确，"中国的黑手党"之名，叫人望而生畏。什么不好写，要写男盗女娼？况且，这原本该是女人离开的世界。我的这本书，胆大则大矣，并非胆大在写黑道。

中国的官道，无论文武，都一股子道学头巾气，说话假模假式，做事朝三暮四，为人做张做致，而且不把女人当人；中国主流社会，对女性的态度，我看了胸闷气躁，只想砸锅摔盆。

黑道人，敢说敢做，做事为人，都讲个风骨，有真性情在。

想当年，我十八岁时，毅然当了诗人，自然而然就走进黑道，没学得一身武艺，学了一手另类诗体。

黑道中，女流英雄，经常会冒出来。会门三教九流，所谓"金皮利桂，平团调柳"，容得下新黛玉和小月桂这样风月场中的人物。

你这就明白了吧，为何我会写这样一本书。从这本书开始，我竟然成了一个女权作家。我的命运尚是未知之数，筱月桂也一样。我和她再次坐下来，或许就可商量出一个结局，彼此都说得过去的结局。

我们一家都是"土生土长"的重庆人，靠着山脚岸边长大，天天看嘉陵江水清长江浪浊。一家子围着小收音机听本地"言子"，笑成一团。只有一个人不一样，那是我父亲。

父亲是抗战时被抓壮丁来到重庆的，重庆人叫他"下江人"。我父亲一辈子没学会说哪怕勉强过得去的重庆话，幸亏他是个木讷寡言的人，不得不开口时才开口。开口说的是天台宁波口音，很像上海话，与重庆话就隔了千里万里。只有我能听懂父亲的话，所以做了义务翻译，由此拣了几句半通不通的上海话。

父亲一辈子都想顺江水而下，回到长江入海的那片广阔的平原，那生育他的土地，但他只是一个病休的川江拖轮驾驶，在家烧饭做家务，六个孩子数着米粒下锅。社会最底层的人物，能有什么奢想？只能闲下时看着滔滔江水，男人家也不能尽在落思乡泪。

但是父亲是个大度的人。街坊上有痞子看见他软弱可欺，对他说话如凶神恶煞，让我这小姑娘怒火直冲天灵盖，恨不得一刀挥过去。父亲却不记恨，当这种人需要他帮忙时，比如借盐借米时，父亲照样给，别人不还，他也不要。有一年坡下有户人家起火，父亲提起灭火器，就往坡下冲，火灭后，他的脸和一身衣服都熏得黑乎乎。

今年上他的坟，我带了百合花和一本写我成长的书，烧完了纸钱，烧这书，火旺旺的，父亲在另一个世界读得很快。我一边陪伴父亲读这本书，一边对他说了上面这些话。血缘关系固然重要，父亲与我之间，却超越了父女天伦：他虽不是我亲生父亲，却是我最爱之人，他身上的善良、同情心，使一个像我这样的女孩子未葬于污浊的黑暗之中，因为他的存在，让我始终对这个世界不彻底绝望。

父亲生前有个愿望，希望骨灰回家乡。母亲和哥姐都不肯，怕父亲的魂回了老家就回不到重庆。所以那年我从伦敦回来，兄弟姐妹一起选择了面临长江的山坡上，让他的坟朝向江水，以便他的灵魂可顺着江水去家乡探望，再顺江水回来。

但是父亲的愿，我必须还。八十年代末我到上海读书，我学得不够地道的上海口音，让我在上海商贩手里吃了不少苦头，连坐公共汽车都被指错方向，售票员厌烦地说："外地人，拎勿清。"

近年我到上海做过几次签名售书之类的事，上海记者却惊喜于我能学上几句宁波腔。

最终我与上海还是"隔"。

但是，作为小说家，我却有一个多年修炼得来的移魂术，我能让我的主人公替我还父亲的愿：在上海长大——在上海冒险，征服上海，败于上海。

冥冥之中，我觉得父亲会喜欢这个故事，让我代他生活在上海。

我从重庆到上海，与所有的外地人一样，被上海人看作小月桂一样的乡下人。这没有什么错，并非每个上海人都是大慈大悲的佛陀，不必皆知众生苦。

我想问自己，上海引以自豪的现代性是怎样出现的？这成了我的一个悬疑。我不得不想象"如果我与上海一起长大"。

而我母亲的第一个丈夫是个袍哥头子，他在旧重庆的西餐馆，或是两江一带码头呼风唤雨，对女人却很有流氓本色。母亲还是逃离了他。

我开始准备写这本书时，本想写一个革命者怎么一步步成为一个黑道人物，后来发现最可写的是一个女人，如我的母亲，她那双大脚，如何从乡下踏入摩登世界，怎么遭遇奇迹，陷入地狱，又从地狱返回，历遍人间。

这才出现这本"虚拟自传"。

写完这本书的初稿，去年已落的桃花，又一次花开，又一次花落。我很想让父亲知道，我花了整整一年半时间，为他还了一个愿。

我今年回重庆，去上坟的那天夜里，梦见父亲，背景是一片烂漫的桃花，他还是一口天台话："客舍如家家如寄，谁问花开尚如昔？"这半通不通的奇怪言语，把我惊醒了，难道父亲的灵魂陪我当了文人？

我看拂晓的窗外，果然如父亲托梦所言，梦中的那片桃树，长到了梦境之外。